[illegible]

[illegible]erre Combescot est journaliste [illegible] écrivain. Il a publié précé[illegible]
Les Funérailles de la Sardine, [illegible] Goncourt avec Les Filles du
Calvaire. [illegible] Pierre-de-Monaco [illegible]
l'ensemble de son œuvre, dont on rappellera notamment [illegible]
[illegible] Songe de P[illegible] et Ce [illegible]
[illegible]

FAUT-IL BRÛLER LA GALIGAÏ ?

Pierre Combescot est journaliste et écrivain. Prix Médicis pour *Les Funérailles de la Sardine*, prix Goncourt pour *Les Filles du Calvaire*, il a reçu le prix Prince-Pierre-de-Monaco pour l'ensemble de son œuvre, dont on rappellera notamment *La Sainte Famille*, *Le Songe de Pharaon* et *Ce soir on soupe chez Pétrone*.

Paru dans Le Livre de Poche :

Ce soir on soupe chez Pétrone

PIERRE COMBESCOT

Faut-il brûler la Galigaï ?

GRASSET

ISBN : 978-2-253-12830-4 – 1re publication LGF

A Nahed
A Philippine et à Jean-Pierre

Je sais où je vais, je t'y veux conduire
Mon dessein mauvais n'est pas de te nuire.

Paul VALÉRY.

I

Prologue en forme de bouclettes et d'accroche-cœurs

Dans le maigre jour de la garde-robe, on eût pu prendre la dame d'atour pour un oiseau nocturne venu par mégarde se poser sur l'épaule de la reine. Ombre sur ombre. Crissement de soie sur la soie. Soupirs. Gazouillis d'italien. Et par instants, à de furtifs hochements de tête, comme un épouillage. Au vrai ce triste hibou, de bonne heure asphyxié dans la malsaine obscurité des alcôves et des cabinets, s'appliquait, comme elle en avait l'habitude depuis trente ans, à démêler, d'un peigne agile, la blonde chevelure de sa maîtresse. De temps à autre Léonora – c'était son prénom – suspendait son mouvement et alors, tel le rapace qui d'un bec acéré plonge sur sa proie, tirait un cheveu blanc.

La souveraine se laissait faire, opulente et paresseuse, acagnardée dans ses chairs laiteuses. Geignarde de nature, il lui arrivait de pousser de petits cris. A près de quarante ans la reine Marie ne s'était jamais tout à fait départie d'une enfance de petite fille capricieuse et gâtée.

La figure lourde, les yeux ronds et inexpressifs, à fleur de tête, elle paraissait absente à tout et à tous, et pour commencer à elle-même. Son visage fermé transpirait l'indolence. En abandonnant ainsi sa chevelure à sa dame d'atour, il ne lui était jamais venu à l'esprit que cette dernière l'en avait dépossédée depuis bien longtemps. Avec les années, cette sœur de lait avait acquis la propriété de cette magnifique toison. Elle était même devenue son bien le plus précieux. Davantage que tous les trésors amassés depuis dix ans qu'elle se trouvait en France. Son hôtel de la rue de Tournon, son appartement du Louvre regorgeaient d'objets inestimables, de coffres pleins à ras bord de piastres, d'écus, de doublons d'Espagne, de florins fruits des prévarications commises avec le consentement de sa maîtresse à qui elle en ristournait une partie. De plus, sans cette chevelure, elle n'eût su se maintenir à la Cour et arracher au roi Henri, qui s'était bien juré de ne rien lui accorder, le rang de dame d'atour ainsi qu'un appartement au palais.

Le Gascon pourtant prévenu s'était laissé duper par cette Florentine de basse extraction. Et aujourd'hui encore cette crinière mousseuse demeurait, au milieu des intrigues de cour et des complots, son gage de sûreté.

Elle seule savait domestiquer ce flot de cheveux mordoré et le transformer en un édifice compliqué de boucles crêpelées et annelées, monté en étages et couronné par un dôme majestueux de mèches entrelacées. Sans ce talent, sa liaison avec la reine, l'empire absolu qu'elle exerçait sur elle, ne lui eussent été de rien auprès d'un roi et d'une cour méfiants pour ne pas dire hostiles aux Italiens. Un sentiment hérité de l'époque des derniers Valois et de feu Madame Catherine que le roi Henri du temps où il n'était que roi de Navarre appelait « Madame Serpente ».

Or Léonora et la reine venaient toutes deux de Florence et cette dernière, comme la reine Catherine, appartenait à la riche et puissante famille des Médicis.

Ces deux silhouettes confondues dans le demi-jour du cabinet illustraient mieux que tous les ragots colportés à bas mots dans les antichambres du Louvre l'amitié indéfectible des deux femmes. Leur intimité suscitait après dix ans toujours autant de remarques perfides.

Léonora avait, depuis longtemps, appris à dominer l'esprit de la végétative princesse. Elle aiguillonnait sa graisse, la dirigeait. Elle tenait en haleine cette masse de chair. Suscitait chez elle des révoltes. La montait comme un océan. Cependant elle ne l'affrontait jamais de face ; toujours de biais, par insinuations.

Dans l'ombre de son appartement qui se trouvait au-dessus de celui de sa maîtresse, elle tenait, au milieu de vapeurs fumigatoires, boutique d'intrigues. Elle y faisait commerce d'influences. Y entassait dans des cassettes « ses épingles » – un euphémisme dont on usait alors pour dire pots-de-vin. Experte en l'art de la flatterie, personne mieux qu'elle ne savait caresser les vanités. Elle gagnait la confiance de ses interlocuteurs par une apparente franchise. C'est ainsi qu'avec un art inimitable et sous une forme légère et enjouée, elle savait dissimuler ses ambitions et aussi la souffrance d'être née en dessous de la condition que sa froide et cynique intelligence aurait pu lui laisser espérer. Elle démoralisait également, lentement, avec méthode. Fourvoyer ses ennemis et les regarder courir à leur perte ne lui causait aucun état d'âme. Elle en avait usé ainsi avec ceux qui à dessein ou sans le vouloir s'étaient mis en travers de son chemin. Elle ne supportait aucun ombrage. En particulier des Italiens du cercle de la reine arrivés de Florence avec elle. Elle avait su si bien desservir auprès de sa maîtresse son oncle naturel le cardinal Jean de Médicis, bâtard du grand-duc Côme, qu'il avait fini par quitter la place à force de dégoûts. De même pour l'ambassadeur florentin Baccio Giovannini qui, pour avoir percé ses manœuvres, fut froidement congédié. Et pourtant il avait été l'un des artisans du mariage royal.

Et cependant malgré ses avidités et ses ruses, cette demi-naine aux regards sinistres n'était ni vile ni basse. Et de plus totalement dépourvue de cruauté. Sa tournure d'esprit se voulait toujours gaie et fine. Et quand il le fallait elle savait faire face et se montrer crâne. Elle mettait beaucoup de politesse dans la médisance et de sociabilité dans ses complaisances coupables. Elle possédait l'art d'aiguiser les *concetti*. S'il lui arrivait de s'humilier pour donner le change, elle n'abdiquait pourtant rien de ses hauteurs. Dans son âme la convoitise et l'ambition le disputaient à la libéralité. Cependant il lui arrivait d'être loyale et bonne amie. Généreuse pour ceux dont elle était sûre. Elle avait le cœur bien placé et savait le montrer quand il le fallait. Dans un autre état que le sien elle eût été un bon ministre.

Chaque fois qu'elle devait traverser les antichambres pour se rendre de son appartement dans celui de la reine ou simplement à la promenade elle baissait son voile et un sourd bourdonnement s'élevait sur son passage. Les courtisans ne la ménageaient pas. Lazzis, basses insultes et, pour les meilleurs jours, des menaces de mort. Voilà la naine de la reine ! La moricaude ! La sorcière !

Eh bien, oui ! C'est ainsi qu'elle allait de guingois, bosselée et noiraude. Mal venue, petite, presque contrefaite, avec son teint bistré et une peau granulée comme de la pierre ponce. C'est vrai qu'elle ne sortait que voilée, de peur qu'on ne lui jetât un sort. Elle craignait le mauvais œil. La *jettatura*. Et pourtant de la sorcellerie, elle en avait à revendre.

Jadis elle s'en était effrayée. En se découvrant dans un miroir, elle avait poussé un cri et s'était évanouie. De ce jour elle ne se mirait plus. Au-delà de son apparence ingrate, elle avait aperçu les précipices d'une âme, qui sait, peut-être ce démon familier qui ne cessait de la tourmenter. L'inquiétude et des passions inavouables l'habitaient, que seuls calmaient des rêves chimériques. Elle s'était à la longue accommodée de ce pénible destin et de ce démon qui lui tiraillait l'âme et tordait son corps de douleur.

A présent elle jouait de cette sorcellerie pour

inquiéter. Elle la revendiquait pour moteur de son noir génie. Et ce jour même, mercredi 12 mai 1610 au matin, elle n'allait certainement pas s'en départir.

« J'irai coucher à Saint-Denis le mercredi, avait déclaré la veille le roi Henri. J'en reviendrai jeudi ; je mettrai ordre à mes affaires le vendredi ; samedi je courrai le cerf ; dimanche se fera l'entrée de ma femme ; lundi, les noces de ma fille de Vendôme ; mardi, le festin et mercredi, à cheval ! »

La reine aussi après dîner ira coucher à Saint-Denis afin de recevoir, le lendemain, dans la basilique, en grande pompe, des mains du cardinal de Joyeuse, la couronne fermée. Couronnement. Et sacre également. Deux onctions seulement au lieu de sept pour les rois. Avec un chrême moins prestigieux que l'huile de la sainte ampoule de Reims. Mais tout de même deux onctions, ce qui n'était pas rien.

François Ier avait été le premier roi à fermer la couronne des lys pour bien montrer que les rois de France sont empereurs en leurs Etats et ne doivent allégeance ni hommage à aucun souverain. Alors que l'empereur Charles Quint, son contemporain, les lui devait pour le comté d'Artois.

Saint-Denis, la Couronne, Léonora triomphait. C'était elle que l'on allait sacrer. Eh oui ! Puisque la reine et elle ne faisaient qu'un. Combien de courtisans, combien de fins renards de la politique, de maîtres en intrigues possédaient un esprit assez délié pour imaginer qu'elle, Léonora, cette femme de néant, pour laquelle ils n'avaient que mépris, allait recevoir la couronne. Oui, demain verrait son sacre. Un sacre qu'elle avait organisé de longue main.

Ce fut un jeu de pousser la reine à réclamer certains registres du parlement pour savoir comment on en avait usé lors de la précédente régence, celle de la reine Catherine qui avait gouverné la France durant une génération.

Le roi Henri de vingt ans plus âgé que la reine pouvait disparaître à tout moment. Sa santé était délabrée. Et il résistait de moins en moins aux crises dont il était l'objet après les tonitruantes ripailles auxquelles il se livrait avec ses Gascons. Un coup de sang pouvait l'emporter à chaque instant. Plus sûrement encore le tir d'un mousquet à la guerre. Sans compter les assassinats. Combien de temps encore déjouerait-il les conjurations ?

Le roi mort, Marie serait régente de son fils Louis encore mineur. Quel mal y avait-il alors à se renseigner et à prévoir l'avenir ?

La régence fut une chose. Elle allait de soi. A quelle reine l'avait-on refusée ? Mais Léonora en voulait plus. Une couronne et les applaudissements du sacre ! Pour elle, pour Marie, qu'importe ! Elle habitait depuis si longtemps l'esprit de cette balourde princesse qu'elle avait fini par ne plus faire la différence. Elle lui mit donc l'idée en tête. A feu doux elle la travailla. Les maîtresses du roi, les bâtards, le parti huguenot, Sully... tout fut évoqué. Elle suscita un vent de panique chez la reine en abordant à demi-mot son renvoi, le dauphin Louis déclaré bâtard au profit de César de Vendôme et qui sait, son propre assassinat... Le roi, chacun le savait à la cour, avait de nouvelles folies en tête. Il s'était épris comme au temps de ses vingt ans d'une jeunesse : Charlotte de Montmorency, un tendron, rapidement mariée au prince de Condé son cousin qui passait pour avoir déserté le chemin des dames. Mais ce prince, aussi bougre qu'il fût, ne tenait pas à être le cocu du roi. Aussi avait-il soustrait au vieux bouc sa jeune femme. Il l'avait menée hors des frontières à Bruxelles chez l'ennemi espagnol. La reine en avait entendu assez. Seule la jalousie pouvait troubler son apathie naturelle et la faire monter sur ses grands chevaux.

Elle avait fait des scènes au roi. C'était le seul domaine où elle excellait. A son français incertain, elle ajoutait par grandes volées des insultes italiennes. Elle le menaçait, le harcelait. Il lui fallait une reconnaissance supérieure, quelque chose qui la mît au-dessus de toutes ses « poutanes » et de leurs bâtards. Un couronnement, un sacre, voilà ! Le roi se déroba. Il ne voulut rien entendre. Elle le poursuivit. Partout. Dans le Louvre, les soirs de bal dans la salle des Caryatides, au jeu de paume et jusque dans sa garde-robe. Elle était déchaînée. Une vague de soies et de dentelles démontée. Elle se tordait les mains. Pleurait, criait. Elle se montait du col. En appelait aux ancêtres Habsbourg de sa mère. Elle pensait se donner du volume. Le roi riait de ses prétentions alors même qu'il faisait semblant de ne pas entendre quand, sous son nez, un de ses familiers l'appelait la « grosse banquière », reprenant le mot de sa terrible maîtresse, la marquise de Verneuil.

D'ailleurs il se savait d'une race bien supérieure aux Habsbourg. La maison capétienne, comme l'a écrit un fameux généalogiste, partant ses branches cadettes Valois et Bourbon, ne s'alliait que par nécessité à des maisons bien inférieures, puisque l'Europe n'en offrait aucune qui lui soit égale. Il riait et c'était sa façon de lui dire que les six besants médicéens de son blason, probablement des pilules d'apothicaire, il les avait avalés avec sa dot et n'y pensait plus.

Il lui représentait que ce n'était pas la coutume en France de sacrer et de couronner les reines bien que la reine Catherine de Médicis l'eût été, comme l'archiduchesse Elisabeth d'Autriche, sœur de l'empereur Charles Quint, et seconde femme du roi François Ier.

Eh bien justement ! N'était-elle pas de la même maison que Madame Catherine, et par sa mère de celle de la reine Elisabeth. Le roi, lassé de ces cris de pintade, céda. Il voulait avoir la paix dans son ménage.

Bientôt il allait par une nouvelle guerre embraser l'Europe. Les armées s'assemblaient déjà aux frontières tandis que ses agents secrets entretenaient en Espagne la révolte des morisques. Ses relations avec la Sublime-Porte étaient l'atout maître de sa politique comme son soutien aux Provinces-Unies et aux différents Etats protestants d'Allemagne. Pour tout dire, il avait repris à son compte la vieille politique de François Ier : obtenir par tous les moyens l'abaissement de la maison d'Autriche. Et puis au-delà de son Grand Dessein qui était l'hégémonie de la France en Europe, il y avait la conquête de Bruxelles. Bruxelles, cette ville espagnole où s'étaient réfugiés Charlotte, sa belle, sa tendre, sa mie, et son mari, l'horrible cousin Condé.

Aussi voulait-il avoir les mains libres ; il lui fallait donc apaiser la reine. Va pour le couronnement ! Mais cela ne suffisait pas. Elle voulait connaître la date. Léonora l'exigeait. On s'accorda sur le 10 mai. Henri se reprit. Courut le bruit que la cérémonie était reportée. « Hé ! Mon ami, disait-il à Sully, son ministre, que ce sacre me déplaît ; je ne sais ce que c'est, mais le cœur me dit qu'il m'arrivera quelque malheur. » Et d'ajouter : « Ils me tueront, car je vois bien qu'ils n'ont autre remède en leurs dangers que ma mort. Ah ! Maudit sacre ! Tu seras cause de ma mort… » Il était sur le point de tout annuler quand la reine se fit entendre à l'autre bout de la galerie. Et de reprendre sa quinte. De se hausser un peu plus du col. C'était une vraie machine de guerre en mouvement quand elle décidait de faire sa reine. Henri hésita. Et finalement se rendit. Le sacre aurait lieu le 12. Survinrent alors de nouvelles tergiversations. Finalement on s'accorda sur la date du 13. Le lendemain 14, le roi tiendrait conseil avec Sully ; le 15, on chasserait en forêt de Saint-Germain. Et le 16, la reine Marie ferait son entrée solennelle dans Paris par la porte Saint-Denis. Arcs de triomphe, ripailles aux carrefours, fontaines à vin. Le bon peuple aux fenêtres. Les échevins en délégation. Le 17, on marierait Charles de Lorraine, duc d'Elbeuf à Mlle de Vendôme, fille légitimée du roi et de Gabrielle d'Estrées. Le 18, les noces se poursuivraient avec bal et redoute. Et le 19, le roi, cul sur son cheval, panache blanc au feutre, marcherait à la guerre !

Léonora était arrivée à ses fins. Comme à son habitude elle s'était jouée de la reine telle d'une marionnette. D'ailleurs depuis longtemps l'indolente Marie avait renoncé à penser puisque Léonora prenait la peine de le faire pour elle.

Depuis combien de temps ? Elle n'aurait su le dire. Cela remontait si loin. C'était d'une autre vie.

II

Une sœur de lait

Le printemps carillonnait dans les prés. Pas un nuage sur un ciel bleu cobalt. Le vent les avait chassés, une bise frisquette à mettre la goutte au nez. Les collines entouraient la ville dans une vapeur bleu et mauve. Les campaniles se répondaient les uns aux autres. La lumière matinale saupoudrait de fines particules d'or ce paysage de villas, de vergers et de vignes, que sommaient des cyprès droit tendus vers le ciel comme des pinceaux. Des oliveraies d'un vert argenté tatouaient, de loin en loin, le flanc de cette mamelonnante campagne. C'est que pour s'arracher aux dernières brumes matinales, elles faisaient gros dos, les collines, embuées des premières verdures, en ce matin printanier du début d'avril 1584.

En sortant de chez elle Dianora – diminutif en toscan populaire de Léonora – perçut en dépit du froid le souffle du printemps. Elle ne se retourna pas. Elle quittait une vie pour entrer dans une autre.

Le vent, après avoir raboté le dos des Apennins, s'était engouffré dans le Mugello et à présent soufflait en brèves rafales sur la ville. La petite troupe s'avançait par les ruelles tortueuses, bordées de palais. Des chats sauvages décampaient sur son passage. Le soleil, encore rasant, jetait des ombres furtives sur les hauts murs en bossages. Silhouettes surprises par la lumière. Un spadassin, cape sur le nez, main crispée sur le pommeau de l'épée, glissait sous un porche pour y retrouver l'anonymat ; des gueuses édentées au visage marqué, laissées-pour-compte de la nuit, tentaient leur dernière retape auprès d'un bourgeois matinal. Le guet ramassait des corps ici et là. Des vieux sans abri, morts de froid durant la nuit, qui ne laissaient généralement pour héritage qu'un cabot hurlant à la mort ; des godelureaux aussi, victimes d'un mari jaloux.

Cependant au détour d'une ruelle une odeur de pain chaud surgit d'un soupirail : la ville s'animait sans hâte. Sur les bancs des belles demeures les pages enveloppés dans de vastes capes déployaient des trésors d'énergie à bayer aux corneilles, tandis que d'autres s'affairaient, brosse à la main, auprès de somptueuses montures retenues par des longes attachées à des anneaux scellés aux murs des palais. On y voyait aussi des chiens courants au pelage frissonnant et truité. Bientôt sonnerait le départ de la chasse.

Les façades se pressaient les unes sur les autres. Les plus hautes semblaient se renverser sur le ciel. Masses énormes de pierres percées de fenêtres en trèfles. Ces palais austères rappelaient les assauts soutenus au temps des guerres intestines. Les maisons alors étaient fortifiées. On barricadait les rues de chicanes, de chevaux de frise. On se livrait des combats à outrance. De quartier à quartier, de rue à rue, de palais à palais. Des émeutes soudaines pouvant durer trente ans, quarante, parfois plus. Les Donati contre les Cerchi, les Buontalenti contre les Uberti, les Cavalcanti contre les Bardi. Toujours les guelfes contre les gibelins. Et toujours au départ une vengeance. Comme ce nez de Ricoverino dei Cerchi coupé par un page à la solde des Donati ou des Galigaï.

Ce n'est que bien plus tard que l'on construisit au sommet de ces murs austères des *loggie* ouvertes au soleil et à l'air, à l'esprit nouveau, au bonheur de vivre.

Le bonheur de vivre ! Une plaisanterie ! Pour autant que Dianora s'en souvînt, elle ne l'avait jamais connu, elle la malvenue, l'éclopée ! Comme elle eût aimé être belle pour séduire ces jeunes hommes bien faits qu'elle voyait à la promenade quand elle osait s'y aventurer. Des écervelés sans doute ! Mais peu lui importait puisque la tête et la raison, elle en possédait pour deux. Bientôt elle serait en âge de se marier, mais qui voudrait d'elle ?

Dianora considéra les deux gardes qui la menaient vers un nouveau destin. Ils étaient reconnaissables à leur extravagant costume tailladé, tout en découpures avec sur le haut-de-chausses des barbes d'écrevisse dégueulant sur des brodequins fauves, et surtout à leur béret à larges crevés. Ils appartenaient au régiment des lansquenets que feu le grand-duc Côme avait engagés pour sa garde personnelle. Des mercenaires sûrs. Certains venaient de Suisse, d'autres du Tyrol. Tous formés *alla scuola dei Lanzichenecci*.

Les régiments des lansquenets étaient cantonnés via Lambertesca, derrière la loggia d'Orcagna où ils montaient la garde. A cause de ces vigiles, la loggia perdit rapidement son nom pour devenir celle des Lanzi, nom que donnaient les Florentins à ces reîtres. D'où ils étaient postés, ils pouvaient intervenir au moindre rassemblement suspect sur la place de la Seigneurie. Leur relève était devenue, avec les années, un spectacle pour les badauds.

La mort du duc Alexandre de Médicis, assassiné par son cousin Lorenzo mieux connu sous le sobriquet de Lorenzaccio, avait amené une grande confusion dans la ville. Alexandre avait exercé un pouvoir absolu et tyrannique. Il ne restait aucun descendant mâle de la branche aînée pour lui succéder à l'exception de deux enfants en bas âge et bâtards qu'il avait eus d'une Mauresque. La couronne ducale aurait dû revenir à Lorenzo qui se trouvait être l'aîné de la branche cadette. Mais « le Brutus florentin », comme aimaient à le nommer les républicains de Florence, avait fui la ville après le meurtre. Il ne se souciait guère de gouvernement et, par ailleurs, il n'aurait pas voulu entacher son geste de libérateur en affichant quelques arrière-pensées politiques.

Depuis longtemps la seigneurie avait été abolie. Le Grand Conseil des « quarante-huit » existait encore mais privé de toute autorité par Alexandre. Florence aurait pu cependant revenir à l'état de république si les partis et les grandes familles ne s'étaient soupçonnés de vouloir prendre le pouvoir. Personne ne voulait faire le premier pas. On voulait puis on ne voulait plus. Les Strozzi, les Ridolfi, les Guichardin, les Altoviti, les Capponi, les Salviati, les Aldobrandini, les Rucellaï, les Acciaioli... hésitaient quand, au début de l'année 1537, parut dans Florence un garçon de dix-sept ans d'aspect taciturne mais la tête bourdonnante d'ambition. Il se nommait Côme de Médicis et il était l'unique enfant du condottiere Jean dit « des Bandes noires ». Sa mère Maria Salviati l'avait élevé loin de Florence dans le Mugello afin de le soustraire au regard d'Alexandre qui aurait pu en prendre ombrage.

Il tombait à pic. Les sénateurs pensèrent pouvoir le gouverner. Un adolescent, presque un enfant. Pensez ! Et puis ne réunissait-il pas en sa personne les deux branches des Médicis ? Par sa mère il était l'arrière-petit-fils de Laurent le Magnifique. Par son père il avait pour aïeul Jean dit « Popolano », l'ami des artistes surtout de Botticelli et de Filippo Lippi. Ce dernier peignit pour lui l'*Adoration des Mages*. Mais surtout il avait pour grand-mère Catherine Sforza, fille illégitime de Galeazzo Sforza, duc de Milan. Cette terrible comtesse de Forli qui, lors d'une révolte, assiégée dans son château, brava du haut des remparts ses assaillants qui tenaient ses six enfants en otages et menaçaient de les exécuter. Elle souleva ses jupes et, leur montrant son sexe, leur cria : « Si vous les tuez, je pourrai toujours avec ça en faire d'autres... » Ce qu'elle fit en épousant en troisièmes noces Jean de Médicis dont elle eut le grand condottiere « des Bandes noires ». D'elle,

Côme avait hérité la sauvagerie des Sforza. Ne roulaient dans sa tête que feu, armes et chevaux. Il était d'un caractère terrible qui pouvait se déchaîner à la moindre contrariété ; mais non dépourvu de grandes qualités de gouvernement, la colère dissipée.

Ces nobles Florentins, indécis, ne voulant voir en Côme qu'un pis-aller commode, une marionnette qu'ils pourraient mener à leur guise, ne se souvenaient-ils pas, alors qu'ils s'apprêtaient à lui abandonner le gouvernement, des massacres auxquels s'était livrée cette Catherine Sforza ? Après l'assassinat de son second mari, elle mit à mort, emprisonna, tortura, exila, ruina des familles entières. L'Italie frissonna devant ce déchaînement de sang, à commencer par le pape Borgia, pourtant habitué à de semblables cruautés.

L'adolescent caressa ces fins politiques avec la cautèle propre aux grands ambitieux. Il afficha l'apparence d'un jeune homme faible, uniquement absorbé par l'amour de la chasse et des chevaux, une nullité en somme qui se laisserait volontiers conduire. Ne le souhaitait-il pas même ? Il dissimulait son ambition derrière des manières humbles et soumises. Il les berna tous. Car dès qu'il fut investi du pouvoir, il jeta le masque et se montra sous son vrai jour. Il empocha la couronne de duc ; et Florence découvrit alors un tyran arbitraire, décidé à gouverner seul et par la terreur s'il le fallait.

Quand il ne pouvait se saisir de ses ennemis pour les faire exécuter sommairement au Bargello, Côme usait de *bravi*. Il était tenace, méticuleux dans ses vengeances, entêté comme un insecte. Il prenait son temps. Ce ne fut qu'après dix ans qu'il trouva l'occasion de faire assassiner Lorenzaccio à Venise. Il vengea ainsi son prédécesseur le duc Alexandre et, en même temps, désespéra le petit nombre de républicains qui demeuraient encore à Florence et tenaient Lorenzo pour un héros.

Aussitôt au pouvoir, il avait établi un système policier redoutable. Le moindre murmure de mécontentement lui était fidèlement rapporté. Il ne supportait aucun écart. Son propre conseiller, Sforza Almeni, tomba sous les coups de ses sbires un soir au coin d'une rue, pour avoir révélé à son fils aîné, le futur grand-duc François Ier, qu'il avait l'intention d'épouser Eleonora degli Albizzi, sa maîtresse. Côme était un haut et puissant seigneur auquel il n'était pas bon de manquer, fût-ce par une indiscrétion.

Les murs du palais du Bargello résonnaient journellement de cris, de lamentations. On y torturait en grand. On y étranglait, la mode du garrot étant arrivée d'Espagne en même temps que les Borgia. On y décapitait aussi. Après l'avoir désespéré, il « suicida » dans sa cellule de la Fortezza Philippe Strozzi, le chef du parti populaire, marié à Clarisse de Médicis, petite-fille du Magnifique, qui avait fait construire de ses propres deniers cette forteresse où il allait expirer. Et malgré tout cela, jamais la Toscane et Florence ne furent aussi puissantes et prospères que sous le règne de Côme Ier.

Il sut arracher au pape Pie V le titre de grand-duc que l'empereur devait confirmer six ans plus tard à son successeur.

En ce petit matin, deux lansquenets vont entourant un notaire. Dianora suit la marche en clopinant. Mal assurée, elle risque de glisser sur les dalles verglacées des rues. C'est qu'il a gelé la nuit précédente.

Dianora s'en va en cette compagnie. Deux valets en livrée portent ses baluchons. Les quelques hardes rapidement rassemblées. Elle ne semble guère impressionnée par l'équipage qu'on lui a dépêché. Fine mouche, elle a aussitôt compris que son destin allait changer.

« Je ne veux pas être mise en service, avait-elle naguère déclaré à sa mère quand elle avait été en âge d'être placée. Je n'irai pas faire le travail de ménage chez le vieux Galigaï. Je suis une demoiselle et plus tard je deviendrai une dame de qualité. » Catarina sa mère avait laissé dire. Elle-même était hantée par des rêves de grandeur. On n'en avait plus reparlé. Cependant il arrivait à Dianora de porter du linge à don Bardo Galigaï. C'était le dernier représentant ruiné de cette antique maison dont l'illustration remontait au temps de la comtesse Mathilde de Toscane. Le vieux aimait la jeunesse. Et Dianora savait l'amuser par mille facéties. Aux fêtes carillonnées il lui donnait toujours un demi-florin. Et ainsi, année après année, s'était-elle constitué un pécule. Chacun à la maison ignorait qu'elle eût ce trésor. Elle le dissimulait. Cependant, quand elle se trouvait seule elle n'aimait rien tant que la douce musique que faisaient ces petites pièces d'or lorsqu'elle secouait sa bourse.

Le notaire s'était présenté, ce matin-là, via Ghibellina, alors que le jour se levait à peine. Prime venait de sonner au couvent des Murate, quand, à la porte de la *bottega*, de violents coups retentirent. Cette impatience à se faire ouvrir de si bonne heure n'annonçait rien de bon. Quelques sbires du Bargello. C'était généralement l'heure où les hommes du maître des hautes œuvres commençaient leur tournée.

Jacopo descendit de l'atelier un rabot à la main. Ses deux fils sur les talons.

La rumeur courait dans le quartier que Jacopo Basteino aurait été un ancien reître converti à la vie civile. Après une jeunesse mouvementée, il s'était marié à la Catarina. Une forte en gueule du nom de Dosi. Il rejoignit la corporation des charpentiers. Et personne n'eût songé à évoquer ses origines tudesques sans les cris de sa tendre et chère : « Regardez-moi ce paresseux ! Cochon d'Allemand, va ! » Ses fils Balthazar et Sebastiano l'aidaient à présent dans sa petite entreprise. Tandis que les deux filles, Cassandre et Dianora, secondaient leur mère Catarina, lavandière de son état.

Le travail de Jacopo avait toujours été apprécié. En particulier de l'architecte arétin, Giorgio Vasari qui l'avait employé aux chantiers des Offices et ensuite à celui du Corridor.

Un tour de force que ce long couloir qui, survolant les toits de Florence, reliait le Palazzo Vecchio au palais Pitti de l'autre côté de l'Arno. Il traversait le fleuve sous le toit du Ponte Vecchio et contournait ensuite la tour Mannelli, pour enjamber la via dei Bardi et ouvrir une loggia à la hauteur de la tribune de l'église Santa Felicita d'où la famille grand-ducale pouvait à loisir venir entendre la messe sans être vue.

La famille Mannelli s'était opposée à ce que ce couloir passât par sa tour, orgueilleux vestige des temps troublés. Vasari avait imaginé, afin de soutenir le Corridor dans ce contournement, de hautes consoles du meilleur effet. Il avait confié la maquette de son projet à différents ouvriers, dont Jacopo.

Le travail soigné de Jacopo plut à Vasari. Parmi toutes les maquettes, c'est celle qu'il choisit pour présenter le projet au grand-duc Côme. Ce dernier l'approuva. Il s'enquit du maquettiste. Plus que la main d'un simple menuisier, on y décelait celle d'un ébéniste. Vasari désigna Jacopo au grand-duc Côme. Jaccopo devint dès lors un des maîtres d'œuvre du nouveau chantier. Par la suite, le successeur de Côme, le grand-duc François continua à l'employer. Ainsi travailla-t-il à l'aménagement par Buontalenti du palais Corbinelli via Maggio qu'il avait acheté pour sa maîtresse, la belle Vénitienne Bianca Cappello, et également à celui de la villa de Pratolino. C'est probablement de cette époque que date l'amitié qui lia Jacopo avec les intendants de cette dame.

On peut donc affirmer qu'une partie des poutres et poutrelles, des solives et soliveaux, des empannons et entrecroises, des tournisses et tasseaux devant servir aux charpentes de ce singulier corridor furent équarris et menuisés par les rabots de Jacopo, de ses fils et de ses apprentis.

Ce parcours aérien fut la dernière tocade architecturale du grand-duc Côme. Bizarre et fantasque chef-d'œuvre du baroque secret. Mieux : le prolongement de l'idée que se faisait Machiavel du Prince. En effet, il y a là une imagination de haute police. Ce passage est la parfaite métaphore d'un gouvernement absolu. Tyrannique dans le cas de celui de Côme. Mais d'une tyrannie qui n'accabla jamais le peuple, grâce à une justice équitable quoique expéditive lorsqu'il s'agissait de réprimer des complots ou des affaires de famille ; grâce encore à une administration capable et à des lois fiscales saines.

Ainsi, du haut de ce chemin de ronde, le regard du prince se faisait omniprésent. Il scrutait la Florence des conjurations et des complots. Il écoutait, prenait le pouls de la ville, faisait planer une menace diffuse, imprévisible.

L'achèvement du Corridor qui relie les deux lieux de gouvernement, le palais de la seigneurie devenu le Palazzo Vecchio au Palais grand-ducal, anciennement palais Pitti, sonna la retraite de Côme. Il délégua de plus en plus son pouvoir à son fils François qui venait d'épouser une archiduchesse d'Autriche, Jeanne de Habsbourg.

Côme, déjà éprouvé par la mort de sa femme Eléonore de Tolède et celle de plusieurs de ses enfants, vivait retiré. Il fit cependant le voyage de Rome pour y être couronné par le pape.

Lors d'un banquet dans le palais Médicis de la via Larga, il fut frappé d'une hémiplégie qui le paralysa et le priva de la parole. Après quelques mois, le mouvement du bras revint ainsi qu'une élocution embarrassée. Ce fut à cette époque qu'il s'éprit d'Eleonora degli Albizzi. Amour sénile. Il eut d'elle un fils et une fille. Le fils Giovanni de Médicis héritera de son père la passion de construire. Il apprendra l'architecture et c'est à lui qu'on doit la façade de l'église San Lorenzo qui fait face au Palazzo dei Cavalieri à Pise. On le retrouvera général en Flandres chez les Espagnols, puis à la cour de France.

La faveur de Jacopo était retombée sur sa famille et particulièrement sur Catarina, qui devint l'une des blanchisseuses attitrées de la cour. Elle y vit un signe de la Providence. Elle s'en gaussa. Elle passait sans encombre la poterne du Palais-Vieux, son panier de linge propre sur la tête. Les gardes la connaissaient. Ils la saluaient parfois. Elle s'y crut et fit la hautaine. S'imagina de la noblesse et, on ne sait pourquoi, commença à entretenir des liens familiaux autant qu'imaginaires avec la très ancienne maison des Galigaï. Elle en tympanisa tout le quartier. Jusque derrière Santa Croce, on entendit parler de sa nouvelle fortune et de ses ancêtres. Chacun en riait sous cape. On ne l'appela plus que la « très noble blanchisseuse ». Au marché de Saint-Ambroise, les dames de la halle lui donnaient long comme le bras du *Donna Catarina* en pouffant dans leur tablier. Ses hallucinations de grandeur durent se perpétuer assez longtemps car Dianora, sa petite dernière, sans doute en tétant le lait maternel, en attrapa les séquelles. En effet, à son tour, elle fut prise des mêmes étourdissements. Bientôt se répandit le bruit qu'elle n'était autre que la sœur de lait de Marie, la toute dernière des princesses de Toscane. Or la chose était absurde puisqu'elle était née cinq ans avant la princesse et qu'elle fut la dernière des enfants de la noble blanchisseuse.

Mais ce matin-là, alors que Jacopo descend en toute hâte l'escalier extérieur donnant sur la cour, ses yeux croisent ceux de sa femme qui s'affaire près du puits. A la porte les coups redoublent. Il faut ouvrir. D'ailleurs qu'ont-ils à se reprocher ? En bons citoyens de la ville de Florence, ils paient leurs impôts.

Catarina fait signe à ses filles de se retirer à l'intérieur de l'échoppe et d'y préparer les paniers de linge à livrer. Une rumeur sourde leur parvient de la cour. Catarina semble connaître le personnage à qui son mari vient d'ouvrir. Chuchotements. Dianora soupçonne aussitôt que ce remue-ménage la concerne. Elle entend prononcer son nom à différentes reprises. Suit le bruit des pièces d'or répandues et celui d'une fiasque que l'on débouche. Les verres tintent. Mais à qui donc trinque-t-on ? A elle, à son nouveau destin. Ah, ce grésillement de l'or, elle ne l'oubliera jamais ! Quand Catarina ouvre la porte, elle sait que sa fille a tout deviné. Elle tient cependant à lui expliquer : « Tu vas vivre dorénavant avec ta sœur de lait la princesse Marie. Sois respectueuse. Elle est princesse de Toscane et fille de notre grand-duc François. Elle est orpheline de sa mère et on la dit triste… La grande-duchesse Bianca t'a choisie pour la servir. » Dianora n'a que quinze ans et la fillette à qui on l'offrait comme marotte – qui sait comme souffre-douleur ? – est sa cadette de cinq ans. Une sœur de lait ! Que ne va-t-on pas inventer ? Elle imagine sur-le-champ ce qu'elle peut tirer de cette supercherie. Puisque la grande-duchesse Bianca le veut, bien, qu'il en soit ainsi !

L'histoire de la belle Vénitienne fait partie des annales de Florence. C'est au vrai un ragoût de médisances et de demi-vérités.

Bianca Cappello appartenait à l'une des plus riches et des plus considérables familles de Venise. Par sa mère, Pellegrina, elle cousinait avec la famille dogale des Morosini. Ses parents, elle et ses frères habitaient un splendide palais sur le Grand Canal. Belle, possédant un charme inné, elle vivait par foucades. A quinze ans, sa renommée n'était plus à faire. Le Titien l'avait peinte. Et jamais, dans aucun autre portrait, ce peintre n'avait rendu aussi bien, et avec autant de nuances, la chevelure châtain cuivré que l'on nomme « blond vénitien ».

Ses parents avaient promis Bianca à Zanetto Zorzi, un barbon riche et d'illustre famille. Ici les récits divergent. Certains pensèrent que c'est pour fuir ce mariage dont elle avait horreur qu'elle se laissa séduire puis enlever par Piero Bonaventuri, un jouvenceau de Florence, noble et ruiné. D'autres, qu'elle avait agi, mue par une véritable passion, comme on peut en ressentir à son âge.

Piero était employé à la banque Salviati dont l'annexe vénitienne se trouvait dans une étroite ruelle, bordant le palais Cappello. Les deux jeunes gens firent connaissance de fenêtre à fenêtre. D'autres prétendirent qu'ils se rencontrèrent lors d'une fête chez la tante de Bianca, au palais Gritti.

Bianca est déterminée. Elle emploie la ruse pour revoir son amoureux. Elle sort au milieu de la nuit pour se rendre dans l'appartement de Piero, au-dessus de la banque. Elle prend garde à chaque fois de ne pas tirer la porte du jardin. Au matin quand elle quitte son amant, elle retrouve la porte entrebâillée. Ce manège se poursuit déjà depuis quelques semaines quand un serviteur, plus zélé que les autres, voyant la porte entrouverte, la pousse. Quand Bianca survient à l'aube c'est pour constater le désastre. Impossible de rentrer au palais. Elle court chez son amant. Elle lui explique la situation. Le scandale, le cloître pour elle, la mort pour lui. La décision est rapidement prise. Ils doivent fuir. C'est leur unique chance.

On est fin novembre de l'année 1563 et le temps s'est mis au beau froid. Ils débusquent un nautonier qui accepte de les conduire jusqu'à Chioggia. De là, à grand galop, ils se lancent sur la route de Florence. Bientôt ils ont quitté les Etats de la Sérénissime. Ils sont hors de danger. On prétend que c'est à Venise, avant de s'enfuir, qu'ils se seraient mariés ; d'autres pensent que ce fut à leur arrivée à Florence qu'ils reçurent une rapide bénédiction. Ce qui est certain, c'est que la présence de Bianca est signalée dès le surlendemain dans la maison familiale de Piero sise piazza San Marco.

Le luxe du palais Cappello ne règne pas dans cette nouvelle demeure, loin s'en faut. Les talents ménagers de Bianca sont rapidement mis à contribution. De princesse, la voilà servante. Les Cappello sont puissants : ils ont offert 2 000 ducats à celui qui leur rapporterait la tête de Piero. L'oncle de ce dernier, Gian Battista qui travaille également à la banque Salviati à Venise, a été jeté aux Plombs où on l'oubliera rapidement. Par ailleurs la Sérénissime pèse de toute son autorité auprès du gouvernement florentin pour que Bianca lui soit rendue. Côme interdit qu'on attente à la personne de cette jeune femme qui, par son mariage, est devenue florentine.

Bianca est prisonnière dans sa nouvelle famille, menée à la dure, condamnée par tous, méprisée par les Florentins, mais peu lui importe si Piero lui demeure fidèle. Enceinte, elle accouche bientôt d'une fille à qui elle donne le prénom de sa mère Pellegrina. Cette fille épousera plus tard un Bentivoglio.

Ses moments de répit, Bianca les passe à sa fenêtre. Un matin François, prince de Toscane, le fils aîné de Côme, traverse la place San Marco à cheval. Il se rend à la villa Petraïa où Côme aime séjourner depuis qu'il a perdu sa femme Eléonore de Tolède et deux de ses fils lors d'un voyage dans la Maremme. Il a pris ses distances vis-à-vis du pouvoir qu'il abandonnera bientôt à François.

Ce dernier donc à cheval lève le nez et aperçoit cette beauté en plein ciel. Vingt-deux ans avec l'orgueil du jeune mâle à qui rien ne doit résister, ajoutés à la violence du sang, il tombe aussitôt en amour. Qui est cette belle ? On la lui nomme. Comme chacun à Florence, il connaît son histoire.

Et son mari Piero Bonaventuri... ? Que lui importe, on se chargera du mari ! Il y a chez le prince assez de vice pour concevoir un ménage à trois. La marquise de Mondragone, épouse de son précepteur espagnol, ne possède-t-elle pas sur cette place un casino ? Quel mal y a-t-il à traverser une place ? Bianca ne sait comment refuser l'invitation. Elle accepte le rendez-vous. La voilà au pied du jeune prince. N'est-elle pas déjà dépouillée de tout, faut-il encore qu'elle sacrifie son honneur ? Le prince la contemple. Il n'en croit pas ses yeux de tant de beauté. Il la caresse du regard. Quelques jours se passent. Bianca commence à craindre pour la vie de son mari. Au vrai, Piero est de peu de poids dans sa décision. Elle est séduite par François. Les égards, les cadeaux, les joyaux, cette vie de luxe qu'il lui procure est incomparable avec l'existence misérable que lui offre ce mari dont elle a découvert le vrai visage.

Piero s'est lassé d'elle rapidement. Il est devenu dur et insolent. Il a des maîtresses et ne s'en cache pas. De surcroît, il est vénal. François, qui a percé cette belle nature, achète sa complaisance. Il lui octroie une charge à la cour. Il offre au couple un palais via Maggio qu'il fait restaurer à grands frais. Du palais Pitti, un passage secret mène à la demeure de la belle. Quand il n'est pas dans son laboratoire à s'adonner à des expériences pour fondre le cristal de roche ou trouver le secret de la porcelaine chinoise, François emprunte le souterrain pour rejoindre Bianca.

Bientôt ont lieu les fiançailles puis le mariage de François. Il épouse Jeanne, archiduchesse d'Autriche et sœur de l'empereur Maximilien II. Elle est froide, sans charme et légèrement contrefaite ; pour toute expression, son visage ingrat ne sait afficher que la morgue. Elle ne dissimule pas son mépris pour les Toscans. Elle donnera cependant six enfants à François, dont deux seuls survivront, Eléonore duchesse de Mantoue et Marie, reine de France.

Ce mariage n'empêche nullement François d'emprunter chaque soir le souterrain qui le mène à son grand amour. François aimera passionnément, sa vie durant, Bianca. Rien n'y fera. Pas même les doléances de l'empereur que cette sœur harcèle.

Piero de son côté tient le rôle du mari complaisant. Il mène une vie de libertin. La débauche est sa spécialité. Une nuit, il se trouve cerné près du pont de la Sainte-Trinité par des bravi à la solde d'un membre de la famille Ricci qu'il aurait, dit-on, outragé. Stylets, rapières, un corps qui s'abat, l'affaire n'a été que d'un instant. Le lendemain, à la première heure, le guet retrouve Piero Bonaventuri percé de coups, sans vie. De la belle ouvrage. A Florence, on sait apprécier les artistes. Et les spadassins sont des artistes en leur genre. En tout cas une spécialité bien florentine qui s'exporte dans toute l'Europe.

Qui est le commanditaire du crime ? Les Ricci ? Ils ne sont pas assez puissants pour s'attaquer ainsi de front au mari de la favorite du prince de Toscane. Rapidement, divers bruits courent la ville. Certes, le mari était gênant et comme on n'ose accuser François, la responsabilité de ce meurtre retombe sur Bianca.

Il est vrai que déjà à l'époque, le frère de François, le cardinal diacre Ferdinand de Médicis, s'emploie en sous-main à saper la réputation de Bianca. Sa haine née d'on ne sait quelle jalousie tournera bientôt à la monomanie. Quand, en 1582, meurt don Philippe, l'unique fils de François et de Jeanne, on parle encore de poison, et c'est évidemment Bianca que la rumeur tient pour responsable.

A cette époque, Bianca est mariée à François. Depuis quatre ans, elle est grande-duchesse de Toscane. En effet, à peine Jeanne de Habsbourg morte, François a épousé en 1578 Bianca dans l'intimité, en la chapelle du Palazzo Vecchio. L'année suivante, de nouvelles noces auront lieu à San Lorenzo, suivies de tournois, de courses de taureaux, de bals, de jeux musicaux et, par toute la ville, de fêtes populaires.

Dans la grande salle du Palazzo Vecchio, Bianca ceinte de la couronne de Toscane reçoit une délégation de la Sérénissime qui la salue comme « fille véritable et bien-aimée de Venise ».

Deux ans avant la mort de la grande-duchesse Jeanne, Bianca a donné un fils à François, le petit don Antonio.

Le bruit a couru que l'enfant n'était pas d'elle. Quatre villageoises auraient accouché à sa place en secret. Des trois premières ne devaient naître que des filles, la dernière aurait donné un nourrisson mâle. C'est cet enfant que Bianca aurait fait passer pour sien. Bianca se serait par la suite employée à supprimer les mères. Ces rumeurs ne sont que des contes. Bianca voulait que l'enfant puisse régner, disait-on. Né hors mariage, jamais il n'eût pu prétendre à la succession de Toscane.

Don Antonio porta le nom de Médicis comme il était d'usage pour les enfants illégitimes à cette époque et fut passionné de musique et de chant.

La fable des quatre villageoises assassinées trouva longtemps un écho parmi les Florentins, même après la mort de Bianca et de François. Elle s'en vint grossir la légende des Médicis, fastueuse en beaux crimes.

Et tout en traversant le Ponte Vecchio Dianora repasse dans sa tête ce qu'elle sait de la vie aventureuse et amoureuse de Bianca Cappello. C'est sur l'ordre de la grande-duchesse, elle n'en doute pas, qu'on la conduit au palais. Plus on s'en approche, plus son cœur bat vite.

Dianora est laide, elle le sait. Elle sait aussi qu'elle possède une forme de bonne humeur et de gaieté, et par-dessus tout un incroyable appétit de vivre. Sa détermination farouche à se ménager une place au soleil lui suffira pour ne faire qu'une bouchée de cette petite princesse de Toscane.

III
Où Dianora devient Léonora

Dianora traverse l'enfilade des salons et des appartements qui grouillent de pages et de laquais en livrée, de bouffons et de naines de toutes sortes, de dames et de gentilshommes harnachés à l'espagnole, bardés de prérogatives et de cérémonials.

On murmure sur son passage. Toute nouvelle figure en ce monde suranné, qui tourne à vide, inquiète depuis que le grand-duc François s'est retiré dans ses villas des collines, à Pratolino, à Poggio a Caiano. Dianora comprend qu'il lui faudra désormais voiler ses sentiments. Froissements de soie, chuchotements, révérences.

Les hommes, la main posée sur le pommeau de l'épée, la jambe droite avancée et l'autre à l'équerre, le soulier surmonté d'un chou en taffetas, regardent passer, l'œil las et méprisant, cette pécore de cuisine. Ils ne connaissent pour sentiment que la morgue depuis qu'une pute vénitienne est devenue grande-duchesse de Toscane et s'en va racoler dans les bas-fonds de Florence des compagnes pour la princesse Marie.

A la conciergerie Dianora a abandonné ses vieux vêtements pour en revêtir de nouveaux. Mais ces mirobolants courtisans, ces pages impertinents, ces dames d'atour guindées dans leur vertugadin ont débusqué, en dépit de ses nouveaux habits, cette odeur de pauvreté dont on ne se défait pas aussi rapidement. Elle est et demeurera longtemps une personne déplacée. Incongrue dans ce monde velouté et inquiétant où se tournent et retournent, tels des insectes, ces figures hiératiques enveloppées de soie et de dentelle à haute collerette et fraise godronnée, ayant pour certains au côté, extension vénéneuse de leur être, une épée dans un fourreau gainé de soie rouge, violine, bleu nuit parfois, d'où s'échappent, par un subtil déclic, différents stylets.

Dianora dans l'instant saisit le désarroi de ces êtres parqués dans leur désœuvrement. La soie, le velours, les dentelles, les pommades, les rouges, les poudres, les bonnets à l'italienne, les frisures, les parfums entêtants ne peuvent masquer totalement le dard venimeux ainsi que le tempérament à la fois violent, fourbe et contenu de cette gent courtisane.

Dianora a pour la première fois le sentiment d'être exclue. Mise à part. D'être une irrégulière. Elle ne sait pas encore que c'est dans cette irrégularité qu'elle puisera sa force. Sa parenté de l'ombre, son cousinage de la clandestinité. Elle se prêtera mais ne se donnera qu'à elle-même. Elle évitera ainsi de devenir un de ces mannequins qui font le pied de grue dans les antichambres en se tortillant dans leur élégance.

Un doute la saisit. Elle se sent seule, abandonnée, jetée dans un monde inconnu. Cependant elle tire une ivresse de cet état, de ses oscillations intérieures. Elle connaît ce ton grave et nu des véritables rieurs, ce rire doré. Elle possède aussi le goût de la découverte d'elle-même. Soudain elle aperçoit un miroir. Elle s'en approche. Elle pousse un cri. Chancelle avant de s'évanouir. On se précipite. On la relève. On lui fait respirer des sels.

Dorénavant elle évitera de se mirer.

Elle traverse encore d'autres galeries et toujours sur son passage les mêmes murmures. Enfin elle débouche dans un petit cabinet qui prend son jour sur le jardin et les fontaines. Le Boboli est là devant elle. Univers de marbre, de statues, de bassins, d'îlots, de cascades, de grottes, de cabinets de verdure, de théâtres, de labyrinthe. Une architecture pour les plaisirs, les rendez-vous nocturnes, les fêtes, les redoutes, les barcarolles. De longues allées de cyprès montent à flanc de collines. Et tout là-haut de délicieux potagers où les oiseaux s'en viennent pépier.

A cet instant des cris d'enfants s'élèvent du jardin. Dianora s'approche de la fenêtre. Elle aperçoit une petite troupe qui joue à la sardine. Seule une fillette blonde est demeurée assise sur un banc, montrant par son dédain son peu de goût pour ce jeu. Elle se tient comme empotée dans sa graisse tout en laissant tomber sur ses camarades un regard bleu délavé, inexpressif. Cependant dès qu'un jeune garçon ou une fillette s'approche de trop près, elle les rappelle à l'ordre et les oblige à lui faire la révérence.

Dianora comprend que cette enfant boudeuse lui est destinée. Aussitôt elle entrevoit ce qu'elle en tirera. Elle ne sait pas encore par quel chemin elle la mènera, mais déjà elle devine que ce sera par le bout du nez.

Elle en est là de ses réflexions quand elle perçoit derrière elle une présence. Si on lisait dans ses pensées comme elle sait lire dans celles des autres on devinerait ses craintes. Lentement elle se retourne. Et c'est un éblouissement. La dame se tient dans la lumière. Comme enchâssée de soleil. Elle est vêtue d'une robe de fine toile bleue brodée de petites perles qui donne l'impression de bouquets printaniers épars. Dianora ne voit que la chevelure. Une masse de cheveux relevés. Incandescents. Ciselés et fluides. Un parfum subtil s'en dégage. La dame la fixe. Et l'enfant qu'elle tient par la main aussi. Dianora se trouve en présence de la grande-duchesse et de don Antonio, son fils. Seule Bianca Cappello possède une telle chevelure. La ligne du visage, le nez fin et droit aux narines mobiles, les lèvres rouges et cet ovale pâle, tout y est. La voix grave également. Par la suite Dianora oubliera ce qu'elle lui a dit à ce moment précis. La musique, la musique harmonieuse seule demeurera.

Elle s'écroule aux pieds de la grande-duchesse qui la relève avec douceur. Lorsqu'elle se redresse la vision a disparu. De cet instant, Dianora aura le sentiment d'appartenir à la famille des Médicis.

Le soir même elle entreprend sa première séance de dressage. Elle brosse les cheveux de la princesse avec un soin perfide. De ses yeux sans sourcils qui rendent son regard encore plus globuleux, Marie regarde la fille noiraude, aux cheveux frisés, bouffonnant mille folies autour d'elle. Quelqu'un, enfin, se soucie d'elle. Pour la première fois elle esquisse un sourire.

Dès lors, il n'y en aura que pour Dianora. Cependant ce diminutif n'est pas assez noble, à son gré, pour retentir dans le palais, ses cours et ses jardins. Aussi devient-elle Léonora.

Au grand dam des gouvernantes et des précepteurs, Léonora exerce très vite son ascendant sur Marie. Elle la tire peu à peu du cocon de morosité où elle se tenait recluse.

Dans cet immense palais, jamais un rire. Son frère Philippe était mort l'année précédente. Sa sœur Anne l'avait suivi quelques mois plus tard. Quant à Eléonore, son autre sœur, elle vient de quitter Florence pour Mantoue.

Marie a boudé les fêtes de fiançailles. Ces bals, ces comédies, ces chasses présidés par sa marâtre lui ont été intolérables.

Elle aime le faste, mais elle préfère s'en priver pour bien montrer son désagrément. La présence de Bianca Cappello au palais l'ulcère. Elle y perçoit une insulte à la mémoire de sa mère, à ce sang des Habsbourg dont elle est si fière. Bianca n'est à ses yeux qu'une veuve de bourgeois florentin décavé. Une sorcière qui a envoûté son père et causé la mort de sa mère. C'est l'étrangère. Elle use de mille stratagèmes pour ne jamais prononcer son nom.

Marie se sent orpheline. Elle n'a pour ainsi dire jamais connu sa mère. Quant à son père, qui préfère vivre avec Bianca dans ses villas, s'il passe au Pitti, c'est en coup de vent, sans jamais pousser jusqu'aux appartements des enfants.

L'arrivée de Léonora met un peu de vie dans ce climat désertique ; un peu de désordre et de désobéissance dans la stricte étiquette copiée sur celle de Madrid. Eclats de rire, tutoiements, regards complices. Cependant les gentilshommes officieux et inquiétants continuent leurs processions dans le palais. Ils y maintiennent la longue main de l'Espagne. Parfois s'y mêlent des simarres cardinalices. Alors passe, insidieux et rapide, le cardinal-oncle, Ferdinand de Médicis. Il réside à Rome mais entretient des espions au Pitti. Il hait lui aussi sa belle-sœur Bianca. Il craint qu'elle ne fasse reconnaître don Antonio comme héritier légitime. Depuis la mort de don Philippe rien n'empêcherait son frère de prendre pour héritier ce bâtard. Du cardinal il n'a que la dignité, n'ayant jamais reçu les ordres, aussi espère-t-il succéder à son frère François si d'aventure celui-ci disparaissait. Ses agents de propagande avec un art doucereux et jésuite répandent par la ville d'horribles fables sur le compte de la grande-duchesse. Cependant il témoigne de l'affection à sa nièce Marie et voit d'un bon œil la présence de Léonora auprès d'elle. Comme beaucoup au palais, il la pressent malléable ; une fille du peuple ne peut être qu'éblouie. Elle deviendra, le temps venu, un pion qu'il pourra déplacer à son gré.

IV

Don Pierre de Médicis

Don Pierre, le benjamin des huit enfants de Côme, rôde parfois dans le palais. C'est un être trouble. Un agent de l'Espagne. Il travaille pour le cabinet de Madrid. Ses frères le méprisent. Les habitants de Florence le craignent. Il promène à ses trousses une troupe de jeunes gens aux allures ambiguës. Sa vie n'est qu'une longue suite d'orgies et de violences.

Peu avant sa mort en 1562, la duchesse Eléonore femme de Côme Ier fit venir auprès d'elle sa nièce, la fille de son frère don Garcia Alvarez de Tolède, afin qu'elle fût élevée avec ses enfants.

Cette nièce se prénommait Eléonore aussi. Et venait d'avoir quinze ans. Une beauté. Le bruit courut que le duc Côme s'en était épris. De nuit, il se serait glissé dans sa chambre et en aurait abusé, et on ajoutait même qu'à cette nuit en auraient succédé d'autres. Le bruit persistant, il la maria à son fils Pierre. On a raconté tant de choses à propos de Côme qui, par la suite, se sont révélées fausses, comme le meurtre de son fils Garcia qu'il aurait poignardé de sa main ou le rapt de sa propre fille Isabelle. En ce cas précis, voulant resserrer les alliances espagnoles, il avait eu à cœur de marier son benjamin à une Alvarez de Tolède, proche parente des ducs d'Albe.

Le mariage fut fastueux. Festins, théâtres éphémères, musiques... Les Médicis étaient passés maîtres dans l'ordonnance des fêtes. Au soir des noces, les jeunes mariés s'en allèrent habiter le palais Médicis de la via Larga. La demeure des grands Médicis, construite par Michelozzo pour Côme le Grand. L'allégorie du *Printemps* de Sandro Botticelli figurait toujours dans les boiseries du lit de repos des appartements princiers.

Pierre reprit aussitôt ses anciennes fréquentations. Eléonore feignit d'ignorer la crapule qui hantait le palais. Quand il traversait ses appartements c'était pour l'insulter. Il la tourmentait par mille jalousies. C'était sa façon de montrer qu'il était un homme. En dépit de ces dissensions, il leur naquit un fils qu'ils prénommèrent Côme comme le grand-père paternel. Le bonheur apporté par cette naissance fut de courte durée. En réalité Eléonore et Pierre vivaient séparés. Les fêtes succédaient aux fêtes. Dans ce tourbillon Eléonore remarqua un jeune officier, Francesco Gaci. S'ensuivirent des apartés. Le bel officier découvrit rapidement la véritable identité de la dame, il prit peur et s'enfuit. Pierre de Médicis était connu pour entretenir une escouade de bravi. Les mœurs espagnoles corsetaient Florence, au moindre soupçon, chacun pouvait se faire le médecin de son honneur. Le regard d'Eléonore fut une nouvelle fois attiré par un jeune homme, hardi et bien fait. On le lui présenta. Il se prénommait Bernardino et appartenait à l'illustre famille des Antinori. Ils devinrent rapidement amants. Une après-midi alors que la jeunesse dorée de Florence venait de jouer au ballon sur la place Santa Croce devant un parterre de dames et de demoiselles parmi lesquelles se trouvait Eléonore, Bernardino se prit de querelle avec Francesco Ginori. Une plaisanterie un peu appuyée. Les jeunes gens ont le sang chaud. Une allusion. C'était le mot de trop.

Un regard, un rayon de lune, l'ombre d'un soupçon et les épées rapides brillent la nuit venue dans la ruelle qui mène du palais Strozzi à la Porta Rossa. Ginori tombe mortellement percé. Le lendemain, le jeune Antinori va se livrer à la justice. Les Antinori sont puissants. Aussi, en attendant que l'enquête soit close et justice rendue, Bernardino se trouve consigné dans son palais face à l'église San Gaetano.

Folle d'inquiétude, Eléonore, quittant toute réserve, s'en vient de nuit rôder à l'entour du palais. Le voir, lui parler par la fenêtre. Elle aime, se sait aimée. Elle revient plusieurs nuits de suite. En vain. Bernardino a été transféré dans la forteresse de l'île d'Elbe. De là il lui envoie des lettres enflammées. L'une d'elles est remise à Giulio Caccini, un chanteur et instrumentiste de la chapelle des Médicis. On a demandé au musicien le secret. Une lettre pour l'épouse de don Pierre. Il soupçonne aussitôt une intrigue de cour. Il aime l'intrigue. Il pressent qu'il pourrait, en remettant à qui de droit ce message, se pousser à la cour. Qui sait ? Devenir maître de chapelle. Il compose de la musique lui aussi. Il aimerait que celle-ci soit jouée. Il fait sauter le cachet, lit le contenu de la lettre et la porte, sur-le-champ, au secrétaire du grand-duc François qui la montre à son maître. Ce sont-là choses de famille qui ne sauraient intéresser la justice. Le grand-duc ordonne que le jeune Antinori soit en diligence ramené à Florence et déféré au Bargello. A peine y est-il qu'on lui fait savoir qu'il n'a qu'une heure pour se préparer à la mort. Un prêtre est introduit dans le cachot. Il le confesse. Le prêtre sorti, c'est au tour du bourreau de paraître avec le garrot. En un tour de main Bernardino est étranglé. On est le 20 juin 1576.

Pour une affaire secrète et privée, ce genre d'exécution est un moyen sûr. Pas d'échafaud, pas d'apparat, pas de témoins. Seulement le jour douteux d'un cachot et un maître du garrot espagnol. Depuis que don Michele Corriglia, l'excellentissime bourreau des Borgia, virtuose de cet instrument s'il en fut, était venu jadis s'installer au Bargello, ce mode d'exécution avait atteint le grand art.

Le lendemain, le grand-duc François rendit visite à sa belle-sœur. Il lui dit qu'il savait tout de sa liaison. Dans le même temps, il lui apprit l'exécution de son amant. Il regarda froidement Eléonore s'évanouir. Elle pleura plusieurs jours sur son amour, sur elle-même. Elle commença alors à craindre pour sa vie. Depuis un an, son époux vivait hors de Florence. Il résidait dans sa villa de Cafaggiolo avec ses mignons, ses chevaux et ses grands chiens. De loin, il s'amusa un temps de son désespoir. Le moindre de ses soupirs lui était rapporté. Les jours passèrent.

Eléonore reprit espoir. Elle ne se doutait pas un instant que don Pierre l'avait ferrée et s'amusait à la fatiguer. Le désespoir par l'espérance. Bientôt il se lassa du jeu et décida d'en terminer.

Le 10 juillet au matin, Eléonore se trouve encore dans ses appartements quand un serviteur de son mari se présente au palais. Il lui faut se rendre en toute hâte à Cafaggiolo. La villa construite par Michelozzo à la même époque que le palais Médicis se trouve dans le Mugello.

L'invitation, délivrée sur un ton aimable, n'aurait dû susciter aucune alarme. Cependant, Eléonore perçoit derrière ces fioritures de civilités un ordre auquel elle ne saurait se soustraire.

Elle demande à ce qu'on repousse le départ au lendemain pour passer la nuit auprès de son fils. Le lendemain, elle s'attarde dans ses préparatifs. Tout est prétexte à différer le départ. Une robe, un ruban lui fait soudain défaut. Enfin, l'après-midi, elle se résigne et monte en voiture. Elle pleure, se tord les mains. Autour d'elle, c'est l'été. La campagne s'ébroue sous le soleil. Les paysans roulent les foins. A la nuit tombante, elle arrive à Cafaggiolo. Pas une lumière. Le silence enveloppe la demeure. Ses valets et ses femmes sont terrifiés par l'aspect de la villa. Seule, laissant sa suite derrière elle, elle s'avance vers la porte. Arrivée dans l'immense vestibule, elle y trouve don Pierre. Il lui baise la main et, sans un mot, l'entraîne dans une salle où une table a été dressée pour le souper. Ils s'assoient. Les jeunes serviteurs du prince s'affairent dans l'ombre. On peut entendre le bruit du vin dans les gobelets d'or. Eléonore est à l'agonie. Au milieu du repas don Pierre se lève, tire une dague et en porte un coup à sa femme. La bière a été placée dans une pièce attenante. Le corps y est déposé et, avant l'aube, ramené à Florence. Eléonore se trouve dans la crypte de la nouvelle sacristie de San Lorenzo. Son fils le petit Côme l'y rejoindra deux mois plus tard.

Dans Florence on évoqua le cœur fragile de la princesse. Cependant chacun savait à quoi s'en tenir.

Tous ces crimes, ces meurtres passionnels, ces vengeances, tous ces on-dit et non-dits finirent par créer un climat délétère autour de la petite Marie. Depuis sa tendre enfance, elle infuse sans même s'en douter dans ce sfumato sanglant.

Cependant Léonora va et vient à sa guise dans le palais. Elle débusque les odeurs des cadavres. Elle s'intéresse à ces morts. Elle remue les eaux muettes des bassins du parc pour en faire remonter les images de ces princesses assassinées et, selon l'humeur de sa maîtresse, les lui propose comme des fantaisies. Elle acquiert la maîtrise de l'oblique qui lui servira tant plus tard.

En cette société où la rumeur malveillante, la calomnie et la délation ont tant de poids il n'est pas difficile de supposer que certaines liaisons sont de pures inventions comme aiment à en broder les laides, les beautés sans grâce ou les femmes vertueuses jusqu'à l'exagération.

V

Un premier flirt

Des mois passèrent, des années aussi. Léonora et Marie sont devenues inséparables. Elles vivent d'un même souffle, d'un même cœur.

On les voit courir dans le parc, se perdre dans le labyrinthe. Un oiseau échappé de la volière, une fleur qu'il faut absolument aller cueillir au jardin du chevalier de Malatesta, celui-là même que Michel-Ange dessina. Tout leur est prétexte à évasion.

Bientôt un jeune garçon, à peine de quelques mois plus âgé que Marie, se joint à leurs échappées. C'est Virginio Orsini, un cousin germain, le fils de la défunte Isabelle de Médicis, sœur de son père. Il est duc de Bracciano, baron romain, colossalement riche et orphelin de mère et, depuis peu, de père. Il est beau. Et va sur ses quinze ans. Tout dénote en lui le grand seigneur. Marie en a le béguin. Virginio allie à la beauté de sa mère Isabelle la vigueur de son père Paolo Giordano Orsini, seigneur violent, passionné et criminel.

En effet en 1576 Paolo Giordano a étranglé sa femme Isabelle de ses propres mains.

Il avait fallu peu de temps à donna Isabelle pour comprendre l'homme fourbe qu'elle venait d'épouser.

Il la tenait recluse dans son palais de Rome. Pour lui échapper, elle invoqua la maladie de son père, le grand-duc Côme : il avait besoin de sa présence à Florence afin qu'elle le soigne. Son père mort, elle ne mit aucun empressement à regagner Rome et demeura au Pitti.

Elle semait la gaieté autour d'elle, le soir on pouvait l'apercevoir dans un bosquet du Boboli entourée de musiciens. Entre elle et Bianca Cappello naquit une sincère amitié. Ce sentiment n'était un secret pour personne ; en tout cas pas pour la grande-duchesse Jeanne qui vivait encore.

Paolo Giordano entretenait à la cour de Toscane des espions. Sans aimer sa femme il était toutefois possédé par cette maladie de l'honneur. Un cousin, Troilo Orsini, qui revenait d'une ambassade à Vienne, montait pour lui la garde auprès de sa femme. Paolo Giordano guettait le premier faux pas. Depuis quelque temps, il était éperdument amoureux jusqu'à en perdre la raison et voulait se débarrasser de cette épouse encombrante.

L'objet de tous ses désirs n'est autre que la belle Vittoria Accaramboni, femme de Félix Peretti, neveu du très puissant cardinal Montalto. En fait Félix s'appelle Mignucci mais il a pris le nom de jeune fille de sa mère Camille, sœur du cardinal.

Vittoria, jeune femme d'une beauté extraordinaire mais d'un caractère ambitieux, voit dans la passion sénile d'Orsini une possibilité d'élévation. Entre l'état de duchesse et celui de nièce d'un cardinal puissant mais pauvre elle n'hésite pas un instant. Orsini est ensorcelé.

Deux obstacles cependant s'opposent à leur dessein. Pour elle un mari, une femme pour lui.

Paolo Giordano dans son palais romain, véritable repaire de hors-la-loi, échafaude un plan pour se défaire de sa femme quand un courrier lui annonce que son cousin Troilo vient de tuer en duel un page du grand-duc François, un certain Lelio Torello. Les deux jeunes gens s'étaient pris de querelle : l'un et l'autre soupiraient pour Isabelle à en croire les bruits de palais. On allait jusqu'à prétendre qu'ils auraient été ses amants.

Fort de cette rumeur, Paolo Giordano se met à faire des gorges chaudes de son honneur perdu. Et avec d'autant plus de conviction que son cousin Troilo a pris la fuite. Il s'est réfugié à Paris où Catherine de Médicis vient de lui confier une mission en Pologne. Peu importe que ceci ne soit que des rumeurs. Paolo Giordano tient enfin un motif pour se débarrasser d'Isabelle. Il prévient ses deux beaux-frères de son noble état de cocu. Ceux-ci ne font aucune difficulté à ce qu'il lave son honneur. Chef de famille, il a le pouvoir de vie et de mort sur tous ses membres.

A Florence, Isabelle pressent le danger. Elle écrit à la reine Catherine, la suppliant de lui accorder l'asile en France. Cette dernière accepte.

Le départ est organisé en secret. Plus le jour fixé pour la fuite approche, plus les angoisses d'Isabelle augmentent. Un bruit, un pas qui glisse derrière une tenture, tout est sujet à l'effroi. Elle vient, il est vrai, d'apprendre l'assassinat de sa belle-sœur Eléonore alors même que son frère Pierre lui prodiguait mille amitiés.

Le temps a tourné à l'orage. Elle aimerait pouvoir se promener à la fraîche dans les allées de Boboli comme autrefois mais par peur d'un mauvais coup elle demeure recluse dans ses appartements.

C'est alors que Paolo Giordano débarque de Rome. Il est tout sourire. Il caresse sa femme. Il ne s'attarde pas. Dès le lendemain il est reparti pour Ceretto Guidi, une villa près d'Empoli. Côme Ier a fait construire cette demeure ; à sa mort, il l'a léguée à Isabelle.

A quelques jours de là, le 16 juillet 1576, Isabelle reçoit un billet. Elle est priée de rejoindre promptement son époux. Une chasse devant avoir lieu le lendemain, il tient à ce qu'elle en fasse les honneurs. Elle part aussitôt pour Empoli avec ses caméristes et son amie d'enfance Lucrèce Frescobaldi.

La villa avec ses deux volées d'escalier s'entrecroisant se dresse devant elle. Sur les terrasses les valets de chasse s'affairent. La nuit tombe peu à peu. Isabelle suivie de Lucrèce pénètre dans la villa. Paolo Giordano, averti de l'arrivée de sa femme, vient à sa rencontre. Il tient en laisse deux grands lévriers. Cadeau pour Isabelle qui, dès le lendemain, pourra durant la chasse juger de leurs qualités. Au souper Paolo Giordano boit, plaisante. Il accable Isabelle de prévenances comme un jeune amant avec une maîtresse. Le vin, la conversation joyeuse, la présence de Lucrèce, Isabelle peu à peu se rassure. Le souper fini, Paolo Giordano se retire et engage sa femme à en faire autant. Isabelle hésite. Elle regarde Lucrèce pour prendre conseil. De sa chambre son mari s'impatiente. Elle se lève à contrecœur. Un valet l'éclaire. Elle se trouve bientôt dans la chambre de son époux. Elle veut appeler une de ses femmes pour l'aider à se dévêtir. N'en faites rien, lui souffle Paolo Giordano à l'oreille. L'obscurité autour d'elle est totale. Son mari se fait de plus en plus pressant. Isabelle se laisse entraîner vers le lit. Il la tient serrée sous lui. C'est alors qu'il attrape une corde qui pend du plafond. Il la passe au cou de sa femme et l'étrangle en la couvrant de baisers.

Le lendemain Florence apprend la mort d'Isabelle. Chacun feint de croire à cette apoplexie dont elle aurait été victime en se lavant les cheveux. Des indiscrétions et tous les détails du meurtre sont bientôt connus. Le trou dans le plafond au-dessus du lit, la corde qu'on y a introduite et qu'on a laissée glisser quand la duchesse, plaquée sur le lit et accablée de baisers, ne pouvait plus se défendre.

Un an plus tard parvenait à Florence la nouvelle de l'attentat commis sur Troilo Orsini. En se rendant à la tombée du jour au Louvre le 1er décembre 1577 au coin de la rue de l'Autriche et du Petit-Bourbon, il avait été assailli par une bande de sicaires.

Il fallut, cependant, attendre encore cinq années

avant que Paolo Giordano ne se décidât à supprimer Félix Peretti, le mari de Vittoria.

Une nuit d'été de 1581, alors que Félix et Vittoria se trouvent couchés, on frappe à la porte de leur palais romain. Le portier, qui connaît l'homme, le laisse entrer. C'est Domenico d'Acquaviva dit « le Gaucher », un homme de main de Marcello Accaramboni, frère de Vittoria relégué hors de Rome pour une sale affaire. Il est porteur d'un message. Il faut que Félix se rende en toute hâte sur la place du Capitole. Marcello a besoin de son aide. La mère de Félix soupçonne un piège. Elle tente de le dissuader de s'y rendre. Vittoria se joint à elle. Félix ne veut rien entendre. Le Capitole n'est qu'à quelques rues du palais. A peine y est-il que deux coups d'arquebuse le clouent au sol. Sortent alors de la nuit des spadassins qui l'achèvent au poignard.

Le nom de ceux qui ont fait le coup est bientôt connu. Il s'agit de Paolo Barca et de Machine de Gubbio. Tous deux appartiennent à Paolo Giordano Orsini, le commanditaire du meurtre. Quelques jours après le meurtre, Vittoria Accaramboni quitte la demeure des Peretti pour le palais Orsini.

Le cardinal Montalto ne laisse rien paraître de sa colère. Le pape Grégoire XIII, qui connaît les dessous de l'affaire, interdit aussitôt le mariage de Paolo Giordano et de Vittoria. Orsini passe outre. Le pape annule le mariage et dépêche une troupe pour arrêter Orsini. Les hommes de main du prince repoussent la garde papale. L'échauffourée fait des morts. Paolo Giordano trouve plus prudent de quitter Rome. Il gagne son fief de Bracciano. Vittoria, en revanche, est arrêtée et conduite au château Saint-Ange. Elle s'en échappe promptement grâce à des complicités et court rejoindre Paolo Giordano. Ils demeureront quatre ans à Bracciano. Lui chassant, elle faisant la duchesse. A la mort du pape Grégoire, les voilà de retour à Rome. Les cardinaux sont entrés en conclave. Paolo Giordano profite de l'interrègne pour épouser Vittoria. La cérémonie a lieu le 24 avril 1585 dans la chapelle du palais Orsini. A peine la messe de mariage dite, les cloches de Rome se mettent à carillonner. Un nouveau pape vient d'être élu. Montalto, Montalto ! Crie la foule dans les rues.

Félix Peretti, cardinal Montalto, était entré au conclave béquillant, courbé, à demi mort. Il en ressortit sans béquilles, droit, en fort bonne santé et le cœur plein de vengeance.

Il prend le nom de Sixte Quint. Paolo Giordano par bravade se rend dès le lendemain chez le nouveau pontife en compagnie des barons romains pour lui prêter allégeance. Sixte Quint semble vouloir ignorer sa présence. Mortifié, Paolo Giordano demande une audience privée. Le pape la lui accorde. L'entrevue est glaciale. Le pape réfrène sa colère. On est en juin. Pour fuir sa vengeance Paolo Giordano et Vittoria quittent Rome. Ils hésitent quant au lieu de leur résidence. Paolo Giordano a loué à Venise le palais Dandolo à la Zecca, un autre palais à Padoue et la villa des Sforza Pallavicini à Salo sur le bord du lac de Garde. C'est dans cette dernière demeure qu'ils décident de passer l'été. Vittoria est enfin duchesse et riche. La santé de Paolo décline. Son humeur s'aigrit. Un rien l'agace. Elle se doit de prévoir l'avenir. Elle fait quérir des hommes de loi à Padoue et, à force d'agaceries amoureuses entremêlées de soupirs sur ce qui l'attendrait si par malheur il s'en venait à disparaître, elle obtient beaucoup. Paolo Giordano signe son testament. Sa fortune immense doit, à sa mort, revenir à son fils Virginio. Vittoria, elle, recevra la somme astronomique de 100 000 piastres en plus des bijoux et du mobilier. Un palais lui sera acheté dans la ville de son choix. Toute l'affaire a été menée d'une main de grande aventurière. L'automne est bientôt là avec ses rousseurs. Paolo s'attarde en festins. Son corps est envahi par l'érésipèle. Ses jambes monstrueusement gonflées l'ont rendu podagre. Des médecins le saignent, lui posent des sangsues. Une diète très stricte lui est prescrite. A peine ont-ils tourné le dos qu'il commande un fracassant souper. Une dernière coupe de vin. Son regard se voile. Il veut appeler. Il ne trouve pas ses mots. Il demeure ainsi un instant hagard puis s'abat sur la table. Ce coup de sang a fait de terribles ravages dans son énorme carcasse. Il demeure égaré toute la nuit et au petit matin entre en agonie. A midi il est mort.

Ces événements eurent lieu au tout début de novembre 1585.

Vittoria se retrouve veuve, duchesse, riche et encore jeune. Sans doute pense-t-elle à refaire sa vie ? Elle quitte rapidement le lac de Garde pour Padoue où vient la rejoindre le prince Luigi Orsini, cousin de son mari et son exécuteur testamentaire.

Il connaît l'avidité de Vittoria et de ses frères. On l'a chargé de veiller sur le patrimoine de Virginio. D'entrée de jeu, Vittoria exige que l'écurie de son défunt mari soit incluse dans le mobilier qui lui revient. Luigi ne l'entend pas de cette façon. La grande vaisselle aux armes des Orsini pose également un problème. Luigi laisse l'affaire pendante. On est le 22 décembre. En pleine nuit une troupe d'hommes masqués défonce la porte du palais où réside Vittoria. Ils se précipitent dans sa chambre. Cris de femmes affolées. Corps qu'on repousse. Vittoria est traînée par les cheveux de derrière un coffre où elle s'est réfugiée. Un des masques la poignarde au cœur. Luigi Orsini, dira-t-on plus tard.

Et tandis que le meurtrier retourne la dague dans sa poitrine, il lui murmure doucement à l'oreille : « Sens-tu ton cœur, dis-moi, le sens-tu… »

L'affaire fait grand bruit. La Sérénissime avertie envoie aussitôt le sénateur Bragadin afin d'enquêter. Le prince Luigi est connu pour ses attentats. Deux ans plus tôt il a abattu en plein Rome Vincenzo Vitelli, général en chef des armées de la Sainte Eglise.

Luigi Orsini s'est barricadé dans une maison près du canal. On y donne l'assaut. Le prince finit par se rendre. Dans le même temps on arrête un courrier alors qu'il s'apprêtait à prendre la route de Florence. Une lettre est saisie. Elle est de la main du prince Luigi et adressée à don Virginio Orsini, duc de Bracciano. On y lit : « Très illustre seigneur, nous avons mis à exécution ce qui avait été convenu entre nous (…) J'ai fait la chose en personne ainsi ne manquez pas d'envoyer sur-le-champ les gens que vous savez. »

Le jour de la Saint-Etienne, lendemain du jour de Noël, le prince Luigi est étranglé dans un cachot. Son corps, exposé toute une nuit dans la cathédrale, est expédié à Venise où il a souhaité être inhumé.

Il laisse une veuve, la dernière de l'antique maison des Savelli. Elle épousera en secondes noces l'ambassadeur de France à Rome, le marquis de Pisani. De ce mariage naîtra une fille qui ne sera autre que la marquise de Rambouillet.

Virginio Orsini a-t-il participé à l'assassinat de sa belle-mère comme le billet le laisse entendre ? A quinze ans peut-on avoir déjà l'âme aussi criminelle ?

Hasard ou désir de réparer les torts faits par son père à la famille Peretti, Virginio épousera plus tard la nièce de Félix Peretti, Flavia Damasceni-Peretti.

Ainsi va cette enfance entre jeux, fêtes et crimes sanglants.

Léonora masque son dégoût derrière une gaieté excessive. Elle regarde ce monde d'insectes prêts à s'entre-dévorer, la lourde et sémillante Marie faire des grâces à son professeur de luth Giulio Caccini, qui causa la perte de sa tante Eléonore. Léonora aimerait pouvoir s'accommoder de cette humanité, de ces angoisses et de ces espoirs, cependant elle préfère s'en tenir éloignée. Deviner les illusions et les ambitions de ces courtisans lui est un divertissement amer. En être une lointaine spectatrice lui suffit pour l'instant. Elle s'y aiguise la fine pointe de l'âme.

Aussi pour masquer son profond dégoût s'évanouit-elle avec encore plus de constance.

VI

Enfin orpheline !

L'année 1587 commence mal pour les têtes couronnées. A la mi-février parvient la nouvelle de l'exécution de Marie Stuart, reine d'Ecosse et de France. Après dix-sept ans passés en prison, la reine Elisabeth Ire d'Angleterre, sa cousine, s'est enfin résolue, après un rapide procès, à la faire décapiter. Cette exécution révolte les cours européennes et plus particulièrement celle du Vatican qui y voit un mauvais coup pour les catholiques d'Angleterre.

Les nouvelles de France ne sont pas meilleures. Le vent est à la guerre. Les huguenots relèvent la tête et le roi Henri de Valois se trouve pris entre deux feux. D'un côté la Ligue catholique à la tête de laquelle se sont placés le duc de Guise, dit « le Balafré », et son frère Mayenne, de l'autre les protestants avec à leur tête le roi Henri de Navarre, chef de la maison de Bourbon et héritier du trône de France depuis la mort de Monsieur, frère du roi, survenue trois ans auparavant.

Henri III a envoyé sa mère la reine Catherine auprès d'Henri de Navarre, pour tenter de le circonvenir. La reine est une vieille charmeuse même si ses tours, à la longue, commencent à être éventés. Le Béarnais, qui en fut la victime, a bien juré de ne plus s'y laisser prendre.

La rencontre a lieu à la mi-décembre 1586 au château de Saint-Brice, près de Cognac. Le roi de Navarre y est arrivé à la barbe de l'hiver entouré de ses Gascons, de fameux loustics, tous harnachés à la diable. C'est qu'il ne saurait s'entourer d'hommes mélancoliques. Il lui faut de la chair. De beaux hommes forts qui ont des trognes cramoisies. Durant des années, il a parcouru en leur compagnie la France, empruntant les chemins buissonniers. Les sentiers creux entre deux haies d'aubépine. Il va, la cuirasse noire de poudre. Joue de l'épée en plein champ, au flanc d'une vigne. L'affaire vite expédiée, il court plus loin. Il prend ainsi la mesure de son futur royaume, de cette belle France. Il la dorlote de l'œil. Caresse sa terre grasse. Cajole les grosses bonnes villes qu'il prend d'assaut ainsi qu'une belle fille, si elle ne s'offre d'elle-même. Il se paie sur la bête mais interdit cependant les pillages en grand. Il chevauche à la tête de ce Midi vif, hâbleur, endiablé, familier, infatigable. C'est la Gascogne en mouvement qui annexe la France. Farceur, éloquent, jovial, la langue verte aux lèvres et le nez au vent, ainsi va sous son panache blanc Henri, roi de Navarre, et si Dieu le veut, quelque jour, roi de France. Le mouvement, c'est tout lui. Et de maîtresse en maîtresse, de combat en combat, il papillonne, grappille. C'est un flaireur de vent qui sait nuancer son galop, toujours sur le qui-vive.

La vieille Médicis et Henri de Navarre sont à présent face à face. Est-ce bien la même, se demande-t-il en regardant cette vieille toute tassée dans ses voiles qui jadis, amazone alerte, courait les forêts ? Catherine en effet avait inventé ce genre de monte et en avait lancé la pratique.

Elle le regarde du coin de l'œil et le laisse venir. Elle se demande comment elle va pouvoir le piper une nouvelle fois. Elle le dévisage en souriant. Rien ne lui échappe à travers ses yeux mi-clos de vieille chatte endormie. Son pourpoint tout usé, son haut-de-chausses de velours feuille morte, son chapeau déformé. D'autres qu'elle se diraient : quel petit personnage il fait ce Béarnais. Oh, le maigre sire ! Quoi, ce prince va-nu-pieds qui sent le crottin et l'ail à plein nez, au point que l'on doit redoubler de parfum chaque fois qu'il faut l'approcher, succéderait à mon Henri, le monarque le plus policé d'Europe ! Ce fils tant aimé. Elle ne peut y croire, elle ne veut y croire. Mais depuis longtemps, peut-être depuis le jour où elle lui donna sa fille Margot pour femme, elle est hantée par le pressentiment qu'il sera un jour le roi. Aujourd'hui encore, cette idée agite cette grande reine qui clopine vers la mort. Son sang Bourbon et Auvergne lui fait entrevoir la marche irréversible de ce prince fort de sa gueuserie vers le pouvoir. N'est-il pas déjà en croupe de son devoir dynastique à inventorier, à prendre la mesure de son héritage, de la plus petite garenne à la plus grosse place forte ?

Prudente, habile, mettant toute sa rouerie au service de la sagesse, l'esprit juste et hardi, elle ne veut rien se dissimuler. Elle a beaucoup vu et a tout compris. Le bien, le mal. Elle en sait l'aune et le prix. Elle ne s'est jamais beaucoup embarrassée de scrupules et moins encore de remords. Seul le bon sens la guide, le sens de l'Etat, celui de sa famille. Pour le sens moral elle en est abominablement dénuée. Elle a joué la comédie avec maestria, si elle a commis des espèces de crimes ce fut par nécessité, par raison. On la dit ficelle ; il faut plus que de la ficelle pour concevoir et réaliser la Saint-Barthélemy ; il faut une manière d'abnégation et de grandeur. Dans la période la plus divisée de son histoire, elle a sauvegardé l'unité du royaume.

Henri et Catherine se connaissent de longue date. Il ne l'a plus revue depuis le jour où, après ses noces de sang, prisonnier au Louvre durant trois ans, il avait pris la clef des champs. Certains prétendirent alors que l'idée de cette fuite lui aurait été soufflée par un de ses conseillers circonvenu par Catherine. C'est qu'elle aime agir en sous-main, par ricochet, en gagnant dans le camp ennemi de bons esprits. On l'aurait vue, quelques jours avant la fuite de Navarre, dans l'une des galeries du Louvre, tenir un aparté avec Agrippa d'Aubigné, l'ami le plus fidèle du Béarnais. Elle voulait alors en faire son fléau pour tenir en respect d'un côté les Guises catholiques et de l'autre les Condés protestants qui s'apprêtaient à envahir le royaume de France avec des bandes allemandes.

Aujourd'hui, c'est lui qu'elle cherche à tenir en lisière.

Après avoir grignoté la Saintonge, il s'apprête à faire sortir de la Germanie qu'elle exècre en bonne Italienne, des hordes de reîtres.

Ce sont deux renards qui se jaugent. Dix ans qu'ils ne se sont vus. Chez lui le pli de l'œil est un peu plus marqué, le nez s'est allongé et s'en va becqueter la barbe. Elle, éternellement drapée de ses voiles de veuve, s'apprête à zigzaguer dans son âme, à y semer le doute. Les deux possèdent le même esprit empirique. C'est qu'ils sont un peu du même sang.

La vieille reine est Auvergne par sa mère et Bourbon par sa grand-mère. Feu Antoine de Bourbon, le père du Gascon, était son cousin issu de germain. Et pourtant on n'a jamais voulu prendre en considération cette part française de son caractère : l'âpreté aux affaires des Auvergnats, la souplesse des femmes de la Loire.

Florentine, ils l'ont tous voulue ainsi. D'un luxe étourdissant. Aimant les beaux bâtiments. Les objets somptueux. Et dans son particulier les parfums, les crèmes, les onguents, allant entourée de parfumeurs et d'astrologues. Une réputation de criminelle vite établie. La reine noire. Une Médicis, élève de messer Machiavel, pensez ! C'est exotique ! Pourquoi démentir ?

Ils sont face à face. La vieille Médicis se livre à ses chatteries habituelles. Elle sait par où cela le démange. Elle l'aimait bien enfant quand, tout jeune, il résidait à la cour de France. C'était le plus éveillé des princes. C'est elle qui l'avait voulu pour gendre. Oui il était devenu le mari de Margot ! Margot aujourd'hui sa croix. Margot soutien de son mari alors qu'elle l'eût voulue son espionne auprès de lui ! Margot qui, à présent, abandonnant le parti du Gascon, conspire avec les Guises. Margot qui court l'Auvergne, de château en château, traînant à sa suite de jeunes pages qu'elle croque les uns après les autres et qui se laissent pendre pour ses beaux yeux. Margot qui se trouve à ce jour prisonnière de son frère, le roi Henri III derrière les trois enceintes fortifiées du château d'Usson. Margot la perle des Valois, la grâce même, que don Juan d'Autriche venait incognito au Louvre les soirs de bal regarder danser la volte. La princesse la plus cultivée de son temps qui avait improvisé en latin la réponse au discours tenu en cette langue par le palatin Laski pour congratuler son frère Henri, élu roi de Pologne. Et par-dessus tout une amoureuse d'un charme inégalable qui, dès qu'elle fut dans Usson, mit son geôlier le marquis de Canillac sous sa pantoufle. Elle le surnomme le chevalier de la Belle-Fleur. Et tandis qu'il fait le beau et s'orne de rubans, la garnison n'est plus à ses ordres mais à ceux de Margot.

Margot restera dix-huit ans à Usson, entretenant une cour d'amour et ce qu'il faut de frivolités d'alcôve.

Catherine de Médicis poursuit ses cajoleries. Elle le possède sur le bout du doigt, son Gascon, comme autrefois du temps de son escadron volant. Elle lui chatouille le pourpoint. Veut-elle s'assurer qu'il ne porte pas sa jaque de mailles ? Le Béarnais ne lui laisse pas l'avantage : aussitôt, il ouvre sa chemise et montre sa poitrine nue en lui lançant un de ses sourires pleins d'ail et de malice : « Vous voyez bien, Madame, que je ne sers personne à couvert. » Elle tente alors de le pousser dans ses retranchements. De guerre lasse, elle lui porte une dernière pique : « Vous pensez avoir des reîtres d'Allemagne et vous n'en avez pas... — Madame je ne suis pas venu ici pour en avoir des nouvelles de vous », lui répond-il. C'est qu'en Allemagne, au même instant, Ségur se démène auprès des princes protestants pour trouver des subsides afin d'enrôler des reîtres avec leur pistolet à roue ainsi que des régiments de lansquenets, ces piétons redoutés. « Hâtez, hâtez – a-t-il écrit, il y a peu, au brave Ségur en Saxe – passez par-dessus tous les empêchements, le retardement nous ruine. »

Et voilà Catherine contrainte d'essayer un dernier tour. Jouer une fois encore les marieuses. Mais pour marier il faut tout d'abord démarier. Annuler en cour de Rome le mariage du roi et de la reine de Navarre.

Depuis longtemps Margot n'a plus d'utilité sur son échiquier politique. Margot l'a trahie, s'est jouée d'elle. Mais son mariage a été consommé. N'a-t-elle pas avoué : « Nous étions tous deux, au jour des noces, l'un et l'autre si paillards qu'il était plus qu'impossible de nous en empêcher. » Bon. Mais ce n'est qu'un détail. On trouve toujours des arrangements avec le Saint-Siège. Et la vieille reine de lui faire aussitôt le crayon de sa petite-fille Christine de Lorraine, fille de Claude de France et de Charles II duc de Lorraine. Elle sera bientôt en âge de convoler. Mais le Gascon a d'autres chansons au cœur. Il aime follement Diane d'Andoins, femme de Philibert de Gramont comte de Guiche dite la belle Corisande. Corisande ? Eh oui, Corisande ! Puisqu'il est son Amadis de Gaule. C'est elle qui le police. Lui dégrossit le cœur. Qu'importent ces jeux d'enfants ! pense Catherine.

Cependant comme elle voit qu'elle n'aboutira pas, elle lui reproche de l'avoir fait sortir de son lit pour rien. Elle se plaint des peines qu'elle endure. Le Béarnais lui glisse un regard de biais et avec un fin sourire lâche : « Cette peine vous plaît, si vous étiez en repos vous ne sauriez vivre longtemps. »

Ils se disent adieu. Ils ne se reverront jamais.

Au palais Pitti les diplomates jasent. Les nouvelles de la cour de France font l'objet de toutes les conversations. Le voyage de la reine douairière est commenté. Pour remarier le roi de Navarre à la princesse Christine de Lorraine, petite-fille adorée de la vieille reine, « le roi Henri III et sa mère ne veulent avoir nul égard aux intérêts de la reine Marguerite dont la conduite scandaleuse ne mérite pas qu'ils la regardent, l'une comme sa fille l'autre comme sa sœur », écrivent les ambassadeurs de Florence.

Léonora s'empare de ces potins qui traînent dans les antichambres et les accommode en vol-au-vent. Ainsi les noms d'Henri de Navarre, héritier de France, de Marguerite de Valois, reine de Navarre dite Margot, et de Christine de Lorraine tintent aux oreilles de la princesse de Toscane. Se doute-t-elle qu'ils appartiennent déjà à son destin ?

L'été fut balourd cette année-là. La Cour s'était réfugiée le long de la côte dans les pinèdes entre Pise et Livourne. On galopait en bord de mer. Les pages se baignaient. Marie veut en faire autant. Elle perd pied. Et la baignade tourne à la noyade. Léonora, aux cent coups, se précipite. Son capital a risqué de couler. Trop vite, elle a oublié que sans Marie elle n'est rien. Une coiffeuse, pas même une dame d'atour, dites-moi qu'est-ce en ce pays-ci ?

Dans l'ombre épaisse de l'avenir elle n'aperçoit aucune lueur. Elle n'est pas encore cette femme en accord intuitif avec les occasions que lui offre la chance. Elle dresse l'inventaire de ce qu'elle a pu grappiller depuis qu'elle se trouve auprès de Marie. Des bagues, un fil de perle, une bourse brodée, quelques robes, des gages de domestique, une misère…

Bientôt on regagne Florence. Les grandes chasses d'automne commencent dans les collines.

Ferdinand de Médicis, le cardinal, est de retour de Rome. Il s'occupe de plus en plus des affaires de l'Etat que lui abandonne volontiers son frère. François et Ferdinand ne se sont jamais aimés. Le cardinal n'a de cesse d'humilier sa belle-sœur. L'année précédente, il a persuadé son frère à force de ruses de renvoyer à Venise son conseiller intime, Vittorio Cappello, frère de Bianca. Cependant, bien qu'elle n'ignore pas qu'il s'acharne à la déconsidérer, Bianca s'obstine à lui faire bonne figure. Son souhait le plus cher serait de rapprocher les deux frères. Elle pense pouvoir y arriver. Connaissant le goût de Ferdinand pour la chasse, elle organise une battue aux sangliers à Poggio a Caiano.

Depuis le temps où Laurent le Magnifique l'a construite, la villa s'est agrandie. Certains murs ont été décorés à fresque par Andrea del Sarto, Pontormo, Allori. Il s'y trouve également des trompe-l'œil donnant l'illusion de jardins. Pour les vrais qui entourent la demeure, ils sont pleins de surprises, de bassins et d'eaux vives. Quant au parc, il est si vaste qu'on y chasse à courre.

François et Bianca accueillent Ferdinand chaleureusement. L'amitié semble régner à nouveau entre les deux frères. L'archevêque de Florence s'est joint à eux ainsi qu'un grand nombre de seigneurs.

L'automne est généralement glorieux en Toscane. La nature entière est mordorée. La ligne des collines s'assouplit. Le soleil a de mielleuses tendresses dans cet ultime chant de l'été prolongé.

Le 8 octobre, donc, il y a chasse. La grande-duchesse et le grand-duc paraissent à la loggia. Ils descendent l'escalier pour retrouver leurs invités qui les attendent auprès des chevaux et des meutes que retiennent les valets de limiers. Ferdinand les suit. Il est l'hôte d'honneur. Il porte un costume de chasseur avec une dague au côté. Il salue son frère et sa belle-sœur ainsi que les invités. La chasse s'ébranle dans une indescriptible agitation de piaffements, d'aboiements, de cris, de sonneries. Bientôt elle disparaît et l'on n'entend plus que les appels des cors au loin.

La chasse est de retour à l'heure du dîner. Le grand-duc manque à la troupe. Bianca et quelques piqueurs battent aussitôt les bois et les bosquets. La journée passe. Déjà ils allument les torches quand ils le retrouvent grelottant près d'un lac. Il s'y est arrêté pour se reposer. La chaleur de la course, l'humidité du lac, et le soleil qui a décliné rapidement derrière les futaies, plongeant la petite clairière dans l'ombre, ont provoqué chez lui un refroidissement. On le frotte avec du vin. Et de retour à la villa, on l'alite. La fièvre se déclare durant la nuit. Il tient à se soigner lui-même. Il croit aux poudres, aux mélanges, aux médicaments que ses expériences lui ont fait découvrir. Mais plus que tout il croit en cette drogue qu'il obtient à partir des sécrétions biliaires d'animaux aussi exotiques que le crocodile du Nil, la chèvre du Pérou et la gazelle des Indes, sans oublier le simple porc-épic de Toscane. Les Arabes dont il tient la recette nomment cette drogue *Bezzuar*. Comme la fièvre ne cède pas, il redouble les doses et s'administre d'autres décoctions de sa façon. Il s'obstine. La fièvre empire. Il a des vomissements. Son état devient alarmant. Il souffre de l'absence de Bianca qui elle-même garde la chambre, ayant été prise d'une fièvre maligne quelques jours après lui. L'état du grand-duc se détériore chaque jour un peu plus sous le regard froid de son frère. Il entre en agonie. Et rend l'âme après quarante-huit heures d'affreuses souffrances, le 19 octobre 1587.

« Entre sa mort et la mienne il ne s'écoulera pas des jours, mais des heures ! » s'est écriée Bianca qui se consume d'inquiétude au sujet de son mari dont elle ne cesse de demander des nouvelles. Après six jours de maladie, se sentant à l'article, elle fait venir son confesseur. « Va dire adieu pour moi au seigneur François de Médicis. Dis-lui que j'ai toujours été fidèle et aimante ; et que mon mal n'est si grave qu'à cause du sien ; dis-lui encore que je le prie de me pardonner si en quelque façon je l'ai jamais offensé… » Et tandis qu'elle confie ses paroles au frère Maranta, elle ne se doute pas que le grand-duc est déjà mort.

On transporte aussitôt le corps du grand-duc de ses appartements, qui jouxtent ceux de Bianca, dans une pièce du rez-de-chaussée. Cependant le va-et-vient du corridor, les visages affligés des domestiques, le bruit des voitures qui arrivent et repartent, son beau-frère Ferdinand et l'archevêque qui quittent la villa en toute hâte, lui font deviner la vérité. « Ainsi m'est accordé de mourir avec mon seigneur ! » Ce furent ses dernières paroles.

De retour à Florence, le cardinal de Médicis doit affronter les rumeurs malveillantes qui courent la ville. Que ne raconte-t-on pas à propos de la mort du grand-duc et de la grande-duchesse ! Comme toujours, en pareils cas, chacun se pose la question : à qui profite le crime ? Au cardinal de Médicis, à Ferdinand de Toscane, évidemment ! La mort d'un frère qui le fait accéder au trône, son antipathie avouée pour sa belle-sœur le désignent comme le coupable idéal. Voyez comme il a envoyé rapidement sa pourpre cardinalice aux orties pour ceindre la couronne grand-ducale ! Quel empressement !

Ferdinand entend les murmures et aussitôt demande une autopsie des corps. Aucun poison n'est trouvé. On ne peut cependant empêcher mille contes de courir, dont les chancelleries d'Europe se font l'écho. Entre autres celui du gâteau confectionné par Bianca pour empoisonner Ferdinand. François l'ayant aperçu sur une desserte, il s'en serait coupé un morceau. Bianca le voit avec horreur en train de le manger. Trop tard. Que faire ? Mourir ! Elle en prend aussitôt un morceau, décidée à ne pas lui survivre. Cette histoire longtemps colportée prouve au moins que jamais personne ne douta de l'amour que Bianca portait à François.

François est mort d'un accès de malaria soigné en dépit du bon sens. Bianca de l'hydropisie dont elle souffrait depuis longtemps, compliquée par une fièvre maligne.

Le nouveau grand-duc fait embaumer le corps de son frère et l'inhume en grande pompe à San Lorenzo. A l'architecte Buontalenti qui s'inquiète de l'endroit où il doit placer la dépouille de la grande-duchesse Bianca, il répond : « Où vous voudrez ! Mais nous n'en voulons pas parmi nous ! » Bianca morte, Ferdinand la poursuit encore de sa haine. Il interdit qu'on lui donne son titre de grande-duchesse si, d'aventure, on vient à l'évoquer devant lui. Il fait effacer ses armes et ordonne qu'on les remplace par celles de Jeanne d'Autriche.

Marie et Léonora suivent les différentes cérémonies. Aux révérences qu'on lui fait Marie prend conscience de son importance. Elle affiche une mine affligée mais au fond, elle ne regrette pas ce père qui lui a accordé si peu d'amour et d'attention. Quant aux mesures prises par son oncle envers Bianca, elles la transportent de joie. Marie possède un tempérament à la fois mou et vindicatif. Quand elle tient sa proie, elle s'acharne sur elle avec d'autant plus de ténacité que celle-ci est sans défense. Léonora, que rien n'étonne de la nature humaine, découvre là un trait fâcheux du caractère de la princesse avec lequel il lui faudra composer.

VII

Et si nous mariions notre oncle, le cardinal ?

Léonora sait se faire des amis. Au milieu de cette nuée de domestiques, elle devine celui qui peut lui être utile. Cependant, elle a une dilection pour les nains qui grouillent dans les appartements. Elle est devenue intime avec Morgante da San Gimignano. Ce nain avait été autrefois le préféré du grand-duc Côme. Il égaya ses dernières années de ses niches, de ses cabrioles, de ses saillies. Aussi l'avait-il fait portraiturer par Bronzino en Bacchus, nu et couronné de pampres. L'envers du tableau était également peint et représentait le petit homme en chasseur, une chouette perchée sur l'épaule et toujours dans le plus simple appareil mais cette fois-ci de dos, bien campé sur ses jambes courtes et arquées et le postérieur rebondi. Morgante faisait un personnage à la cour grand-ducale où il devait demeurer bien après la mort de Côme et de François.

Cet être difforme pressentit d'emblée l'énergie virile qui animait cette fille au physique laid et pointu. Il devine derrière sa gaieté forcée un caractère orgueilleux confinant à l'arrogance, bien loin de la servilité qu'elle affiche en bouffonnant. Léonora de son côté est attirée par Morgante. Elle comprend sa crainte de vieillir, de perdre ses cheveux. Elle se propose de le coiffer. Lui prépare ses teintures. Le maquille.

Le nain traîne ses guêtres dans toutes les antichambres, se glisse entre les tentures. Et ainsi se trouve la personne la mieux informée de la Cour.

Curieux comme une chouette, il possède également une langue de vipère. Léonora a su le séduire. Il n'a rien à lui refuser. C'est par lui qu'elle se tient au courant des dernières nouvelles de France.

Henri de Bourbon, roi de Navarre, vient de défaire l'armée royale à Coutras. Au soir de la bataille, on a dénombré quelque deux mille morts dans une garenne taillée dans un mouchoir de poche. Un champ de six cents à sept cents pas, fiché de piques, de lances, jonché de cadavres de chevaux et d'hommes entortillés dans la rosée du soir. Un condensé de beaux gestes et de nobles exploits.

L'affaire a commencé au petit matin. Les mèches des arquebuses brillent dans l'ombre comme des vers luisants. Les écharpes blanches des protestants, face aux écharpes rouges des catholiques, manœuvrent dans la sablière pour éviter le retour de fumée des premières arquebusades. Le champ de bataille sort de l'ombre et s'anime. Des cris, des jurons pour se donner du cœur au ventre. Des morions, des hallebardes, des plumails et parmi ceux-ci le panache blanc du Béarnais qui est entouré de ses cousins

Bourbon, le prince de Condé et le comte de Soissons. En face le duc de Joyeuse, tendre muguet et beau-frère du roi – il a épousé la sœur de la reine Louise –, commande l'armée royale. Autour de lui la fine fleur de la jeunesse de la Cour, impatiente d'en découdre avec l'hérétique. Des gentilshommes beaux, courageux, brillants et par-dessus tout inexpérimentés qui s'en vont à la guerre comme ils iraient à un carrousel : casaque de soie, cuirasse damasquinée, panache multicolore. Trois cents d'entre eux resteront sur le carreau. Une saignée de la noblesse française comme on n'en avait pas vu depuis Pavie et Azincourt.

Deux ministres huguenots, poivre et sel, autant dire couleur parpaillot, se présentent à Henri de Navarre. Ils s'en sont venus à pied, l'air compassé, pour lui reprocher sa vie scandaleuse et en particulier sa conduite avec la fille d'un officier rochelais qu'il aurait déshonorée. Ils lui enjoignent de battre sa coulpe. L'occasion est trop belle. Il y a là matière à un beau tableau biblique, se dit Henri qui aussitôt saute de cheval pour s'agenouiller. Le voilà qui fait amende honorable. La confession terminée, il est de nouveau à cheval, casque sur la tête. Messieurs, dit-il, entonnez le psaume. D'Aubigné les devance et chante :

La voici l'heureuse journée
Que Dieu a faite à plein désir…

Et l'armée de reprendre le psaume en chœur.

En face, les mignons s'esclaffent : « C'est qu'ils se confessent, les parpaillots ! » Jean de Montalembert, qui s'est déjà frotté à leur rugosité, leur réplique : « Quand les huguenots font cette mine, ils sont prêts à se bien battre… »

L'artillerie du Béarnais ouvre le feu à boulets fournis. Le régiment de la gendarmerie du roi les reçoit de face. Hécatombe d'hommes et de chevaux. La cavalerie royale passe à l'assaut. Lavardin mène la charge et enfonce l'escadron La Trémoille. Les chevau-légers albanais du Royal-Cravate conduit par le capitaine Mercure se fraient un chemin jusqu'aux abords de Coutras. L'escadron de Turenne résiste mal à la charge. Joyeuse pense en avoir fini. La victoire est dans son camp. Et c'est ici que le hasard se gratte l'oreille. Le duc s'étant lancé avec ses troupes découvre par-derrière la butte de la garenne les régiments du Béarnais et de ses deux cousins. A cet instant les arquebusiers cachés dans le chemin creux font feu. Le carnage est effroyable. Henri ceinture Châteaurenard, un cornette de gendarmes et lui crie « Rends-toi, philistin ». Le jeune Rosny, futur duc de Sully, blessé, trouve refuge sous un poirier. Joyeuse est tué. A quelques pas, son plus jeune frère, Saint-Sauveur, gît ferré à mort.

Au soir de la bataille, Henri se promène parmi les morts. Il en porte le deuil. C'est une partie de la noblesse de France qu'il vient de faucher. Il s'occupe des blessés, les fait transporter. Pour les prisonniers, il en libère un grand nombre. C'est sa noblesse. Il est prince de France. Et puis n'est-il pas aussi l'héritier de la Couronne ? « Il me fâche fort du sang qui se répand », écrit-il au roi Henri.

A l'*Auberge du Cheval Blanc*, on embaume dans la salle basse les corps du duc de Joyeuse et de son frère. Henri les renverra le surlendemain au maréchal de Matignon à Libourne. Pour l'heure il ripaille et jobardise avec ses camarades d'armes à la haute clarté des torches. A ses pieds on a déposé vingt-deux drapeaux d'ordonnances et autant de guidons.

Bientôt il traversera la Gascogne pour s'en aller jeter avec une insouciance magnifique ses trophées aux pieds de Corisande. Pour être prétendant au trône il n'en est pas moins Amadis de Gaule. Et puis il voulait vivre, jouir enfin, se reposer. C'est que dix ans de combats cela vous use ! Le corps est las ; l'âme, épuisée par ces errements, aspire au repos, à la paix. Et aussi cette mélancolie foncière propre aux Méridionaux. A ce Midi où la désolation de l'esprit juif se mêle aux vieilles hérésies pessimistes. Cela a laissé au fond de l'âme d'Henri, facile apparemment, un dépôt de désenchantement et de gravité qui, singulièrement, émerge à son heure.

« Qui est cette belle Corisande ? » demande Marie. « C'est la maîtresse du roi Henri de Navarre, le premier prince du sang, l'héritier du royaume de France », s'entend-elle répondre par Léonora.

Depuis son accession au trône le grand-duc Ferdinand a le regard tourné vers la France. En fin politique, il pressent le déclin de l'Espagne. La révolte aux Pays-Bas n'est pas près d'être maîtrisée. Le duc d'Albe a naguère fait tomber des têtes. Mais il n'est arrivé à rien. Don Juan d'Autriche, le vainqueur de Lépante, est mort empoisonné après que son secrétaire particulier Escobedo eut été poignardé sur ordre d'Antonio Pérez, chef de la chancellerie privée de Philippe II. Quant au roi, pour atteindre à cette monarchie universelle rêvée jadis par son père l'empereur Charles Quint, ou plus prosaïquement pour sauver les marrons du feu, il parcourt les routes d'Espagne afin de récolter les ossements des infants et infantes défunts et même de ceux morts en bas âge, des rois, des reines, de l'empereur son père, de sa mère dont il vit enfant le visage décomposé, pour les engranger pieusement dans la crypte du couvent-mausolée de l'Escurial. Par ailleurs il ordonne la construction d'une flotte ; la plus inouïe qu'on ait jamais vue. Cent trente vaisseaux qui déjà bourlinguent lentement par léger vent debout le long de la côte portugaise et s'apprêtent à croiser le cap Finisterre pour gagner La Corogne. On est en mai 1588, l'Armada vient de mettre à la voile.

Ferdinand connaît les richesses profondes de la France ; même si aujourd'hui elle ne présente plus que désolation, campagnes vides, rongées jusqu'à l'os par la jachère et la soldatesque. Il sait les effets de balancier dans l'Histoire : si l'Espagne glisse vers son déclin, la puissance française est prête à émerger. D'ailleurs ne dit-on pas les Espagnes alors qu'on dit la France ?

Il se trouve que Ferdinand a toujours entretenu, contrairement à son frère François, de très bons rapports avec la reine Catherine. Son chargé d'affaires en France l'a tenu au courant des tractations de celle-ci avec le roi de Navarre et de son insistance à lui faire épouser sa petite-fille Christine de Lorraine après qu'il aurait divorcé de sa fille Marguerite. Comme le Béarnais a d'autres folies en tête pour l'instant, Ferdinand s'est mis sur les rangs. Et a facilement obtenu de Catherine la main de sa petite-fille.

Orpheline de sa mère, Claude de France, Christine a été élevée par sa grand-mère à la cour des Valois, la plus policée et débauchée d'Europe. C'est une princesse française ; elle en possède le tour, les manières, et cette liberté qui tranche sur le guindé des dames espagnoles. Elle est pieuse sans être dévote, gaie et primesautière sans être libertine comme sa tante la reine Marguerite.

Ferdinand a dépêché en France, dès qu'il a reçu les assurances de la reine Catherine, une ambassade conduite par Horace Rucellaï.

Les Rucellaï sont alliés aux Médicis depuis le mariage de Bernardo Rucellaï avec Nannina de Médicis, sœur de Laurent le Magnifique. Cette famille florentine remonte au XIIIe siècle, elle doit sa fortune à l'industrie de la laine et à la banque. Bernardo Rucellaï, qui fut ambassadeur de Florence auprès du roi de France Charles VIII, fut également un humaniste. C'est autour de lui que se réunissaient, dans ses *Orti Oricellarii* de la via de la Scala, les plus fins lettrés de son temps comme Marsile Ficin, Politien, Luigi Pulci et, sur le tard, Nicolas Machiavel dont le dialogue de *L'Art de la guerre* se déroule sous les ombrages de ce jardin. Leur palais via della Vigna ainsi que la loggia qui lui fait face sont l'œuvre de l'architecte Leon Battista Alberti. Certains des membres de cette famille furent également poètes, comme Giovanni Rucellaï, qui introduisit l'iambique pentamètre. Pour les jardins, ils tombèrent rapidement en friche dès que la liberté s'absenta de Florence. Plus tard, Bianca Cappello devait les racheter. Elle y planta de nouvelles essences, un nouveau gazon pour remplacer celui qui, durant deux générations, avait vu rouler les idées les plus folles du néoplatonisme. Rien n'y fit. Les jardins ne demeurèrent que des jardins. L'âme s'en était enfuie.

VIII

Une ambassade dans Paris en révolte

Horace Rucellaï gagne la France par mer pour demander officiellement la main de Christine de Lorraine à la reine Catherine, sa grand-mère.

Mais que fait la reine en ce printemps 1588 ? Elle louvoie, temporise, négocie. Elle navigue entre Guise et Navarre, entre catholiques et protestants. Et quand elle ne se fait pas porter en litière à quelque rendez-vous secret pour exercer ses dernières ruses, elle garde le lit en son bel hôtel de la rue des Vieilles-Etuves.

Depuis quinze ans, elle ne réside plus au Louvre ni aux Tuileries. Elle a déserté ces palais quand Côme Ruggieri, son astrologue, après lui avoir dressé son horoscope, lui a prédit qu'elle mourrait près de Saint-Germain. De ses appartements, elle apercevait de l'autre côté de la Seine le clocher de l'abbaye de Saint-Germain-des-Prés. C'en était assez pour effrayer Catherine, esprit pourtant froid et empirique mais mité de superstitions. Elle fit alors édifier à grands frais par l'architecte Bullant, sur l'emplacement de l'hôtel d'Albret et du couvent des Filles-Pénitentes, un hôtel que l'on nomma aussitôt l'hôtel de la Reine. Elle y éleva une colonne astrologique du haut de laquelle elle pouvait scruter l'étoile levante du Béarnais alors que celles de ses fils déclinaient inexorablement.

Depuis des semaines la reine souffre d'une bronchite, un vieux catarrhe dont elle n'arrive pas à se défaire. La semi-disgrâce en laquelle le roi la tient la mine bien plus que cette toux.

Le roi Henri III ne l'écoute plus. Il se défie d'elle. Il la sent prête à pactiser avec les Guises. Ces Guises, cadets de la maison de Lorraine, implantés en France depuis trois générations, qui prétendent en secret empocher la couronne de France. Le duc de Guise, dit le Balafré, s'est porté à la tête de la Ligue et celle-ci tient le roi quasiment prisonnier au Louvre. Elle veut l'obliger à chasser le duc d'Epernon, son mignon qu'il a investi de tous les pouvoirs et qui le pousse à s'allier avec le Béarnais. La Ligue veut l'obliger également à introduire l'Inquisition dans le royaume alors même que l'Armada du roi d'Espagne Philippe II se prépare à cingler vers l'Angleterre avec, à bord de la *Nuestra Señora del Rosario*, le vaisseau amiral, le vicaire général du Saint-Office entouré d'une nuée de capucins, de jésuites ne rêvant qu'autodafés, et dans ses cales tout un arsenal d'instruments de torture. L'Angleterre mise au pas et rendue à la religion catholique, galéasses et galères se retourneront vers les côtes de France tandis que l'armée espagnole commandée par Alexandre Farnèse marchera sur Paris. Don Bernardino de Mendoza, ambassadeur d'Espagne, n'a-t-il pas demandé, il y a peu, à Guise de lui livrer les ports du nord de la France afin que la flotte espagnole puisse y relâcher et s'y approvisionner ? Ce même ambassadeur, avant d'être accrédité près la cour de France ou pour mieux dire près la Ligue, a été ambassadeur à Londres. La reine Elisabeth s'est fait un devoir de le chasser, en l'accablant d'injures empruntées aux filles des bordels.

Le complot est éventé par l'avocat Nicolas Poulain, l'espion du duc d'Epernon infiltré dans le camp de la Ligue. L'archimignon prévient le coup aussitôt en se jetant dans Boulogne. Il fait garnir les remparts de canons. Aussi quand le duc d'Aumale, frère du Balafré, se présente devant la ville avec sa troupe, il est reçu à coups de boulets rouges.

Mendoza promet alors au Balafré trois cent mille écus d'or et six mille soldats dont cinq cents piques. En contrepartie, Philippe II exige que le duc marche sur Paris, fasse tomber Epernon et y prenne le pouvoir.

Depuis dix ans, Philippe II entretient le parti des Guises, autant dire la zizanie dans le royaume. Il paie les dettes mirobolantes du Balafré, exigeant chaque fois un reçu. Et pourquoi tout cet or ? Pour permettre au duc de monter sur le trône de France après que sa sœur, la duchesse de Montpensier, aura envoyé le roi au couvent, non sans l'avoir auparavant tonsuré avec les ciseaux d'or qu'elle porte à cet effet à sa ceinture ? Il n'y a que les Guises pour l'imaginer. Le roi d'Espagne ne travaille que pour lui. Il taquine secrètement l'idée de poser un jour la couronne de France sur la tête de sa fille, l'infante Isabelle Claire Eugénie, qu'il a eue de son troisième mariage avec Isabelle de Valois, fille aînée de la reine Catherine, propre sœur du roi. Henri, qui connaît bien sa mère et ses chimères dynastiques, la soupçonne également d'y travailler. Peu lui importe la continuité de la dynastie capétienne, la loi salique, l'ordre de la succession. Que le sang des Valois lui survive, voilà sa seule obsession ! Et si elle n'y travaille encore, elle ne laissera d'y travailler quand l'idée se présentera à elle.

Depuis que Margot ne peut plus avoir d'enfant et que le Béarnais a laissé passer sa chance en refusant de la répudier et d'épouser sa petite fille Christine de Lorraine, Catherine regarde vers son frère, le jeune marquis de Pont-à-Mousson, son seul petit-fils si l'on excepte le comte d'Auvergne, bâtard de Charles IX. Elle n'a de cesse de répliquer quand on lui oppose le Béarnais qu'il n'est cousin du roi par les hommes qu'au vingt-deuxième degré : « Le sang est bien morfondu au-delà du sixième degré. Les Bourbons ne sont pas plus parents avec les Valois que d'Adam et d'Eve. » Plus que le sang, c'est la famille, en bonne Italienne, qui lui importe. Puisque Catherine ne peut se perpétuer par les hommes, qu'à cela ne tienne, ce sera par les femmes ! Un jour, elle s'en viendra d'elle-même à penser à l'infante.

C'est une ville quasi en insurrection que découvre Horace Rucellaï ce 9 mai 1588, lorsqu'il pénètre dans Paris. L'ambassadeur du grand-duc de Toscane y entre par la porte Saint-Jacques. Au même moment le Balafré, transgressant l'ordre du roi de ne pas s'approcher de la capitale, s'avance dans la rue Saint-Antoine.

« Faites-vous connaître, Monseigneur », lui crie son écuyer en lui chipant son feutre par surprise. Aussitôt c'est l'émeute. Tout le monde veut le voir, le toucher. Vive le duc de Guise ! Nous sommes sauvés ! Vive le pilier de l'Eglise ! Il y a là des bourgeois, des femmes, des capucins, des jésuites, des séminaristes, des agents de l'Espagne, des voleurs, des coupe-jarrets, toute la crasse et la sous-crasse de la Ligue. Il se laisse embrasser par cette foule fanatisée qui le porte vers le Louvre. Le roi qui se promène avec ses chiens et ses mignons dans le jardin des Tuileries entend cette rumeur lointaine. Bientôt on le met au courant. « Il a osé. Je le tuerai », laisse-t-il échapper et il regagne le Louvre. Henri III est décidé à en finir.

Guise, effrayé par son geste de rébellion et par cette foule incontrôlable, au lieu de se diriger vers le Louvre, décide de rendre visite à la reine Catherine en son hôtel. La reine mère est au lit et regarde l'arrivée impromptue du duc comme une aubaine. Elle a sur-le-champ compris la situation. Elle va devenir la médiatrice entre la Ligue et le roi. Le Balafré la caresse. Elle ronronne. Il lui parle de la pureté de ses intentions envers le roi. Elle n'en croit rien mais feint d'y mordre. Elle le couve de son gros œil rond d'oiseau nocturne. Il se fait paterne. L'écoute. Déjà elle échafaude des combinaisons. Il lui demande de l'accompagner au Louvre. Encore mourante la minute précédente, elle saute promptement hors du lit. Habillée par ses femmes la voilà immense vaisseau de deuil cinglant vers le Louvre. C'est en chaise qu'elle s'y rend en compagnie de la duchesse d'Uzès, qu'elle appelle « sa commère ». Le duc les précède à pied.

Au Louvre le roi est entouré de sa garde rapprochée des Quarante-Cinq, une jeunesse de Gascogne sélectionnée par Epernon. Ils sont la jactance même et possèdent le courage qui va avec. Cadets, ils veulent se faire une place au soleil. « Baisons le roi, croquons les favoris », telle est leur devise. Les meilleures lames sont sans conteste Montserrié, Effranats, Sainte-Maline, Loignac, Sarriac. Autour d'Henri III se tiennent encore Ornano commandant la garde corse, Crillon et Biron. Il a pris place dans la salle du trône où il attend Guise qu'on lui a dit en marche vers le Louvre en compagnie de la reine Catherine. Il est pâle de rage. Il sait le mépris du peuple envers lui.

La sœur du Balafré veut le tondre, en faire un moine, aussi, il y a peu, enfourcha-t-il un étalon ombrageux et, devant toute la Cour étonnée, perle à l'oreille, il exécuta une série de voltes et de cabrioles comme au temps de sa jeunesse. Ainsi leur montrait-il qu'il était demeuré le meilleur cavalier de son royaume. S'adressant alors à un gentilhomme qu'il savait être du parti de la Ligue il lui cria : « Allez demander à mon cousin de Guise s'il a jamais vu un moine qui fasse ainsi bondir son cheval. »

Honni, vilipendé, dénoncé en chaire à la vindicte populaire, il dépasse de cent coudées le Balafré, aventurier sans cervelle et couard de surcroît qui ne fait illusion que parce que le peuple a besoin de croire en un chef.

Henri regarde Guise s'avancer entre les épées nues des gardes de Crillon. Le Balafré comme un enfant se colle aux jupes de la reine mère. « Pourquoi êtes-vous venu ? Ne vous l'avais-je pas interdit… » Ornano caresse son poignard : il attend un ordre du roi. Catherine intervient. Assure que c'est sur son ordre que le duc est venu à Paris. Son travail est de tenir en un juste équilibre la monarchie et la Ligue. Le roi n'est pas dupe. Cependant il laisse le duc sortir du Louvre. Le lendemain celui-ci se présente au Louvre avec une troupe de quatre cents gentilshommes armés. Le roi affecte de ne rien remarquer. Il flatte le Balafré, le tourne et le retourne avec de belles paroles. Il connaît l'art de rompre pour mieux attaquer. Il a pris le côté italien de sa mère. Le soir ils se retrouvent tous deux au chevet de la reine Catherine qui pense les avoir réconciliés.

Elle donne enfin audience à l'ambassadeur du grand-duc de Toscane. Horace Rucellaï a traversé une enfilade de salons et de cabinets où s'entassent les collections de tableaux et de dessins, de tapisseries inestimables, d'objets en pierre dure, en cristal de roche, de cabinets incrustés, pour enfin découvrir la reine mère allongée sur son lit d'apparat entourée de son « escadron volant » – ces dames d'honneur, dressées à tirer les vers du nez des ambassadeurs et des personnages de plus haut vol encore. Ces espionnes de luxe et de ruse pour servir à la politique de la reine vont, s'il le faut, jusqu'au batifolage d'alcôve. La main de Christine de Lorraine est demandée, la main est accordée. La reine, pour célébrer l'événement, se propose de donner un grand bal au Louvre. Il n'aura jamais lieu.

Le surlendemain 12 mai, Paris est en insurrection. Dès l'aube, les clochers de la capitale sonnent le tocsin. Les fanatiques s'emparent des chaires dans les églises, prêchent la destitution du roi. La chienlit déboule dans les rues de Paris. Elle arrache les pavés. Y poussent des futailles, y roulent des tonneaux, des barriques. Le mot est lâché ! Voici les premières barricades et les « barricadeux ». Les étudiants s'en mêlent et dévalent du Quartier latin. Crillon, le brave Crillon demande au roi la permission de charger. Henri est horrifié. Ouvrir le feu sur ses sujets lui est impossible. Il préfère négocier. Et voici de nouveau la reine mère en chaise allant de chez elle à l'hôtel de Guise et de l'hôtel de Guise au Louvre. Ce va-et-vient dure la journée. Les suisses, rappelés par le roi dans Paris la veille, ont dû battre en retraite vers le Louvre, laissant des morts sur le pavé. La reine mère, parmi les seringas embaumés du jardin de l'hôtel de Guise, use de finesse.

Le lendemain, le roi réunit son Conseil. Déjà sa décision est prise. Il va laisser le champ libre à la Ligue car il veut éviter un combat de rue qui discréditerait sa personne et la monarchie. Le visage masqué de carmin, l'œil cerné de khôl, énigmatique et plein de majesté, le roi abrège la séance. Il s'en va promener aux jardins des Tuileries. Flegmatique, admirable comédien rompu à toutes les ruses, il ne laisse rien paraître de son projet. Il s'intéresse aux nouvelles plantations. Et de plates-bandes en boulingrins, il gagne les grilles qui donnent sur la campagne. Il y retrouve sa garde suisse, les Quarante-Cinq, les principaux officiers de la Couronne et sautant à cheval, suivi du maréchal de Biron, du cardinal de Lenoncourt et du duc de Montpensier, il gagne Chaillot où il couche le soir même. Le corps diplomatique l'y rejoint. Horace Rucellaï, pris de court, n'est pas du voyage. Il envoie cependant sa première lettre au grand-duc Ferdinand de Toscane. La demande a été faite et la main de la princesse de Lorraine accordée. Mais le roi est en fuite…

IX

Encore d'autres nouvelles de France

« En fuite, le plus grand roi de la Chrétienté ! » s'écrie Marie quand Léonora lui communique la nouvelle.

Marie va bientôt avoir seize ans. C'est une grande jeune fille aux traits réguliers, à la chevelure blonde et abondante. Elle est aimable et, auprès de Léonora, elle a contracté un tour enjoué. Son oncle songe à la marier. Il a pressenti Alexandre Farnèse, duc de Parme et de Plaisance, veuf d'une princesse de Portugal. Par son père il est l'arrière-petit-fils du pape Paul III et par sa mère, Marguerite d'Autriche, le petit-fils de Charles Quint. Il est surtout un grand homme de guerre. Le seul que possède l'Espagne depuis la mort de don Juan d'Autriche. Farnèse a d'autres projets matrimoniaux en tête et décline les avances du grand-duc.

A cette époque se répand en Toscane la renommée d'une nonne siennoise, la Passitèa. Ses prédictions et ses visions sont stupéfiantes. Léonora comme Marie dont la religion confine à la superstition décident de la consulter. Et les voilà aussitôt en carrosse pour Sienne.

Le moindre déplacement d'une princesse de Toscane est toute une affaire. Il nécessite une suite de dames d'honneur, de duègnes à la mode espagnole, de pages, de laquais, et autant de voitures pour les transporter, et pour garder le tout, pas moins d'un escadron de gendarmes à cheval.

A Sienne, Marie et Léonora sont aussitôt conduites dans la cellule de la nonne. Justement celle-ci est en transe. Elle vaticine comme la pythie de Delphes. En un mot elle prédit à Marie un mariage royal. Marie avale cette royauté et n'en démordra plus. Elle veut être reine, elle sera reine. Et Léonora, qui sait déjà qu'elle sera de la noce, pousse Marie à échafauder des châteaux en Espagne.

Aussi, quand de retour à Florence, le grand-duc lui propose pour mari le prince de Bragance, un parti recommandé par le roi d'Espagne, celle-ci l'écarte avec hauteur. Que lui importe un prince, il lui faut un roi.

Mais voici qu'arrive sur ces entrefaites un courrier de France. La France, la France est un bien joli royaume, songe Marie. Aussitôt Léonora s'en va aux nouvelles auprès de son cher Morgante.

Rucellaï, si l'on en croit le nain, n'a pas cherché à rejoindre le roi avec les membres du corps diplomatique. La reine mère l'a obligé à rester auprès d'elle dans la capitale où l'on brûle, pille, égorge. La crapule de la Ligue s'est emparée de Paris. On parle de république. Le Balafré à qui le roi, par sa fuite, a volé la victoire, se sent mal entouré par cette populace.

Le roi dès le lendemain a quitté Chaillot pour Chartres. La reine mère se met aussitôt en branle. La voilà encore une fois sur les routes. Il lui faut réconcilier son fils Henri et le Balafré. Toujours sa politique : gagner du temps, laisser pourrir pour ne pas avoir à trancher. Guise et la reine mère se mettent d'accord sur un pacte d'union que le roi signe le 21 juillet. Guise est nommé lieutenant général du royaume, Navarre écarté de la succession, et Epernon disgracié. Le roi a cédé sur tout sauf sur un point : son retour à Paris. On s'embrasse. On soupe joyeusement. On porte des santés. Le roi joue à merveille le jeu de la réconciliation. Il enlace les Guises. Son humeur joyeuse trompe même sa mère. Elle est aux anges, ce traité est son œuvre. Se doute-t-elle que cette négociation aura été la dernière d'une longue carrière ? La princesse Christine est auprès d'elle. Si Catherine ne devine rien des pensées secrètes de son fils, Horace Rucellaï et le médecin florentin Cavriana en revanche en conviennent : « Le jour du poignard est en marche. »

L'ambassadeur d'Espagne Mendoza se promène dans Paris tout gonflé de la prochaine victoire de son maître. Les vents n'étant plus contraires, l'Armada cingle vers l'Angleterre. Mendoza est si certain de la victoire qu'il ordonne par avance une messe d'action de grâces et, pris d'étourdissement de tant de gloire, va jusqu'à rédiger le récit du combat naval qu'il porte au roi à Chartres. Henri III l'accueille souriant, l'écoute conter la bataille navale et la déroute de la flotte anglaise. Il le questionne sur des points de détail, s'amuse comme un chat d'une souris et toujours sourire aux lèvres lui assène le coup : « Je crains, monsieur l'Ambassadeur, que vos courriers ne retardent. Lisez plutôt les nouvelles fraîches qu'on nous mande de Calais... » Mendoza pense s'évanouir.

Dès le 30 juillet, le duc de Medina Sidonia, amiral en chef de l'expédition, a vu trois de ses plus gros vaisseaux s'abîmer dans les flots après avoir été harcelés par la flottille de sir Francis Drake. Deux jours plus tard, nouvelles pertes devant Dunkerque alors que la flotte est au mouillage. De nuit les Anglais avaient lancé des embarcations pleines de poudre et d'étoupe qui s'en étaient venues silencieusement exploser la coque des citadelles flottantes. L'incendie s'était communiqué de vaisseau à vaisseau. Le vent attisait le feu. Les mâts s'écroulaient. Les soldats sautaient à l'eau. Les galériens rompaient leurs chaînes et se débandaient. Il y aura encore quelques combats puis la tempête se chargera de disperser le reste des navires.

Philippe II, reclus dans l'Escurial, n'aura qu'un mot quand il apprendra la nouvelle : « J'ai envoyé ma flotte contre les hommes non contre les éléments. »

C'est faire peu de cas du génie corsaire de Drake. Deux tiers de l'Armada coulés, en tout plus de quatre-vingts vaisseaux perdus, quinze mille morts, peut-être plus. Un désastre.

« Ces dépêches sont fausses ! » s'écrie Mendoza. Alors le roi, le prenant par le bras, le conduit dans une galerie où se trouvent trois cents galériens turcs, la chiourme de deux vaisseaux coulés près des côtes françaises.

Mendoza retrouve son arrogance et demande qu'on lui livre les prisonniers comme étant des sujets de son maître le Roi Catholique. « Ces hommes, lui rétorque avec hauteur Henri, sont les sujets de notre ami le Grand Seigneur. Prisonniers de votre maître, ils retrouvent leur liberté sur la terre de France. » Mendoza vient de sentir le vent tourner. D'autant que le même jour où commençait le désastre de l'Armada, à Rome, l'ambassadeur de France, le marquis de Pisani, infligeait à l'ambassadeur d'Espagne un camouflet retentissant. Le pape avait fait prier l'ambassadeur français de bien vouloir se trouver malade le 2 juillet, jour où il canoniserait un moine espagnol, qui avait été cuisinier de Philippe II à l'Escurial. Et cela afin de permettre à l'ambassadeur d'Espagne, le comte d'Olivares, de conduire la cérémonie dont il avait fait les frais. Pisani crut que le droit de préséance de la France sur tous les ambassadeurs des autres pays se trouverait compromis s'il acquiesçait à cette demande. Il se présente avec le corps diplomatique, le jour de la canonisation, prend le pas sur les autres ambassadeurs et contraint Olivares à ne pas assister à la cérémonie.

Le roi quitte bientôt Chartres pour Blois où il a convoqué les états généraux.

A la fin du courrier, Horace Rucellaï annonce qu'il

diffère son retour car la princesse Christine ne veut pas, pour l'instant, quitter sa grand-mère qu'elle a suivie à Blois et qui se trouve toujours inquiétée par sa bronchite.

Marie est contrariée. Elle aime les fêtes plus que tout. Aussi se faisait-elle une joie de celles qui se préparent en secret pour les noces de son oncle. On les prévoyait pour la fin de l'été. Or soudain tout est remis en question. Toutefois les regards à Florence se tournent plus que jamais vers la France. Ceux de Léonora également.

Les courriers de l'ambassadeur Rucellaï se succèdent rapidement. C'est que les événements de France se précipitent.

Le roi Henri III en impose par sa prestance le 16 octobre 1588 lors de l'ouverture des états généraux dans la salle des états du château de Blois. Il parle haut. Il parle en roi et il accuse les ligueurs de crime de lèse-majesté. Il flétrit les barricades. Toutefois, dès le lendemain, il doit en rabattre. Dans le procès-verbal, on coupe les passages concernant la Ligue et les barricades. Le 24 octobre enfin, Horace Rucellaï est convoqué dans les appartements de la reine mère qui se situent au premier étage de l'aile François-Ier au-dessous des appartements du roi, afin de signer le contrat de mariage liant Christine, princesse de Lorraine, au grand-duc de Toscane, Ferdinand Ier. Christine reçoit de sa grand-mère tous les biens qu'elle possède encore en Toscane, ainsi que ses droits sur le duché d'Urbino. Elle se voit en outre octroyer en dot la somme de deux cent mille écus d'or et divers objets précieux de sa collection de cristaux taillés et de pierres dures, ainsi qu'une magnifique suite de tapisseries des Flandres représentant les fastes de la cour des Valois.

Le reste du mois ainsi que novembre se passent en intrigues. Les deux partis jouent de subtilité et le roi à ce jeu est le plus fort. Il entretient dans le camp des Guises des espions dont un certain Venetianelli, comédien de son état. L'homme est sûr et ses rapports sont circonstanciés. Les murs du château, comme ceux de la ville, suintent la conspiration. La nuit venue, les ruelles sombres sont témoins de rixes. Le poignard s'y fait virtuose. Toutes sortes de nervis et de coupe-jarrets y maintiennent leurs lettres de noblesse. Des ombres se croisent et, au matin, on retrouve des corps sur les berges de la Loire, reliefs des attentats nocturnes. Les forts en gueule de la Ligue ont envahi par ailleurs la cité. S'y est joint ce qui reste d'écorcheurs de la Saint-Barthélemy. Au château, le roi se morfond dans ses appartements. Il parcourt d'un regard las les rapports de ses espions qui lui communiquent chaque jour les moindres faits et gestes des Guises et de leurs hommes de main. Il sait ce qui l'attend s'il ne se décide pas à agir. Il se sent prisonnier du Balafré qui tient tout, même les clefs du château comme lieutenant général du royaume. Les états généraux ne voulant pas lui accorder l'argent qu'il demande c'est Guise, humiliation suprême, qui les y contraint. Dans les cabinets, les antichambres, les galeries du château on conspire et jusque dans la chambre du roi. Partout ce n'est que froissements de soie, chuchotements, éclats mat de l'acier d'un poignard. Un tourbillon d'intrigues dans un tourbillon de fêtes. Car jamais la cour des Valois n'a été plus brillante. La reine mère fait manœuvrer une dernière fois son escadron volant. Charlotte de Sauve, la doyenne de ce corps d'élite, devenue il y a peu marquise de Noirmoutier, après avoir bien servi la reine mère dans les bras d'Henri de Navarre puis de Monsieur frère du roi dont elle a épuisé les dernières forces, vient de trouver l'aboutissement de sa carrière entre ceux du Balafré. Sert-elle encore Catherine ? Il est plus probable qu'elle ne travaille que pour elle. Le corps des belles ambitieuses se lasse au jeu de la politique.

Le 18 décembre au soir, le château s'illumine comme à sa grande époque. Flambeaux et quinquets sortent de l'ombre les galeries, les loggias et le grand escalier à vis. C'est Catherine qui a pris l'initiative de ce bal et c'est à elle donc que revient l'honneur d'allumer les feux de cette dernière fête. Elle veut frapper fort. Elle présente à la Cour sa petite-fille Christine, future grande-duchesse de Toscane. Aussi la parade se doit-elle d'être magnifique. La vieille reine passe en revue l'escadron volant, aucune des beautés ne manque à l'appel. Bourdeille, Sourdis, Birague, Surgères, Victri… Elles savent bien qu'elles tirent, ce soir, leurs dernières cartouches et qu'il faudra ensuite partir à la retraite, se trouver un mari. Ou qui sait le cloître ? Ne manque non plus aucun des mignons du roi, fraisés et collerettés. Satin et foutre. Le cardinal de Lorraine mène le rigodon des ligueurs aux sons des violes et des musettes. Le roi traverse la fête telle l'ombre de la royauté. Il est vêtu d'un habit corseté de satin noir aux manches gaufrées. Seule touche de couleur, son cordon bleu de l'ordre du Saint-Esprit et une aigrette de diamant fichée sur son bonnet à la polonaise. Il se glisse au milieu de la fête. Fardé de blanc et les paupières ombragées. Il s'en va rejoindre en secret dans son cabinet bleu le maréchal d'Aumont et Rambouillet. L'espion Venetianelli leur a fait parvenir le compte rendu du souper que les Guises ont donné la veille au soir, aux principaux ligueurs. Le cardinal de Lorraine a porté une santé à son frère le Balafré le nouveau roi de France.

Ornano, qui s'est joint à la réunion, s'écrie qu'il faut arrêter sur-le-champs le duc pour haute trahison et crime de lèse-majesté. Le roi sourit. Cette idée lui convient et irait dans le sens de la justice qu'il a toujours défendue. Mais il sait qu'il n'en a pas les moyens. Quel parlement jugerait le duc ? Quels gardes l'arrêteraient ? Crillon entre à ce moment précis. Henri l'interroge : s'il lui en donnait l'ordre, voudrait-il expédier le Balafré ? Le brave Crillon se récuse. Un assassinat, un guet-apens non ! Mais il le provoquerait en duel volontiers et il le tuerait.

Le roi a regagné la fête. La reine mère n'a pas remarqué son absence. Il va comme un chat. Il tend son drageoir et offre des friandises au Balafré. Il lui sourit. Il lui sourira ainsi quatre jours de suite, le caressera, alors que déjà sa décision est prise.

Le roi se fait remettre les clefs du château que détient Guise et les confie au grand écuyer Bellegarde, dernier de ses favoris, sous prétexte de vouloir se retirer dans un pavillon quelques jours avant Noël. Le roi badine. Etant donné ce petit voyage, le Conseil se tiendra plutôt le lendemain. « N'y manquez pas, insiste le roi toujours caressant, nous y aurons bien des affaires à régler avant les fêtes. » Le Balafré pense l'avoir à la main. Il confiera le soir même à son frère, le terrible cardinal de Lorraine, archevêque duc de Reims : « C'est un bon homme. Il n'a pas l'âme méchante… »

Après toutes ces années passées, leurs jeunesses communes, leur camaraderie, leur rivalité, le duc n'a rien compris au caractère de ce prince de la Renaissance, équivoque, contradictoire. Il n'a pas saisi la nature secrète de ce roi mystique et frivole, ambitieux et versatile, généreux, débonnaire avec dans l'âme assez d'ombres pour y tapir d'incroyables férocités.

Il est tard, le duc s'en va rejoindre la pulpeuse Charlotte de Sauve. A plusieurs reprises ces derniers jours le Balafré a été prévenu qu'un attentat se préparait contre sa personne. Il en a écarté l'idée : « C'est un si bon homme… et puis il n'oserait. »

Or il osa.

Henri III a donné l'ordre qu'on le réveille avant l'aube puis s'en est allé coucher chez sa femme, la reine Louise. A quatre heures son valet de chambre frappe à la porte. Quelques mots sont échangés avec la première femme de chambre de la reine. On entend le roi réclamer sa robe de chambre et ses bottines. A cette heure Guise quitte le lit de Charlotte de Sauve et regagne ses appartements, pour tenter de se reposer après ses exploits auprès de l'insatiable maîtresse.

Au château, les Quarante-Cinq, fraise haute, pomponnés, la chevelure en brosse, arrivent un par un en empruntant l'escalier à vis. Bellegarde les fait entrer. Il les soupèse du regard. C'est qu'il ne craint pas le bel étalon, M. le Grand. Dès qu'ils sont dans la chambre, le roi s'adresse à eux. Sont-ils prêts à le débarrasser du duc ? Le jeune Sarriac ne peut se contenir et donnant une bourrade au roi, il s'écrie en gascon : « Mordious ! Je vous le rendrai mort ! » Henri tente de les calmer car s'il allait réveiller sa mère à l'étage inférieur, le coup serait manqué. Elle n'aurait de cesse que de faire prévenir Guise. Bellegarde distribue les poignards. Les uns après les autres par le même escalier secret ils montent à l'étage supérieur où, dissimulés dans des cellules, ils attendront l'heure. Le roi va entendre la messe. Il est six heures. A l'extérieur, il pleut des hallebardes. Un jour sale se lève. Guise est tiré de son lit par son valet de chambre. Il est épuisé. Il s'habille d'un costume de satin gris. Bientôt, il sera sept heures. Déjà le roi a disposé huit des Quarante-Cinq dans sa chambre. Trois gardent l'escalier secret tandis que douze autres, l'épée dégainée, sont postés dans le cabinet vieux, là même où Henri doit convoquer Guise. Le roi passe dans son cabinet neuf. Bellegarde et deux fines lames sont auprès de lui. Henri a fait murer, deux jours auparavant, la porte qui menait de la salle du Conseil au cabinet vieux. Pour accéder à cette pièce, il faut dorénavant passer par la chambre royale puis emprunter un petit passage propice au guet-apens.

Le duc fait son entrée au château comme s'il était le souverain. On lui remet des suppliques. On l'avertit une fois encore, alors qu'il traverse la cour, des mauvaises intentions du roi. Il n'en a cure. Il s'est engagé dans le grand escalier. Au premier étage il s'arrête devant les appartements de la reine mère. Il demande une audience. Celle-ci lui fait répondre qu'ayant passé une mauvaise nuit elle ne peut le recevoir. Le voilà à présent dans la salle du Conseil. Il a une faiblesse. Soudain il se met à saigner du nez. On lui tend un mouchoir. Il envoie un de ses hommes de confiance lui chercher son drageoir garni de raisins secs de Damas. Au bout d'un moment un page le lui ramène. L'homme de confiance n'a pu passer. Crillon a fait garder toutes les issues du château. C'est à cet instant qu'apparaît l'envoyé du roi pour prier le duc d'aller le rejoindre dans son cabinet vieux. Le duc se lève tenant son drageoir d'une main et le mouchoir de l'autre. Le roi est tapi derrière la tenture de son cabinet neuf. Il entend les pas de son ennemi. Oh, s'il n'avait été roi, comme il eût aimé l'égorger ! Il est bien meilleur bretteur que lui. Et surtout plus fin. Les Quarante-Cinq qui se trouvent dans la chambre saluent le duc. Celui-ci se dirige vers le passage qui conduit au cabinet vieux. Il soulève la tenture et aperçoit d'autres Quarante-Cinq dans le cabinet. Il comprend. Trop tard, il est frappé au cœur. « Traître ! Tu en mourras ! » Et de nouveau il est frappé. « Trahison ! Trahison ! » crie le duc. Il écrase son drageoir sur le visage de l'un des assaillants. La curée commence. Le sang jaillit des plaies. Le silence. Le roi soulève la tapisserie. Il voit son ennemi les bras tendus, le regard éteint, la bouche ouverte. Il respire encore. Le jeune Bellegarde s'adresse à lui : « Monsieur de Guise, criez merci à Dieu et au Roi. » « *Miserere mei Deus !* » murmure le duc avant de trépasser.

Le roi fait fouiller le cadavre. On y trouve une clef, douze écus d'or et une lettre qui commence ainsi : « Pour entretenir la guerre civile en France il faut 700 000 livres tous les mois… » Le soir même le cadavre du duc est brûlé et ses cendres dispersées dans la Loire. Le lendemain le roi fait exécuter son frère le cardinal de Guise, l'âme de la Ligue.

La reine mère meurt le 5 janvier 1589, entourée du roi son fils, de la reine Louise et de Christine de Lorraine ; assistée par le prêtre Julien de Saint-Germain. Celui-là même dont Ruggieri lui avait dit de se méfier et qu'elle avait longtemps pris pour un clocher. Le roi est son légataire universel. Une partie de sa fortune est partagée entre la reine Louise, sa petite-fille Christine de Lorraine et son petit-fils le comte d'Auvergne, fils du roi Charles IX et de Marie Touchet. Rien, pas même un mot pour la reine de Navarre, la seule fille qui lui restait. Margot, toujours recluse au château d'Usson.

Il a osé ! s'écrie le grand-duc Ferdinand, en lisant la dépêche de son ambassadeur. Il a osé et de surcroît il s'est allié avec Henri de Navarre qu'il a reconnu comme son héritier légitime.

X

Léonora regarde de plus en plus vers la France

De toutes ces nouvelles de France Léonora fait sa pelote. Elle est curieuse de nature. Tout l'intéresse. Aussi s'enquiert-elle. Elle interroge ceux qui furent à la Cour, à Paris. Comment sont le Louvre, la Loire et ses châteaux ? Elle dresse un état des lieux. Sait-on jamais ?

Après avoir reçu l'oracle de la nonne siennoise en odeur de sainteté elle ne peut imaginer pour Marie qu'un seul trône digne d'elle : celui d'Espagne. Néanmoins connaissant le caractère calculateur et impitoyable du grand-duc et le sachant mal disposé vis-à-vis d'un éventuel mariage espagnol, Léonora se tient prête à enfourcher un autre cheval. Aussi s'est-elle mise à regarder vers le royaume de France. Sait-on jamais ?

L'hiver s'essouffle. L'arrivée à Florence de la princesse Christine n'est prévue qu'aux alentours de Pâques. Elle a quitté Blois dans les premiers jours de mars. La Cour s'est montrée attristée de son départ et le roi le premier, qui l'a accompagnée en brillante cavalcade une partie du chemin. Elle va s'embarquer à Marseille, où depuis presque six mois la galère grand-ducale l'attend.

Le grand-duc, aussitôt prévenu de l'arrivée imminente de la princesse, met en chantier les préparatifs des fêtes du mariage qui se succéderont durant un mois. Rien n'est assez beau. Il faut étonner, émerveiller. Ainsi Florence jour après jour se transforme en une ville de conte de fées. On dresse ici des arcs de triomphe, là des théâtres et également des lices où se dérouleront des tournois et des carrousels. Les noces doivent être fastueuses. C'est que jamais une princesse n'a été attendue avec autant d'impatience. Marie et Léonora se tiennent au courant des préparatifs. Bernardo Buontalenti, le plus grand des architectes florentin, a été commissionné pour les constructions éphémères et les décorations. Il dessine également les costumes de *La Pellegrina*, le spectacle de musiques, de chants et de danses qui sera représenté au théâtre médicéen des Offices. Une œuvre collective sur un livret d'Ottavio Renuccini d'après une pièce de Girolamo Bargagli. Les musiques sont de Cassini, de Bardi, de Marenzio mais principalement du Romain Emilio de' Cavalieri, dit Il Zazerino, qui n'est autre que le fils du comte Tommaso Cavalieri, aimé jadis de Michel-Ange et dédicataire de ses sonnets.

Marie, qui aime la musique et qui touche assez joliment du luth, assiste avec Léonora aux répétitions. Elles sont sous le charme de la voix de Giulio Cassini qui chante en s'accompagnant à la guitare l'intermezzo qu'il a composé, *Io che dal ciel cader farei la luna.* Parfois le cousin Virginio Orsini se joint à elles. Tout cela fait beaucoup de gaieté dans le sombre palais Pitti. Peu à peu le guindé de cette cour espagnole s'effrite pour laisser place à la gaieté florentine si longtemps brimée et à laquelle vient s'ajouter à présent un parfum de France.

Le 29 avril 1589, Christine de Lorraine débarque à Livourne. Le lendemain, elle fait son entrée dans Florence. Aussitôt, elle est conduite au Dôme où elle épouse Ferdinand en grande pompe. Le soir, il y a naumachie dans la cour du palais Pitti. La prise d'une forteresse turque par les galères du grand-duc. Banquets et bals, tournois et cavalcades se succèdent. Le 2 mai, la cour assiste à la représentation de *La Pellegrina.* La machinerie est stupéfiante. La symphonie martiale et la scène de vacarme infernal célébrant le triomphe d'Apollon, vainqueur du serpent Python, ravissent le public. Marie est assise à la gauche de son oncle. La nouvelle grande-duchesse lui sourit. Elles ont à peu près le même âge. Christine, cependant, est dotée de tout ce qui manque à Marie : l'esprit, la vivacité, la grâce. Marie n'en conçoit cependant aucun ombrage. Elle est certaine de sa supériorité.

Les festivités achevées, Ferdinand reprend les grandes manœuvres afin de marier sa nièce. Christine imagine une union avec son cousin le comte de Vaudémont. Un cadet de famille ! « Il n'en est pas question ! » s'écrie Marie. Cette réponse est une insulte pour la puissante maison de Lorraine et entraîne un refroidissement entre la tante et sa dédaigneuse nièce.

Ferdinand et Christine comprennent que ce refus

brutal ne vient pas tant de Marie que de Léonora. Evidemment, celle-ci n'y trouve pas son compte. C'est pour elle qu'elle travaille puisque Marie et elle sont depuis longtemps la même personne.

Christine souhaite qu'on renvoie Léonora. Elle a percé ses manœuvres et découvert l'emprise dangereuse de la demoiselle sur sa nièce. Elle la sent sournoise et ambitieuse. Par ailleurs, elle la soupçonne de sorcellerie. C'est que Léonora se tire les cartes. Parfois, elle se trouve prise de tremblements avant de s'évanouir.

Léonora il est vrai encourage Marie dans sa paresse et sa vanité pour mieux la diriger. De plus, elle joint à une lucidité sans illusions une croyance dans les horoscopes, les présages, les divinations. Or la nonne Passitèa, ayant prédit que Marie serait reine, Léonora a poussée celle-ci à refuser le mariage lorrain.

Marie, avertie de ce qui se trame contre son amie, court chez son oncle. La voilà sur ses grands chevaux. Elle se rengorge, crie, en appelle à sa gloire, à sa grandeur, bref en fait une affaire d'Etat. Ferdinand l'apaise. Léonora restera auprès d'elle. Le soir même, il convoque Léonora : elle ne sera pas renvoyée, si elle veut bien l'aider auprès de la princesse. Coopérer avec lui afin qu'elle accepte un prétendant. Léonora pleure, jure qu'elle n'est pour rien dans le refus de la princesse, remercie, embrasse les mains. Elle sait rompre quand il le faut. Les grandes manœuvres de mariage peuvent reprendre.

Les nouvelles de France continuent d'arriver. Des ambassadeurs mais aussi des espions que Ferdinand entretient à Paris, au sein même de la Ligue, généralement déguisés en moines. Se trouve également à sa main le sieur Zamet toujours officieux, prêt à lui complaire.

Sébastien Zamet est né à Lucques et dès qu'il a été en âge, il s'est exilé en France où il a retrouvé dans l'entourage de la reine Catherine beaucoup de compatriotes qui y cherchaient fortune. Il est joli garçon, possède de l'entregent, sait conter et faire rire de ses contes, et par-dessus tout, adore les potins. Rien ne lui échappe. Il est astucieux sans méchanceté. Il aime l'intrigue et y trouve son compte. Il s'introduit comme cordonnier dans la maison de Monsieur, le futur Henri III, et très vite en devient le valet de chambre. Il ne le suit pas dans son éphémère royauté de Pologne. En revanche il entre dans la succursale parisienne de la banque Médicis dont il devient rapidement le principal agent. Bientôt il se met à son compte, sait obliger ; se crée un réseau d'influences. Il a gardé des contacts avec les grands-ducs de Toscane qu'il renseigne.

Ainsi Ferdinand se tient-il au courant des affaires de France grâce à lui. Il a connaissance l'un des premiers de la réconciliation du roi et de son cousin Navarre.

Plus d'un quart d'heure ils se tinrent enlacés, ne ménageant pas leurs larmes. « Je puis mourir, j'ai vu mon Roi ! » s'était, d'après Zamet, écrié le roi de Navarre.

Ferdinand suit les progrès de la reconquête du royaume ; de la déconfiture de la Ligue ; du siège de Paris. Navarre campe à Meudon tandis que le roi s'est installé à Saint-Cloud dans la maison des champs de Jérôme de Gondi, l'ancien écuyer de feu la reine Catherine. C'est d'ailleurs cette dernière qui lui fit cadeau de ce domaine. La maison est spacieuse et les jardins en terrasses à l'italienne sont pleins d'agréments et de surprises. La vue sur la capitale est magnifique.

Ferdinand connaît bien aussi ce Jérôme de Gondi, Florentin arrivé avec ses autres cousins à la cour de France dans les bagages de la reine Catherine. Il possède d'ailleurs un palais à Florence derrière la place de la Seigneurie.

Le roi Henri III s'est promené ce dernier jour de juillet le long de la galerie ouverte sur les jardins. Ses familiers le voient passer dans son habit sombre sur lequel se détache l'immanquable cordon bleu du Saint-Esprit. Grisonnant, lointain, il s'avance pareil à un fantôme. Ses pensées le ramènent à son état présent, à son royaume, aux malheurs de son temps, au malentendu qui l'a écarté de ses sujets. Il sait la présence des agents du roi d'Espagne dans la capitale, toute grouillante de moines, de jésuites et de femmes en transe appelant à sa mort. Le Conseil des Seize a envoyé à la Bastille les parlementaires qui lui étaient restés fidèles dont le premier président Achille de Harlay. Son ennemie indéfectible, la duchesse de Montpensier, sœur du Balafré, non contente d'occuper l'hôtel de sa mère et d'avoir fait main basse sur le mobilier, l'a fait pendre en effigie en place de Grève. De plus elle a organisé par les rues la vente d'une mauvaise estampe le représentant, au cri de « A cinq sous notre tyran ». Cette duchesse boiteuse veut venger ses frères assassinés. Elle écume fébrilement les couvents de la capitale pour débusquer un de ces moinillons fanatiques dont elle pourrait armer le bras. Clap ! Clap ! on l'entend venir de loin sous les voûtes des cloîtres. Elle va ainsi claudicante à la recherche d'une âme affolée de superstition qu'elle pourrait pétrir à sa guise. Ensorceler. Elle est prête même à s'offrir. A payer comptant là sur les dalles d'une chapelle sombre.

Par ses espions Henri a appris, également, que le cardinal légat Caetani, de tout temps acquis à l'Espagne, est arrivé dans Paris. C'est que, la veille, est parvenue la nouvelle de la bulle d'excommunication fulminée par le pape Sixte Quint contre le meurtrier du cardinal de Guise. Il n'y est pas nommé mais c'est lui que le pape vise. Accablé, il s'en est ouvert à son cousin et héritier Henri de Navarre. Le Béarnais possède un esprit empirique, doublé d'un scepticisme à toute épreuve : les choses de la religion l'intéressent médiocrement. D'ailleurs il n'est pas à un reniement près, étant passé, naguère, du protestantisme au catholicisme puis de nouveau au protestantisme et cela plus facilement qu'il n'aurait changé de chemise. Aussi lui a-t-il rétorqué : « Quand vous aurez pris Paris ils seront bien forcés de vous absoudre… »

Le roi passe et repasse. Il tient à la main son chapelet à têtes de mort. La nuit tombe. Au bas des terrasses coule la Seine. Au loin la capitale se profile sur un ciel incendié. Cependant déjà à la porte du domaine un moine s'est présenté. Il s'agit d'un tout jeune frère dominicain. Il a des lettres à remettre au roi de toute urgence. Des lettres de royalistes embastillés par la duchesse de Montpensier. Il est trop tard. Le roi ne reçoit plus. On lui donne le souper et le gîte pour la nuit. Le lendemain le roi le verra à l'audience matinale.

« Qu'il entre ! » s'écrie Henri en robe de chambre, les chausses défaites. C'est qu'il est assis sur sa chaise. « Si on le rebute on m'accusera encore de chasser les moines… » Le moine est devant lui le teint pâle, le regard fixe, un regard brûlant d'illuminé. Il est vêtu de la bure blanche des dominicains. Il s'est agenouillé et tend au roi un paquet de lettres. Il lui demande la faveur d'un entretien privé. Henri congédie ses gardes et ses familiers. Il vient d'ouvrir le paquet et apercevant l'écriture du président de Harlay se met à lire la lettre. À cet instant le moine tire un couteau et, se coulant comme un serpent vers le roi, le lui plante au-dessous du nombril.

Surpris, Henri arrache le poignard. « Ah ! le méchant moine, il m'a tué ! » s'écrie-t-il. Les gardes accourent et transpercent le moine qui expire sous les coups. Il ne connaîtra jamais le paradis que la duchesse de Montpensier lui avait promis entre ses bras. Le coup porté au roi paraît bénin. Quelques compresses et il n'y paraîtra plus dans une semaine, assurent les médecins après avoir sondé la blessure.

Le Béarnais, appelé à la hâte de son camp d'Issy, constate qu'il n'y a plus à craindre pour la vie du roi, aussi s'en retourne-t-il vers ses quartiers. Au début de l'après-midi, Henri est pris de vomissements. Il ressent d'affreuses douleurs au ventre. Les médecins diagnostiquent une hémorragie interne. Le roi est perdu.

Navarre, prévenu, entre dans la chambre du mourant. Le roi une fois encore le reconnaît comme son seul héritier cependant qu'il le met en garde : « Il ne peut y avoir de roi de France que catholique. » Il recommande au Béarnais son neveu le comte d'Auvergne, bâtard de Charles IX, ainsi que le dernier de ses favoris le jeune Roger de Bellegarde, grand écuyer. « Faites état de lui, il vous servira fidèlement. » Alors il demande qu'on introduise les officiers de la Couronne, les dignitaires, les ducs et pairs, les maréchaux et leur tient ce discours : « Messieurs, je vous prie de reconnaître après moi mon frère que voilà et de lui prêter serment en ma présence. » Un hérétique, il n'en est pas question, semble dire ce mouvement de recul qui s'opère chez les courtisans. Quoi, l'ennemi de la veille sur le trône ? L'idée de plier le genou devant ce roi gueux leur fait horreur. Dans un ultime sursaut dynastique, Henri III se redresse sur ses oreillers : « Je vous l'ordonne », s'écrie-t-il. Et chacun de s'exécuter au pied du roi de Navarre. Le jeune Bellegarde pleure. Epernon, l'archimignon regarde son maître s'avancer vers la mort. Bientôt le roi entre en agonie. A deux heures du matin le 2 août 1589, le dernier roi Valois expire.

Aux premières heures de la matinée Henri de Bourbon, roi de France et de Navarre, débarque à Saint-Cloud. Il est accompagné d'une quarantaine de gentilshommes. Parmi ceux-ci se trouvent Maximilien de Béthune, Agrippa d'Aubigné, Henri de

Caumont. Il entre en souverain. A son passage, la garde écossaise se met à genoux. Mais ceux qui s'étaient courbés la veille se refusent à réitérer l'hommage. Selon eux, il ne saurait régner sans abjurer le calvinisme. Henri voit le piège. S'il renie sa religion, c'est toute son armée de protestants fidèles qu'il perd, ne gagnant pas pour autant les catholiques de l'armée royale. Les esprits ne sont pas encore mûrs pour une volte-face aussi soudaine. Alors il se décide à leur parler en souverain, en gentilhomme, en soldat. Il parle de son âme et de son cœur. Il prend congé de ceux qui voudraient aller chercher leur salaire auprès de maîtres insolents pour ne garder auprès de lui que les catholiques qui aiment la France et l'honneur. Ses paroles en ébranlent plus d'un. Le jeune Givry tombe à ses genoux en lui prenant la jambe et la main : « Je viens de voir la fleur de votre brave noblesse, Sire, qui attend avec impatience votre commandement. Vous êtes le roi des braves et ne serez abandonné que des poltrons. »

Le maréchal de Biron marchande son ralliement mais assure au roi la fidélité des régiments suisses. Ce qui inquiète les courtisans, c'est la pauvreté du nouveau venu. Durant quatre jours ils ergoteront. Enfin ils finiront par reconnaître Henri de Bourbon pour roi après que ce dernier aura signé une déclaration par laquelle il s'engage à se faire instruire dans la religion catholique puis à se convertir. Les grands du royaume, à quelques exceptions près, comme Vitry qui s'en va rejoindre les ligueurs, paraphent le document. Quand la plume est tendue à Epernon, l'archimignon refuse de signer. Le roi pâlit : « Quoi, vous ne me reconnaissez pas pour votre souverain ? » Et sans attendre sa réponse, il lui tourne le dos pour accueillir de nouveaux gentilshommes fraîchement ralliés.

Le puissant duc d'Epernon qui, dans le passé, a tant fait pour la réconciliation des Valois et des Bourbons, s'en retourne dans ses Etats pour s'y tenir, dorénavant en réserve de la royauté. Mais il se doit auparavant de donner une sépulture à son maître bien-aimé qui a reconnu sa valeur et fait de lui, jeune Gascon sans fortune, aux bottes crottées, au parler patoisant, le premier des seigneurs de France.

Le 4 août au matin, il quitte Saint-Cloud pour mener la dépouille d'Henri III à Compiègne. A défaut de la basilique de Saint-Denis tenue par les ligueurs, le feu roi sera inhumé dans l'abbaye de Saint-Corneille où reposent déjà deux souverains carolingiens, Louis II le Bègue et Louis V le Fainéant. Henri l'accompagne quelques lieues. N'ayant ni argent ni garde-robe, on lui a retaillé l'habit de soie violet que son cousin s'était fait faire pour porter le deuil de sa mère la reine Catherine. L'archimignon ne voit en lui que le pauvre sire. Ils ont sensiblement le même âge. Le roi est d'un an plus âgé que le duc. Le premier a trente-six ans, le second trente-cinq. L'un est mal ficelé, mal vêtu, mais il est roi de France. L'autre, pour somptueux que soient ses habits, n'est que l'ombre d'un ancien mignon du dernier des Valois qu'il conduit dans son cercueil à Compiègne.

Ces événements aussitôt connus à Florence, le grand-duc ordonne le deuil. N'est-il pas le neveu par alliance du roi défunt ?

XI

Un jeune homme de toute confiance

Le jeune homme est de belle prestance. La taille bien prise, un visage avenant, des manières courtoises, un certain savoir, et surtout ce zeste d'élégance qui vous parachève le gandin. Il fait son jeune coq un peu partout en ville, à la promenade, dans les endroits à la mode. Et la nuit il hante les bouges. Il a tout juste vingt ans et déjà pas mal d'expérience derrière lui. A Pise où il fut étudiant, il s'est taillé une jolie réputation de flambeur. Les tripots de la ville résonnent encore de ses exploits. Plus qu'à la chance du novice, il faudrait, dit-on, si l'on en croit les rumeurs, attribuer sa réussite aux cartes à l'art du biseau. Qu'importe, il suffit qu'on l'aperçoive un instant pour qu'il fasse battre les cœurs. Les hommes recherchent sa compagnie, les femmes s'éventent en le regardant passer. C'est que le godelureau donne chaud.

Qui est-il ? D'où sort-il ? Ah ! Vraiment ! C'est le petit-fils de Bartolomeo Concini qui fut un temps secrétaire du grand-duc Côme puis ambassadeur près la cour impériale et qui, ayant obtenu la citoyenneté de Florence, avait fait reconnaître sa famille comme sortie de la maison éteinte des comtes de la Penna. Donc il est l'un des fils de Giambattista, patricien de Florence, un temps secrétaire du grand-duc et également ambassadeur ! Tout justement ! Est-ce ce Concino dont on a dit qu'il avait voulu un temps remiser ses beaux habits de soie pour prendre la bure ? C'est lui ! Alors sa belle âme mystique a fait depuis du chemin par le purgatoire des tripots. Et ainsi vont les commérages.

Concino n'en a cure. Il connaît son pouvoir sur les femmes et sur les hommes et à ce jeu les différentes partitions qu'il joue les yeux fermés. Il n'est pas regardant et sait se rendre officieux au beau sexe comme à l'autre. Il a de l'entrejambe et le charme inné du courtisan. Il aime à obliger. Mais par-dessus tout, en secret, il est dévoré d'ambition. Tous les chemins lui semblent bons pour arriver. A quoi ? Il ne le sait encore. Mais ce beau museau a les dents longues.

Les aînés, Cosimo et Bartolomeo, commencent à faire leur route dans le monde. Le premier dans la diplomatie. Le second dans l'administration. Très soutenus par leur oncle le puissant Belisario Vinta qui fut ambassadeur à Mantoue et dont on parle à présent pour le secrétariat d'Etat. Sa sœur cadette Eléonore est attachée au service de la princesse de Toscane, Marie.

Celle-ci a rencontré au palais une étrange créature du nom de Léonora Dosi. Elle est seule de la maison de la princesse à la tutoyer. Elle sait en outre comment la diriger. Depuis que cette Léonora a eu connaissance des derniers événements de France, le trône de ce pays lui semble infiniment enviable. La France voudra bientôt une reine qui puisse donner un héritier au nouveau roi Bourbon, aussi s'est-elle mise à apprendre le français.

Voilà une fille de bon sens, se dit Concino. Il veut se la faire montrer. Sa sœur la lui désigne un soir à la promenade dans les jardins de Boboli. Son apparence l'effraie. La fille est une chèvre noiraude et efflanquée. On la dirait bancale et puis sa personne dégage de la sorcellerie.

Au détour d'une haie Léonora a senti un regard se poser sur elle. Elle tourne la tête. Concino a eu le temps de se glisser derrière le groupe qu'il accompagne.

Quelqu'un m'a regardé ! Quelqu'un a posé son regard sur moi, jubile intérieurement Léonora. Qui ? Elle ne saurait dire. Le soir à la coiffure de la princesse elle porte les perles que celle-ci lui a données. Elle se sent belle. Et sans trop d'appréhension s'en va jeter un regard au miroir. De plusieurs semaines, elle n'aura plus de crises d'évanouissement.

Concino le soir même sort de Florence. Il s'en va coucher chez son oncle Vinta dans la villa de Lonchio près de Bagno a Ripoli. Enfant, déjà, il était le préféré de cet oncle.

Belisario Vinta est un épicurien. Esprit libre, on le soupçonne d'être un libertin. Une de ces fortes têtes qui se fient plus aux découvertes de la science qu'aux dogmes religieux.

Dans la famille on lui a donné le sobriquet d'« oncle cerise ». C'est qu'il n'avait pu se retenir de s'esclaffer en apercevant les burnes ridiculement petites pour un jeune homme aussi bien emmanché. « Mais ce sont des cerises, monseigneur, que vous avez là ! »

Il aurait pu dire olives ou encore noisettes. Mais va-t-on savoir pourquoi il avait préféré dire cerise. Cela lui avait semblé plus allègre, moins commun, moins galvaudé en tout cas. Et puis il ne s'agissait pas de n'importe quelles vulgaires roubignoles mais de princières. En effet elles appartenaient au prince Vincent de Gonzague, l'héritier du duché de Mantoue.

Ce fut alors une affaire d'importance. C'est que le duché de Mantoue était un point stratégique en Italie. Selon les alliances, il pouvait être une menace pour tel ou tel Etat. La papauté avait tout intérêt à caresser son duc, l'Espagne également. Aussi le duc de Parme, Octave Farnèse, petit-fils du terrible pape Paul III, avait-il eu à cœur de marier sa petite-fille, Marguerite, avec l'héritier de Mantoue. Marguerite était la fille d'Alexandre Farnèse, le grand capitaine de Philippe II. Le mariage fut célébré avec la publicité qu'il faut. Les Médicis et les Savoie rongeaient leurs freins. C'est qu'il y avait là une belle alliance à laquelle ils eussent volontiers prétendu. Le grand-duc François régnait encore. Marie était trop jeune pour songer à un époux mais Eléonore, sa sœur, était tout à fait en âge.

La bénédiction donnée, la messe dite, le banquet achevé, des bruits commencèrent à circuler. Toute l'Italie bientôt se mit à rire sous cape. Le marié n'aurait pas assumé, disait-on, ses devoirs. La jeune femme se plaignait de ne pas être visitée. Il n'est rien de plus ridicule qu'un impuissant. Par ailleurs se répandaient des ragots. On disait que le jeune prince sacrifiait à la bougrerie et que depuis longtemps il entretenait une liaison avec le marquis de Pescara. On examina le mari et la femme. Et on convint que la seule solution pour sortir d'un tel scandale était d'en venir à l'annulation en cour de Rome. Le mariage avait eu lieu en l'année 1581. Les cardinaux des deux familles s'étaient chanté pouilles devant une curie pouffant de rires étouffés. On revenait au temps de Boccace. L'affaire traîna. Enfin après deux ans le pape Grégoire XIII annula le mariage.

« C'est ici, voulez-vous croire, que j'entrais en scène », se devait de préciser, à chaque fois, Belisario Vinta quand il contait cette histoire pour un convive étranger qui avait eu la curiosité de lui demander pourquoi ses neveux l'appelaient l'« oncle cerise ».

Cette historiette en effet appartenait à la mythologie d'un homme aussi en vue que l'était Vinta. Et c'est bien volontiers qu'il y revenait. L'enjolivant selon son auditoire de circonstances nouvelles, laissées dans l'ombre, qu'il allait repêcher dans une satire de l'époque car l'affaire avait fait couler beaucoup d'encre dont un traité *De la nature du prince*. Personne ne doutait qu'il en fût l'auteur.

Belisario Vinta avait été nommé après la faillite de ce mariage par le grand-duc François résidant florentin à Mantoue. Le prince de Mantoue était beau et sympathique. Il avait un tempérament de mécène. Il protégeait les peintres, les musiciens. Il aimait les grands chiens, les chasses, et par-dessus tout les fêtes. Vinta le prit en affection. Et c'est probablement lui qui le poussa à demander au grand-duc François la main de sa fille Eléonore de Toscane. L'alliance allait de soi. Le grand-duc cependant qui, à l'instar du duc de Parme, ne voulait pas faire mauvaise figure, prit ses précautions. Vincent de Gonzague fut sommé de démontrer ses qualités viriles. On prépara à Ferrare, ville neutre et toutefois alliée de Mantoue, une sorte d'examen où l'héritier de Mantoue devait tenir en érection son membre alors qu'on y suspendait un poids, puis déflorer une vierge. Dans le même temps à Rome le cardinal Farnèse tentait de soulever la curie contre ce procédé. Le pape Grégoire passa outre et autorisa l'épreuve. La vierge qui devait soutenir cette joute attendait au palais de Belfiore. Belisario Vinta comme représentant du grand-duc accompagnait le futur fiancé de la princesse de Toscane. En chemin Vincent Gonzague tourna bride et revint à Mantoue sans donner d'explications. A Florence le grand-duc François s'impatientait. Finalement on convint qu'une jeune Florentine du nom de Giulia, fille bâtarde d'un Albizzi, choisie personnellement par le grand-duc dans un orphelinat, serait la dernière chance du prince de Mantoue. Celui-ci demanda la possibilité de la visiter trois nuits de suite. Le grand-duc lui accorda une nuit mais avec la possibilité de trois assauts. Venise fut choisie cette fois comme lieu pour la rencontre. Belisario Vinta, qui devait être l'arbitre de la rencontre, y conduisit la jeune Giulia.

La joute amoureuse eut lieu le 7 mars 1584. Vinta tenait la bougie. C'est à la lueur de celle-ci qu'il s'écria : « Mais ce sont des cerises, monseigneur ! »

Le lendemain il faisait partir un courrier pour Florence. Le prince avait fait une fausse sortie lors du premier engagement. Mais avait défloré la demoiselle au second. L'arbitre du camp de Mantoue, qui n'était autre que le cardinal Scipion de Gonzague, trouvant galantes ces cerises, les répandit dans le monde. Ainsi Belisario Vinta acquit-il la réputation d'homme d'esprit.

Le mariage eut lieu un mois plus tard. Il y eut fêtes à Florence que bouda la princesse Marie pour ne pas avoir à s'incliner devant sa sœur aînée et plus encore devant sa marâtre Bianca Cappello. L'année suivante, le prince et la princesse de Mantoue donnaient naissance au premier de leurs cinq enfants. Deux ans devaient s'écouler avant qu'ils accèdent au trône ducal.

Concino connaissait ce conte de longue date. Cependant chaque fois il le réécoutait de bonne grâce, permettant à son oncle d'y ajouter quelques trouvailles.

Durant plusieurs années, Concino vint picorer chez son oncle Vinta, à sa maison des champs comme dans son cabinet aux Offices, ce qu'un jeune homme doit savoir.

Il soulève les dossiers, les respire, fait son miel puis s'en va retrouver la bande de mauvais garçons dont il est le boute-en-train. L'oncle le regarde faire. Depuis longtemps il a entrevu chez ce neveu l'homme d'Etat. « Il sera tout ou rien », pense-t-il. Il voit comment celui-ci fait sa pelote auprès de lui. Il ne lui prodigue jamais de conseils. Il le laisse lui voler ses secrets, ses roueries politiques. Il l'imprégne au lieu de l'enseigner. C'est une nature intéressante que celle de Concino, faite d'ombre et de lumière. Il chemine en se jouant. Pour l'heure il chevauche par des chemins de traverse. La combine chez lui est un exercice de discrétion comme le goût du bonheur en est un autre. Il butine chez l'oncle Vinta et fréquente la crème des canailles pour ses parties fines. Il amuse sans vulgarité, séduit sans flatterie. C'est un petit seigneur libertin.

Il a déjà beaucoup appris de l'oncle Vinta quand le cardinal de Lorraine se fait annoncer à Florence.

Charles de Lorraine est le frère de la grande-duchesse Christine. Il s'en va à Rome recevoir la calotte de la main du pape qui, au dernier consistoire, l'a élevé à la pourpre.

Sa suite est composée de fringants gentilshommes lorrains, et de quelques vieilles barbes d'Eglise. Il est blond et de grande taille. Ceux qui ont encore le souvenir du roi Henri II de France soutiennent qu'il lui ressemble. N'est-il pas son petit-fils ? On le gave de musiques et de bals, de masques, de bergamasques. Cependant il ne s'attarde pas. Avant de reprendre la route, il demande à sa sœur de lui fournir une escorte de jeunes Toscans pour figurer dans son cortège lors de son entrée dans Rome. Belisario Vinta est convoqué. Il fournit une liste d'une trentaine de jeunes hommes des meilleures familles. On y relève le nom de Concino Concini des comtes de la Penna. Et c'est ainsi que notre jeune gommeux, à quelque temps de là, fait son entrée dans Rome à la suite du jeune cardinal de Lorraine.

XII

Crapules et intrigues vaticanes

Concino plonge dans les remous des soies cardinalices avec ravissement. Il s'y faufile comme une anguille. Il écoute. Voit comment se nouent les intrigues. Se montre affable avec chacun. Rend des services. Se fait connaître. Il est florentin, aussi est-il pour le parti de France. Il rôde autour du palais du cardinal de Joyeuse qui représente les intérêts du roi Henri. Les évêques Du Perron et d'Ossat ayant obtenu la levée de l'interdit lancé par Sixte Quint contre le roi et la France, il faut à présent s'attaquer à l'annulation du mariage. Depuis que le roi a rencontré Gabrielle d'Estrées et a eu d'elle Monsieur César, le grand bâtard, il n'a en tête que de l'épouser. Or, même enfermée dans son château d'Usson, en Auvergne, où elle mène sa cour d'amour, Madame Margot est toujours reine de France. Si elle consent au divorce, ce n'est pas pour que le roi Henri s'en aille épouser une catin. On ne quitte pas une fille de France pour une demoiselle de petite vertu. Gabrielle a vu le loup bien avant de connaître Henri.

Henri III aurait été son amant. Après son assassinat, le joli Bellegarde aurait repris le flambeau dans le cœur de la belle. Bellegarde en bon courtisan a laissé la place au roi. Cependant Gabrielle a renoué en secret avec Bellegarde et amuse de loin en loin le roi. C'est qu'on l'a mariée entre-temps à un monsieur de Liancourt. Un mariage blanc. On chantonne. On brocarde. L'opinion n'est pas tendre.

> Mariez-vous, de par Dieu, Sire !
> Votre lignage est bien certain :
> Car un peu de plomb et de cire
> Légitime un fils de putain…

Voila le quatrain que le roi trouve accroché à un oranger de la terrasse du château de Montceaux.

Le cardinal de Gondi fait une entrée magnifique dans Rome. Il est accompagné par Ludovic de Gonzague, duc de Nevers. Le temps est loin où le pape, terrifié par les agents espagnols, refusait de recevoir les ambassadeurs français et où Henri IV était informé des intentions secrètes de Clément VIII par un modeste prêtre, l'abbé d'Ossat ; celui-là même que la reine Louise, veuve d'Henri III, avait chargé de demander au pape la réhabilitation de son défunt mari, toujours excommunié. En 1595, l'abbé d'Ossat et l'évêque d'Evreux Du Perron avaient obtenu l'absolution d'Henri IV. Ce sont eux, en tant que procureurs du roi, qui se mirent à plat ventre « comme une paire de maquereaux sur le gril », plaisantera Agrippa d'Aubigné, et reçurent les coups de baguette durant le *Miserere*. Pour sa peine, d'Ossat obtiendra un chapeau de cardinal. Pour Du Perron il lui faudra attendre encore quelques années avant d'être élevé à la pourpre comme cardinal-archevêque de Sens.

Concino comprend que les grandes manœuvres pour le divorce et remariage du roi de France ont commencé et que Florence n'en est pas exclue. Il se met à rêver à ce pays de cocagne où les duchesses presque reines sont traitées d'ordures par le peuple et couvertes de diamants par le roi.

Certains soirs, Concino tient la banque au jeu du cardinal de Lorraine. On le surprend à piper. On le chasse. On prétendra par la suite qu'il s'était fait poivrer et qu'il avait refilé le mal de Naples aux laquais de Son Eminence.

Si on ne veut plus de lui dans les palais, eh bien il prodiguera ses talents ailleurs. Pour l'heure, il hante les théâtres. Il a toujours aimé les comédiens et leur art bondissant. Il avait assisté naguère dans la salle du palais Pitti à l'une de leurs représentations. L'Arlequin était l'excellent Tristan Martinelli. Il était entouré par une troupe de masques. Cette même troupe joue présentement à Rome.

Il se rend à leur théâtre. Fréquente les coulisses. Se lie. Pourquoi ne jouerait-il pas ? C'est dit ! Il sera le Capitan, amoureux d'Isabelle. Mais c'est qu'un galant a enlevé Isabelle ; eh bien tant pis, c'est lui qui fera l'amoureuse. Et le voilà à minauder en robe longue à manches bouffantes avec un joli chapeau. Il minaude si bien que bientôt on ne l'appelle plus qu'Isabelle. On lui prête des aventures autant féminines que masculines. Il a le tour de main. Il est la commedia dell'arte en personne.

Le plénipotentiaire Brulart de Sillery s'avance vers Rome. En route il fait étape à Florence. Il est reçu par le grand-duc à qui il demande un nouveau portrait de la princesse de Toscane. Personne n'est dupe. A moins que les Italiens de Paris ne se mêlent de faire un miracle.

Si Henri a envoyé Sillery en Italie, c'est pour tromper son monde. Il sait la reine Marguerite intransigeante quant au choix de la future reine de France. Une princesse de sa qualité ne se trouve pas tous les jours au coin d'un bois.

Aussi Henri envoie-t-il une nouvelle ambassade à Florence, conduite par Jérôme de Gondi, le banquier et frère du cardinal accompagné de Villeroy, l'ancien conseiller de Catherine de Médicis. Le départ de ces deux hauts personnages aurait dû suffire pour faire comprendre à la favorite et au parti de celle-ci que les générosités du roi ne s'adressaient qu'à l'amante et non pas à une future reine. C'est ce qu'en bon Florentin Concino, à Rome, saisit tout de suite. A Florence, Léonora se fait la même réflexion. Comme la troupe des Arlequins et des Colombines quitte Rome pour Florence, il décide de les suivre pour y faire ses pâques.

XIII

Où l'on perd une favorite et où l'on trouve une reine

Cependant Gabrielle se comporte en reine. Le roi lui a passé au doigt le diamant qu'il a reçu lors du sacre à Chartres. Les préparatifs des noces sont ordonnés. « Il n'y a plus que Dieu et la mort du roi pour m'empêcher d'être reine de France. » Sully, consulté sur cet hypothétique mariage, répond adroitement. Le roi sourit. Il reconnaît là son ministre. Cependant celui-ci ajoute une raison qui doit détourner le roi de ce dessein. C'est qu'il serait fort embarrassé pour donner un état aux enfants adultérins qu'il a eus de sa maîtresse. Et d'ajouter : « Il arrivera que les cadets seront héritiers du trône, pendant que l'illégitimité des aînés les en écartera. De là peuvent naître des guerres cruelles entre les frères ; guerres qui replongeront le royaume dans un état pire que celui dont vous l'avez tiré, Sire. » Cette considération impressionne le roi. Et dès lors, il n'abordera plus le sujet.

Gabrielle est devenue duchesse de Beaufort et croit pouvoir éloigner Sully toujours réticent à payer ses dépenses. Elle éclate en plaintes amères. Sully tient bon. Le roi veut réconcilier son ministre et sa maîtresse. Il mène Sully chez Gabrielle, dans son hôtel de la rue Fromenteau qui jouxte le Louvre. Elle crie. Se jette à terre. C'est qu'elle en sait des choses sur ce fidèle compagnon et son désintéressement ; comment il fait de la remonte : achetant des chevaux en Allemagne pour les revendre le prix double en Gascogne. Elle aimerait mieux mourir que de voir un valet être préféré à elle, sa maîtresse et bientôt sa femme. « C'en est assez madame, s'écrie Henri, de par Dieu c'en est trop ! Je vois bien qu'on vous a dressée à ce badinage pour essayer de me faire chasser un serviteur dont je ne saurais me passer. Tenez-vous-le pour dit : je préfère perdre dix maîtresses comme vous qu'un ministre comme lui… »

Le roi entretient l'équivoque. Il joue sur les deux tableaux. Sait-il lui-même le choix qu'il fera ? En tous les cas, il ne faut pas que la princesse de Toscane épouse l'empereur. A Florence Gondi et Villeroy s'ingénient à défaire le projet. Par ailleurs ils épluchent les comptes de ce que la France et le roi doivent aux Médicis. Les agents du grand-duc s'affairent aussi. De Paris, l'abbé Bonciani fait connaître à Ferdinand les derniers avatars des amours du grand roi. Les bruits de sa mort à l'automne de 1598. Les princes du sang et les grands seigneurs débarquant nuitamment au château de Montceaux en Brie. Margot du haut de son château en Auvergne ne parle jamais de Gabrielle sans joindre à son nom l'épithète de putain. « Non, non ! s'écrie-t-elle, il n'épousera de par ma foi, il n'épousera pas cette “bagasse” », et elle fait des difficultés à signer une seconde procuration pour son divorce à Rome.

Les superstitions du roi qui croit avoir vu passer la chasse du Grand Veneur, fantomatique annonciateur de mort ; les lettres anonymes ; l'opposition au mariage qui secrètement s'organise... le grand-duc est tenu jour après jour au courant de tout ce qui se dit, de tout ce qui se fait. Et par le nain Morgante Léonora aussi.

La semaine sainte de l'an 1599 approche. Le roi et Gabrielle se trouvent à Fontainebleau. Le roi y a convoqué le Conseil. Gabrielle fera ses pâques dans la capitale. Pour l'heure elle consulte les devins. Entre autres, un certain Palma Cayet.

Par deux fois renégat, le personnage est assez singulier. Il avait été recommandé à Jeanne d'Albret pour faire l'éducation du prince de Navarre puis, ayant succédé au pasteur Pasquier, il était devenu le prédicateur de Catherine de Bourbon. Revenu à la foi catholique, il poursuivait les mauvais esprits, entre autres un Méphistophélès qui torturait le brave docteur Jean Faust. Consulté par Gabrielle, il lui avoue qu'il ne voit autour d'elle que la mort. Est-il payé pour la désespérer ? Il sait que la duchesse de Beaufort n'est pas aimée par les conseillers, qui feront tout pour entraver son mariage.

Encore mariée à Liancourt, elle veut épouser le roi et le roi, toujours lié à Marguerite de France, peut-il l'épouser ainsi au débotté ? Elle comprend soudain ce qu'elle soupçonnait depuis quelque temps : on l'a menée en bateau. Par sa famille, qui n'a vu que les avantages de cette situation, par le roi, par elle-même... et c'est l'âme navrée qu'elle quitte Fontainebleau le 6 avril 1599 pour Paris où elle s'en va faire ses pâques. Le roi la conduit jusqu'à Savigny-le-Temple où elle embarque sur la Seine en compagnie de La Varenne, le portemanteau du roi, de Bassompierre, un godelureau de Lorraine, n'aspirant qu'à plaire aux dames.

C'est en début d'après-midi que Gabrielle débarque à Paris. Elle a demandé à sa tante Mme de Sourdis de bien vouloir la loger. Elle ne veut pas descendre dans son hôtel. Le vieux Louvre y jette une ombre funeste. Elle est lasse. Aussi fait-elle une halte à l'Arsenal chez sa sœur Diane. Elle se voit entourée d'ennemis. Une conjuration pèse sur elle. Un vent de panique la saisit quand il lui faut quitter sa sœur pour se rendre chez le financier Zamet qui l'a conviée à souper. Italien entre tous les Italiens, elle le sait hostile à son mariage comme Jérôme de Gondi, ambassadeur du roi mais toujours l'homme des Médicis. Zamet a beau lui faire les yeux doux, elle sait qu'il ne l'aime pas.

C'est le cœur lourd que Gabrielle monte en litière pour se rendre rue de la Cerisaie dans le bel hôtel que Zamet y a fait construire. Chacun connaît sa fulgurante carrière. Un peu banquier un peu maquereau.

Longtemps il avait eu la main sur l'escadron volant de la reine Catherine. Gabrielle le sait. Elle sait aussi comment, à travers lui, sa sœur Diane avait monnayé ses charmes au duc d'Epernon, l'archimignon. Elle traverse le jardin qui croule sous les lilas d'Iran. Les oiseaux pépient dans les volières. Le printemps est là. Jamais avril ne fut plus délicieux. Un vent léger agite les voiles aux fenêtres, ride l'eau des bassins. Soudain elle a chaud. Zamet lui tend un sorbet au citron, un *poncire*. Elle s'en saisit et en prend quelques cuillerées. Aussitôt d'horribles douleurs d'estomac la prennent. Elle s'affole. Elle se fait conduire dans la maison de sa tante près de Saint-Germain-l'Auxerrois. Les douleurs s'amplifiant, Gabrielle s'épouvante. Elle lui écrit. La supplie de revenir de toute urgence. Le lendemain mercredi elle se rend l'après-midi au Petit-Saint-Antoine pour y écouter l'office des Ténèbres en compagnie des dames de Guise. Le prédicateur fustige la Grande Prostituée en se tournant vers la chapelle où se tient Gabrielle. Elle doit se rendre pour souper chez Zamet mais la fièvre lui fait décommander la partie. Le lendemain, jeudi saint, elle se rend à Saint-Germain-l'Auxerrois pour y communier. Dans la nuit du jeudi au vendredi s'annoncent les premières douleurs de l'enfantement. Les chirurgiens sont appelés en hâte. Ils tirent par morceaux un enfant mort-né. Gabrielle hurle de douleur. Elle demande à voir le roi. Qu'on aille le quérir ! Il doit venir à la hâte pour l'épouser ! Oui ! Unis sur son lit de mort ! La Varenne n'a pas attendu cet instant pour galoper à bride abattue vers Fontainebleau. Il est rejoint par un messager qui lui confirme l'état désespéré de la duchesse. Qui songerait à reconnaître dans ce visage gonflé semblable à celui de Gorgone, la beauté claire et un peu mièvre qui fit perdre la raison à un roi ?

Toute la nuit elle hurle de douleur. Et auprès d'elle les dames de Guise renchérissent en se tordant les mains.

A Fontainebleau, le roi fait préparer son départ. La duchesse n'aurait-elle pas pu choisir un autre moment pour passer que la semaine sainte ? Personne ne doit le voir auprès de sa maîtresse, une veille de Pâques. Aussi se propose-t-il de traverser la Seine avec le bac des Tuileries. A Villejuif, le messager rattrape La Varenne. La duchesse est aux extrémités. Il faut prévenir le roi qu'il n'est plus temps de venir. Il anticipe de quelques heures la mort. A cet instant on entend encore les cris de Gabrielle jusqu'aux fossés du Louvre. Ce n'est qu'à l'aube du samedi saint, le 10 avril 1599, que décède celle qui pour toute une génération restera la « belle Gabrielle ».

Le peuple qui l'a tant détestée du temps de sa grandeur, la pleure. Et ceux qui l'ont tant caressée applaudissent à sa mort. Les princes du sang contrefont de grandes douleurs mais sautent de joie. Surtout Condé, déjà méchant. Les Italiens font partir des courriers vers Venise, Rome, Florence. Le hasard arrange bien les choses. Se pourrait-il que ce hasard soit florentin ? On commence à parler de poison. Du citron de Zamet. Des médicaments que le grand-duc a fait parvenir à la duchesse par le truchement d'un de ses agents, le chevalier Guichardin… tout remonte à la surface. Il n'est jusqu'aux fameux bouillons d'onze heures de feu la reine Catherine qui ne soient évoqués.

Une autopsie est réclamée. Le corps de Gabrielle, duchesse de Beaufort, est ouvert, étripé. Les reins sont pourris, le foie aussi. Cependant nulle trace de poison. Tandis que la Faculté s'acharne sur ces chairs hier encore objets de plaisir, Antoine d'Estrées, son frère, maquereau patenté, cambriole l'hôtel de la rue Fromenteau. Il s'y livre à un pillage en grand.

Du fin fond de l'Auvergne, la reine Marguerite qui, grâce à ses espions, s'est tenue au courant de la fin inespérée de la « bagasse », écrit au cardinal de Joyeuse à Rome pour qu'il hâte la procédure d'annulation.

Gabrielle est exposée comme une reine sur un lit de parade. Un mannequin à l'effigie de la défunte repose sur le poêle. On lui sert des repas comme à un vivant. Quatre hérauts d'armes en cottes noires fleurdelisées se tiennent aux quatre coins du cercueil tandis que les princes et les ducs s'en viennent donner l'eau bénite. A peine le service a-t-il été célébré à Saint-Germain-l'Auxerrois, que le cercueil est expédié à l'abbaye de Maubuisson.

Le roi se dit inconsolable. Il le dit. Mais il n'en est rien. Un œil perspicace trouve au roi une mine rassérénée. C'est qu'on vient de mettre sur le trottoir Mlle d'Entragues. Cette beauté lui fait aussitôt perdre la raison.

Henriette d'Entragues est tout le contraire de la d'Estrées. Elle est aussi brune que l'autre était blonde ; aussi mince que l'autre était opulente et avec cela possède de l'esprit comme un diable. Elle fait rire le roi et en octobre elle devient sa maîtresse. Le deuil n'aura duré que cinq mois.

A Florence, son nom ne dit rien sauf à la grande-duchesse. Cette Henriette d'Entragues est la demi-sœur du comte d'Auvergne, son cousin par la main gauche. Ce fils que son oncle le roi Charles IX avait eu de Marie Touchet, fille d'un lieutenant du bailliage d'Orléans. Le roi Charles mort, Marie Touchet avait épousé François de Balzac d'Entragues, dont elle eut cette Henriette.

Christine comprend qu'il faut presser le pas. Et reprendre au plus vite les négociations entamées. A Paris, le roi avoue à Sully son ministre qu'« il est de ceux qui pensent qu'un bon mariage doit aider à payer une partie de leurs dettes ». Et des dettes il en a le Bourbon, tout particulièrement auprès des Médicis. Et tandis qu'on discute le bout de gras à Paris comme à Florence, le roi rôde autour d'Henriette qui, elle, sait faire monter ses actions à la Bourse des passions. Henri lui signe un contrat par lequel il lui promet le mariage si elle était enceinte dans un délai de six mois pour accoucher d'un fils. Il n'en faut pas plus à Henriette pour se voir reine de France.

Les ministres, dont Sully, ont décidé de couper l'herbe sous le pied de la favorite en hâtant le mariage du roi avec Marie. Ils se réunissent à l'hôtel de Montmorency. Autour de la table on trouve le connétable duc de Montmorency, Sully, le chancelier Pompone de Bellièvre et l'émissaire de Florence, le chanoine Baccio Giovannini et son secrétaire d'ambassade. A Florence le grand-duc, fort des dettes françaises, a voulu en rabattre. Jérôme de Gondi a tenu bon et a obtenu une dot à la hausse. Celle-ci sera de 500 000 écus dont 400 000 serviront à effacer la dette. Les 100 000 restants seront versés au roi dès que la princesse de Toscane mettra le pied sur le sol français à Marseille. Les frais du voyage seront à la charge du grand-duc. La princesse débarquée, ce sera au roi qu'incomberont les dépenses du voyage et l'entretien des Italiens de sa suite.

Le nom de Léonora figure dans la liste des serviteurs de la princesse comme sa coiffeuse entre les officiers de bouche et les blanchisseuses. Celui de Concino Concini est inscrit comme gentilhomme appartenant à la maison de la reine. De Paris, l'oncle cerise qui s'y trouve comme résidant florentin veille au grain. La chance et le toupet pourvoiront bien à son établissement. C'est qu'il y a, au royaume de France, du drap à revendre et l'on peut s'y tailler de bons morceaux.

Enfin le 25 avril 1600, Brulart de Sillery signe le contrat au nom du roi. Le grand-duc prend à son tour la plume puis la passe à sa nièce.

XIV

Mariage à Florence et consommation à la hussarde à Lyon

Trompettes, timbales… c'est M. le Grand qui fait son entrée dans Florence suivi d'une brillante troupe de gentilshommes. Le roi a chargé le duc de Bellegarde, ancien mignon d'Henri III, de porter à Florence sa procuration. On est fin août. Quelques jours plus tard c'est au tour du cardinal légat de faire son entrée. Troupes de parade, dignitaires de l'Eglise, défilé de la noblesse, tout a été mis en œuvre pour accueillir le cardinal Aldobrandini, neveu du pape Clément VIII. Le lendemain le grand-duc épouse en la place du roi sa nièce dans la cathédrale. Suivent festins, joutes, chasses. On s'en va courre le cerf, forcer le sanglier dans les collines. Le soir, c'est théâtres, musiques organisés par don Antonio, le fils de Bianca Cappello. On donne un opéra, l'*Eurydice* de Peri. Le premier opéra jamais représenté.

Bouclée par les soins de Léonora, rengorgée dans sa vanité, donnant sa main à baiser comme la Vierge accorde son pardon, Marie fait la reine. Léonora la regarde et rit sous cape. Elle regarde aussi tous les gentilshommes qui se pressent autour d'elle. Léonora aperçoit dans la foule Concini. La moustache retroussée, le front haut, le nez droit et fort. Saisit-elle dans son regard ce côté dur presque inquiétant ? Son cœur bat. Le soir même elle se rend chez un notaire derrière les Offices. Son vieil ami Bardo Galigaï bat de l'aile et sa famille s'éteindra avec lui. Or à Florence il est coutume de racheter un nom. Le lendemain Léonora apporte l'argent. Où l'a-t-elle pris ? Sans doute est-ce Marie qui le lui a donné. Quoi qu'il en soit dès que le vieux grigou aura passé elle deviendra Léonora Galigaï.

Le 13 octobre 1600 Marie quitte Florence en grand arroi. La suite des carrosses est impressionnante. Deux régiments montés somptueusement caracolent aux portières dont on a relevé les mantelets. Dans l'une des voitures se trouvent les sacs de la dot. Assise sur un strapontin dans le carrosse de Marie, Léonora rêve. Elle a fait son enquête et connaît tout de Concini. C'est une petite gouape qui monnaie ses charmes. On l'appelle Isabelle. Et alors ! Que lui demande-t-elle ? D'afficher une humilité ambitieuse.

Pise est en liesse. Fêtes, courses de bagues. Concini s'y fait remarquer. Le cortège gagne ensuite Livourne. La population est massée sur le môle. Une reine de France qui embarque pour son nouveau pays, c'est un spectacle auquel on n'assiste pas souvent. Le dernier départ pour la France fut celui de la duchesse Catherine. Elle n'allait pas épouser un roi, ni un dauphin mais le second fils de François Ier, Henri, duc d'Orléans.

La lumière automnale joue sur les crêtes des vagues. Les galères tanguent. Dix-sept navires fournis par Malte, par le pape, et pour les sept autres par le grand-duc. La galère royale est commandée par don Antonio de Médicis, le fils de Bianca.

Marie monte la première à bord. Elle est accompagnée de sa belle-mère la grande-duchesse Christine, de sa sœur Eléonore, duchesse de Mantoue, et de don Virginio Orsini son cousin. On embarque une nuée de serviteurs, de secrétaires particuliers, de dames de compagnie et de dames d'atour auxquels s'ajoutent femmes de chambre, cochers et palefreniers, cuisiniers, marmitons et galopins, sigisbées et astrologues, et ce qu'il faut de bravi. Il y a aussi la ménagerie, les volières emplies d'oiseaux exotiques et les lévriers accouplés par deux. Dans le remous des soieries et des brocarts on remarque à peine une petite femme pointue, ni laide ni belle, dont le regard perçant en dit long. C'est Léonora qui cherche des yeux son Concino. Elle l'aperçoit à l'arrière de la galère, auprès du duc de Bellegarde, parmi une poignée de gentilshommes français. Il ne perd pas son temps. Il se cambre. Il fait le beau. Il se fait connaître. Finalement M. le Grand le remarque. Il interroge le marquis Frescobaldi. C'est qu'il n'est pas insensible aux beaux hommes, M. le Grand.

Il fut, en effet, le dernier mignon du roi Henri qui le recommanda avant de mourir à son héritier. Lui et Concini ont en commun le sobriquet d'Isabelle. Bellegarde a tenu ce rôle dont il a, dit-on à la

Cour, « l'expérience du langage ». Et chacun de préciser « puisqu'il en fait souvent de tels récits aux pages ». Comme grand écuyer de France, il a la haute main sur cette troupe de jeunes effrontés. Monsieur le duc est bique et bouc. S'il est bougre, il n'a pas pour autant déserté le chemin des dames. Mais plus que tout lui plaît le vieillard. La barbe blanche. Le vieux pot l'excite. Et il n'en fait pas secret. Un courtisan à qui on faisait remarquer qu'il ne s'avançait pas comme Bellegarde rétorqua : « Il n'a garde de s'avancer ; on le pousse assez par-derrière. »

Concini virevolte. S'introduit. C'est qu'avant de quitter Florence, il s'est rendu dans son cabaret favori. A ses compagnons de crapule qui lui demandaient ce qu'il allait chercher en France il avait répondu : « La fortune ou la mort. » Il y trouvera l'une et l'autre. Avant le départ, il s'est fait présenter à la reine par le chanoine Baccio Giovannini qui a négocié le mariage. Celui-ci est un ancien palefrenier des Concini qui a fait carrière. La reine, toute à l'effervescence du départ, prête peu d'attention au jeune homme. Léonora à son tour lui est nommée. Son cœur est prêt à rompre. C'est lui. C'est l'élu. Elle est troublée. Son teint de vieux coing rougit. Que se sont-ils dit ? On ne sait. Léonora est sous le charme. Concini trouve la servante gaie et d'humeur agréable. En somme fort à son goût, faute de mieux. Elle tutoie la reine. Il pressent aussitôt ce qu'il peut en tirer.

La petite flotte a pris le large. On longe les côtes pour éviter les barbaresques. On relâche à La Spezia.

Puis à Portofino où une tempête surprend la flottille. Il est probable que, durant cette escale forcée, Concini rôdant autour du logis de la reine, se soit entretenu plus longuement avec Léonora.

Entre Savone et Marseille la mer se gâte encore. En quelques minutes elle est démontée. Marie affiche un des bons côtés de son caractère jusqu'ici ignoré. Elle réconforte ici un marin qui vomit au bastingage, là une de ses femmes qui s'évanouit de peur. Elle se tient sur le pont et encourage l'équipage.

La flotte aborde à Marseille. Le roi Henri est absent. Il guerroie contre le duc de Savoie. L'accueil est digne d'une reine. Les cardinaux de Joyeuse, de Gondi, de Givry et de Sourdis ouvrent la marche. Suit le maréchal de Lesdiguières, le futur et dernier des connétables de France. Vient ensuite le chancelier Pompone de Bellièvre et les trois ducs de Guise, de Nemours et de Ventadour. La réception du soir est splendide. On y danse. Lesdiguières danse, les ducs dansent et Léonora cherche des yeux dans la foule son Concino.

Sur le port, dans les tavernes, l'alcool coule. Les marins s'apostrophent. En viennent aux mains. Ceux des galères de Malte sont prêts à en découdre avec les équipages toscans. Suivent deux semaines d'agapes, de fêtes, de bals. La grande-duchesse remet entre les mains des ministres la dot de sa nièce et s'en retourne en compagnie de la duchesse de Mantoue. Bientôt la suite royale quitte Marseille pour Aix. Discours au parlement. Léonora remarque le président du Vair. Il est le seul lui semble-t-il à avoir des idées nettes.

On est en novembre et le mistral s'est levé. Après quelques jours, les carrosses s'ébranlent à nouveau. La troupe se dirige vers Avignon. Le mistral souffle toujours, de plus en plus fort. Plusieurs carrosses versent au passage de la Durance. Des valets se noient. Concini, qui va à cheval, prend froid. Arrivé à Avignon, il doit s'aliter. Léonora est aux cent coups. Elle ne peut plus dissimuler ses sentiments. Elle vient chaque jour le visiter. Elle le soigne. Marie est quotidiennement tenue au courant de l'état de santé de l'amoureux de sa coiffeuse. Un sentiment proche de la jalousie l'envahit, qu'elle étouffe aussitôt. Elle eût voulu garder pour elle seule cette amie d'enfance, cette confidente de chaque instant. Un gentilhomme français eût mieux valu que ce Florentin perdu de réputation. En fait elle n'aime pas Concini et ses manières douteuses. Il est inconstant, joueur, dissolu et intempérant, de plus on le dit rongé par un mal vénérien. Peine perdue, Léonora tient bon. Marie aime trop sa camériste. Aussi finit-elle par fermer les yeux.

L'ambassadeur Baccio Giovannini a placé auprès de Concini un de ses parents, un moine défroqué. Celui-ci lui rapporte tout ce qui se fait et se dit au chevet du malade. Concini s'en aperçoit et le chasse. Le moine éconduit va se plaindre à Giovannini, lequel a percé les visées du jeune homme. Il court chez le fils de son ancien maître dont il a favorisé le départ pour la France. Il le surprend au lit. Léonora se trouve dans la chambre. Giovannini n'aime pas la suivante. Il a écrit au grand-duc à son sujet, ne lui cachant pas ce que l'attachement de la reine pour cette chambrière damnée avait d'irrégulier. Il ne ménage pas Concini. Lui réclame 30 livres pour le moine. Lui fait entrevoir son renvoi possible à Florence. La scène est brutale. Léonora calme son amoureux que la fièvre a repris. Avant de quitter Avignon, Concini aura ses entrées chez la reine. Il lui arrive parfois d'être admis à sa table.

Une si rapide ascension n'est pas sans faire des jaloux. C'est sans doute de là, parmi ses compatriotes qui craignent que Concini ne leur fasse de l'ombre, que part sa mauvaise réputation.

Avignon, le vice-légat, les petits jésuites qui circonviennent la reine, la remontée de la vallée du Rhône, voilà à grands traits le tableau. La reine en litière, grelottante au milieu des fourrures, reçoit des nouvelles du roi. Il guerroie contre les Savoyards. Il guerroie le jour et les nuits, il les passe entre les bras d'Henriette d'Entragues qui est venue le relancer. Le document qu'il lui a imprudemment signé vaut toujours. Malgré la fausse couche qu'elle a faite durant un orage, elle compte bien donner un fils au roi et se faire reconnaître pour reine. Le papier mis dans une bouteille a été scellé dans un mur du château de son père à Malesherbes.

Henri la laisse rêver. Il sera toujours temps de récupérer le document. Il embarque sa maîtresse sur le lac du Bourget avant de prendre lui-même un bateau pour descendre le Rhône.

Après une étape à Vienne, Marie fait son entrée dans Lyon le 3 décembre. Elle est logée à l'archevêché. Léonora, qui souffre d'une bronchite, n'en assure pas moins son service. Marie fait le pied de grue. C'est qu'elle attend le roi. Il arrive. Il est sur le point d'arriver. Non, ce sera pour demain. Au soir du 9 décembre, après avoir en vain espéré le roi, la reine se retire pour prendre son souper avec ses familiers, son frère don Antonio, son cousin don Virginio et la vieille duchesse de Nemours qu'on a placée auprès d'elle pour lui enseigner les usages de France. Mme de Nemours parle parfaitement l'italien. C'est qu'elle vient de Ferrare. Son père n'était autre qu'Hercule d'Este et sa mère, Renée de France. Elle avait épousé en premières noces le duc François de Guise dont elle avait eu le Balafré, le cardinal de Lorraine et le duc de Mayenne, grands ligueurs devant l'Eternel, ainsi que cette duchesse de Montpensier un peu boiteuse qui voulait tondre le roi Henri III. A la mort de son premier mari, elle s'était remariée avec un prince de la maison de Savoie établi en France, Jacques duc de Nemours. De ce second lit elle a eu deux fils, tous deux également ardents ligueurs. La duchesse de Nemours avait fini par faire la paix avec Henri IV.

La reine grignote. La duchesse la regarde. Un coup d'œil lui a suffi pour percer son caractère à la fois apathique et violent. Don Virginio et don Antonio mangent de bon cœur. Léonora rôde dans les parages. Soudain une rumeur se fait entendre. C'est le roi ! Sire ! Sire ! Place au roi ! La reine s'est levée. Elle veut passer dans ses appartements. Elle entrevoit des gardes. Sent qu'on l'observe. Le roi se tient derrière Bellegarde. Elle se réfugie dans sa chambre.

Léonora s'y trouve. Elle devine les angoisses de sa maîtresse. Et si elle n'était pas au goût du roi ? La porte déjà s'ouvre. Le roi est devant elle. Elle tombe à ses pieds. Il la relève. Elle bredouille un compliment. Il l'interrompt. Avec lui point tant de cérémonies. Il la couve du regard. Il l'embrasse. Se fait présenter son demi-frère Antonio et son cousin Virginio. Demande à rencontrer sa servante Léonora. C'est qu'Henri s'est renseigné. Et il veut voir ce prodige de laideur que la reine tient pour une autre elle-même. Léonora, aux aguets, paraît comme par miracle. Le roi la baise. Tout cela fait une jolie comédie. Léonora n'est pas dupe de ce baiser et le roi qui le donne moins encore. Il sait qu'il faudra se méfier de la demoiselle.

Le roi demande à souper. Rien. Une aile de pigeon. Les reliefs du repas de la reine lui suffiront. « Mes meubles n'étant pas arrivés, j'ai l'intention de partager votre lit, ma mie... De grâce, traduisez duchesse !... » Mme de Nemours fait part à la reine du désir du roi. Marie s'affole. Elle vient de découvrir le vieux bouc. Elle tente de se dérober. Rétorque qu'il n'y a pas eu encore de bénédiction. « Celle de Florence est bien suffisante... traduisez duchesse ! » La reine a compris : il n'est pas question de désobéir. Elle passe dans sa chambre. Le roi la suit.

Le lendemain, au lever, les deux parties semblent satisfaites l'une de l'autre. Partout Henri va clamant que si elle n'était pas sa femme, il donnerait tout son bien pour qu'elle soit sa maîtresse. Le roi trouve Marie à son goût mais elle comment l'a-t-elle trouvé ? Il charge un des serviteurs de le lui demander. Marie rougit, éclate de rire et s'enfuit en courant.

Evidemment cette chair ample et un peu placide a été émue par les assauts du vieux soudard. De celui qu'Henriette d'Entragues a surnommé le « capitaine Bonvouloir ». Il est vrai que pour éveiller ses sens Marie n'a connu que des frôlements louches avec son cousin Orsini. Cependant il y a l'odeur. C'est qu'il a le gousset fin, le Gascon. Et cette odeur propre à tous ses compagnons de chasse et de guerre qui, comme lui, sentent la sueur, le chien mouillé, le cuir, le vieux fauve. On connaît fort bien un gentilhomme au sentir. De surcroît il a le poil roux. Et du rouquin il a hérité le fumet âcre. Marie s'aspergera de parfum pour combattre ces effluves. Elle fera venir de Florence ses senteurs, ses huiles et ses poudres ainsi que ses gants parfumés. Elle garnira ses coffres de sachets de taffetas incarnadin remplis de roses parfumées, de roses musquées. Elle aura également à Paris des parfumeurs attitrés comme Emmanuel Mandez, un Portugais qui tient boutique rue de l'Arbre-Sec et Arnauld Maren à qui Léonora fournira une officine dans son hôtel de la rue de Tournon.

Enfin Marie est aux anges. Elle ne peut cacher son bonheur. Elle en entretient la duchesse de Nemours puis va se faire coiffer par sa chère Léonora. Elle tient par la main le jeune César de Vendôme, le fils du roi et de Gabrielle d'Estrées. Elle est suivie par le chevalier Vinta, l'oncle cerise de Concino. Le roi fait son apparition. Elle lui présente Belisario Vinta, qui embrasse les genoux du monarque et le salue au nom du grand-duc et de la grande-duchesse de Toscane. L'ambassadeur le complimente pour sa bonne mine et ses victoires récentes sur la Savoie. Il sollicite par ailleurs une audience pour négocier les emplois des Italiens de la suite de la reine. Il évoque le cas particulier de Léonora. Demande pour elle la charge de dame d'atour. Le roi, averti de l'influence de la coiffeuse sur la reine, lui répond : « Nous voulons ce que veut la reine. Cette demoiselle continuera à la coiffer. A arranger ses cheveux à la française. Mais en ce qui concerne une charge de dame d'atour, c'est impossible. Est-elle au moins de noble naissance ? » Vinta, pris de court, réplique qu'elle est *cittadina*. Le roi, qui veut en avoir le cœur net, fait appeler Zamet. « *Cittadina*, *cittadina*, Sire… Mais cela veut dire bourgeoise. — Pas question, donc — répond le roi. Une dame d'atour doit être mariée et de surcroît noble puisqu'elle peut être appelée à monter dans le carrosse de la reine… et puis la charge est déjà donnée à la comtesse de l'Isle… »

Vinta sent bien qu'il ne faut pas insister. Il se garde d'évoquer une éventuelle carrière en France pour son neveu. Il fait l'éloge de la reine qui sera pour le roi *una buona menaggiera*. Le roi sourit. La vision de sa femme en ménagère le met en joie.

Pour célébrer le mariage, on attend le légat. Ce n'est que le 14 que le cardinal Aldobrandini arrive à Lyon. Dès lors, la messe de mariage n'est plus qu'une question de jours. Le 17 décembre le légat, accompagné des cardinaux de Joyeuse, de Gondi et de Gèvres, fait son entrée dans la cathédrale.

Henri, qui n'aime porter qu'un vieux buffle sur un pourpoint usé, s'est pour l'occasion mis sur son trente et un. Il sait quand il le faut se faire beau. Sortir ses diamants et aller à la parade en pourpoint et haut-de-chausses de satin blanc, les deux grands colliers des ordres de Saint-Michel et du Saint-Esprit au cou, le soulier fleuri d'un flot de rubans. Son toquet avec plume de héron blanc est du meilleur effet. Sully, pour l'occasion, a dégagé les joyaux de la Couronne gagés par Henri III puis par Henri lui-même. Le roi possède ce mélange de grandeur et de bonhomie. Il aime le débotté, la fortune du pot mais plus que tout il aime rire. Il n'y a rien en lui de gourmé ni d'apprêté. Cependant quand il faut être roi, il l'est. C'est que, même au vingt-deuxième degré, il est un fils de Saint Louis. Un Capétien.

Marie coiffée, pomponnée fait son entrée. Elle est conduite par le prince de Conti et le duc de Montpensier, deux princes du sang. La traîne de son manteau incarnat semé de fleurs de lys d'or est tenue par la duchesse de Ventadour et la comtesse d'Auvergne. Don Antonio de Médicis a été placé parmi les princes comme parent de la reine.

L'oncle cerise, le soir même, écrit au grand-duc le succès de la journée. Le banquet qui suivit la messe et la danse qui dura toute la nuit jusqu'à l'aube.

Le roi danse, la reine danse, Concino danse, Léonora le surveille. Et s'il allait lui glisser entre les mains ? En épouser une autre ?

Le projet de mariage est bientôt connu de tous. Le roi fait dire à la reine qu'il ne s'opposera pas à cette union. Au contraire, qu'il la favorisera en leur donnant 1 000 écus de dot. A la seule condition qu'ils s'en retournent tous deux en Italie. Pour Léonora, c'est clair. Il y a là une fin de non-recevoir. Peut-être ont-ils trop présumé de leur pouvoir sur la reine.

Un mois se passe en bals, en cavalcades. Henri envoie Marie visiter les abbayes alentour. Il a pris la mesure de sa femme. De son esprit court. Elle baragouine à peine le français. Elle est si paresseuse qu'elle n'a pas eu la curiosité d'apprendre la langue du nouveau pays dont elle est la reine. Léonora lui procure une traduction française du Tasse. Elle s'y plonge sans grand succès. Le roi parle avec elle l'italien. Et les jours s'accumulent. Les semaines passent. Le cardinal Aldobrandini s'étant entremis, le roi et le duc de Savoie signent la paix. Le roi abandonne le marquisat de Saluces en échange de quoi le duc lui laisse la Bresse, le Bugey et le pays de Gex. Rien ne retient plus Henri. Un beau matin, Henri plante sa femme à Lyon pour courir vers sa maîtresse.

On est le 21 janvier. Henriette attend de pied ferme son « capitaine Bonvouloir qui va à la guerre mais qui ne tue et ne blesse personne ». Le roi connaît ses impertinences. Il les supporte. C'est qu'elle entretient chez lui une sorte de jeunesse. Il a toujours puisé sa force dans ses amours. A rebours n'y a-t-il jamais eu une femme, à l'exception de Corisande, qui l'ait vraiment aimé ? La terrible duchesse de Rohan ne dit-elle pas qu'entre son nez et son menton l'amour ne trouve pas à se nicher ? Ce cynique qui, lors de son entrée à Paris, à un de ses courtisans qui lui montrait la foule en liesse, répondait « Ce n'est que le peuple. Mon plus grand ennemi serait à ma place, il l'acclamerait autant et peut-être même plus ». Sa lucidité est extrême. Elle lui présente des réalités amères qui le plongent dans la mélancolie. Les passions amoureuses seules le font sortir de cet état. Que son cœur cesse d'aimer et aussitôt il ressent le poids de l'âge.

Marie gagne Paris par petites étapes. Le roi la rejoindra à Nemours. Elle ne se fait pas d'illusions : elle connaît l'existence d'Henriette d'Entragues que le roi a faite marquise de Verneuil. Cependant, elle ignore encore tout du document qu'il lui a signé.

XV

« Parigi, o cara »

Le roi n'a pas voulu d'entrée solennelle pour ne pas grever de taxes supplémentaires la population. Il a rejoint la reine comme prévu à Nemours et de là ils ont gagné Fontainebleau où ils se sont arrêtés quelques jours. Henri est heureux : la reine lui a appris qu'elle attendait un heureux événement. Surtout, n'en dites rien. C'est qu'elle est italienne et superstitieuse. Henri n'a pu garder sa langue et le secret est devenu celui de Polichinelle.

Henri aime ce palais. Il y fut souvent avec la reine Catherine et ses cousins Valois quand il n'était que prince de Navarre. Il l'aime pour son décor somptueux, ses forêts giboyeuses, ses jardins, ses eaux vives, ses fontaines, ses pièces d'eau, ses canaux, ses grandes allées et plus particulièrement celle qui mène au jardin du Tibre, plantée de tilleuls qui embaument l'été. Pour l'heure on y gèle et la nature est comme prise sous la glace. Concini, qui a décidé de forcer le sort malgré la mise en garde de la reine, s'est trouvé un logement aux communs. Dès qu'elle trouve un instant, Léonora court l'y rejoindre.

Malgré le grand froid, le roi chasse. Et le soir venu, il donne à souper. Ses cousins Condé sont présents. Madame la Princesse et son fils Monsieur le Prince (Condé) ainsi que Monsieur le Comte (Soissons). La famille en un mot. Les espoirs de maternité de la reine dans le cas où l'enfant à venir serait un mâle, relèguent Monsieur le Prince au second rang dans l'ordre de la succession au trône.

Au bout de quatre jours, le cortège se met en route. Concini s'y fourre. Il regarde de droite de gauche, se fait connaître. C'est que toute la Cour se trouve là à cheval ou en carrosse. Les courtisans qui n'avaient pas fait le déplacement à Lyon sont venus au-devant de leur nouvelle souveraine. Cela constitue une suite immense.

Bientôt Paris est en vue. Ses toits d'ardoises et ses clochers scintillants sous le pâle soleil d'hiver. C'est après Naples la ville la plus peuplée d'Europe. Au milieu de l'enchevêtrement des ruelles sombres et malodorantes faites d'immeubles délabrés, inégaux surgissent des palais, des jardins, des promenades. Partout se dressent des échafaudages. La ville est en chantier. Elle s'arrache lentement à sa gangue moyenâgeuse. Les scies des tailleurs de pierre et des charpentiers accompagnent l'immense rumeur de la cité qui monte en ce matin clair et glacial de février. Le froid n'a pas découragé les badauds. Les fouets claquent dans l'air. C'est un carrosse qui passe. Une chaise à porteurs fait obstruction. Des laquais en armes s'interposent. Une valetaille en livrée prête à en venir aux mains. Feutres, panaches au vent, pourpoints de soie et d'or, capes de fourrures, une troupe de seigneurs traverse le pont, bousculant les marchands d'orviétans et les vendeurs d'oiseaux. Des bouges s'échappe une faune patibulaire. Coupeurs de bourses, prostituées au sourire édenté, ivrognes mal léchés. Les étudiants descendent de la colline Sainte-Geneviève.

La reine longe les fossés et c'est en litière qu'elle pénètre dans Paris par le quartier Saint-Victor. Elle se fait conduire directement au Louvre. Le jour baisse déjà lorsqu'elle y pénètre par la porte de la rue de l'Autriche que flanquent deux grosses tours moyenâgeuses. La cour est déserte. Elle n'en croit pas ses yeux. Elle monte par les degrés d'Henri II jusqu'à la grande salle vide. Ensuite par les petits degrés du roi elle gagne ses appartements. Quelques sièges, des coffres. Le palais a été dévasté lors de la fuite du roi Henri III. Les nobles appartenant à la Ligue ont fait main basse sur le mobilier royal et la populace a pillé le reste. Trop occupé à reconquérir son royaume, le roi n'a pas eu le temps de veiller au réaménagement du palais. Marie pense avoir la berlue. Elle ne peut y croire. Se moque-t-on d'elle ? Les quelques tentures qui demeurent aux murs sont défraîchies, les tableaux noircis par la fumée des chandelles. Elle va et vient d'une pièce à l'autre en compagnie de Léonora. Elle s'arrête dans le grand cabinet et regarde par la fenêtre la Seine qui coule au bas du jardin.

Elle ne restera pas un instant de plus dans ce palais si peu conforme à l'idée que se fait du luxe une Médicis. Le soir, il y a souper et bal chez les Gondi au faubourg Saint-Germain où elle retrouve une ambiance italienne. Elle y reçoit les hommages des courtisans.

Léonora se tient derrière elle dans la troupe de ses filles d'honneur. Henri lui présente les officiers de la Couronne. Puis les grands qui n'ont pas fait le voyage de Fontainebleau comme le duc d'Epernon, l'archimignon qui arrive tout juste de son fief d'Angoulême. Un des hommes les plus puissants et les plus riches du royaume que ce colonel général de l'Infanterie de France. Rallié au roi, il lui a néanmoins lancé un jour « J'aimerais mieux mourir que manquer à la moindre partie de mon devoir, Sire. Mais pour ce qui est de l'amitié, Votre Majesté sait bien qu'elle ne s'acquiert que par l'amitié ». Le roi s'en méfie. Il lui a accordé cependant, honneur insigne, le droit de pénétrer en carrosse dans le Louvre.

Le roi nomme chaque courtisan à la reine. Il les connaît sur le bout des doigts. Il sait leurs défauts mais aussi leurs qualités. S'ils sont fiables ou si ce n'est qu'une apparence. Avec le temps il est devenu une sorte de dompteur. Il a échappé tant de fois à des attentats. De pauvres illuminés ont été pris et écartelés mais les vrais coupables courent toujours. Peut-être en est-il aujourd'hui qui se pressent parmi ses courtisans. Il se fait cette réflexion alors que paraissent les deux bâtards Valois. La duchesse d'Angoulême, fille d'Henri II et d'une Italienne. Elle donne la main à son neveu, le comte d'Auvergne, le fils de Charles IX et de Marie Touchet.

Soudain l'œil du roi s'allume. Le vieux faune en

lui vient de s'éveiller. C'est que vient de paraître, derrière son demi-frère, sa maîtresse, sa chère et terrible Henriette, conduite par la duchesse de Nemours. La marquise de Verneuil s'avance, splendide dans sa certitude d'être aimée. Elle salue à la ronde comme si c'était elle la reine. Dans ses yeux brille l'insolence. Le roi, qui aime par-dessus tout l'esprit chez les femmes et qui n'en trouve guère chez la sienne, s'avance au-devant de la marquise et, se tournant vers la reine, lui dit d'un ton enjoué : « Celle-ci a été ma maîtresse ; elle veut être votre particulière servante. » La marquise s'incline. Il est d'usage que la personne présentée prenne le bas de la robe de la reine et la baise. La marquise s'incline à peine. Le roi ne peut laisser passer cette insolence. Il lui saisit le bras et la force à courber l'échine et à embrasser la robe.

Marie comprend aussitôt que cette diablesse va lui empoisonner la vie. Ne lui a-t-on pas répété que lorsque celle-ci parle d'elle au roi elle ne la nomme que « votre grosse banquière » ? C'est que la marquise a le bec effilé et possède ce génie de la Cour : l'esprit de médisance.

Léonora a vu la scène. Il lui vient aussitôt une idée. « La marquise ! La marquise ! Mais c'est elle qui sera notre planche de salut. » Elle en fait part le soir même à son Concino qui approuve la manœuvre.

Marie, après s'être attardée chez Gondi, traverse la Seine pour aller s'installer rue de la Cerisaie, chez Zamet. Encore quelques jours chez l'Italien et elle devra affronter Sully. Il reçoit la souveraine chez lui, à l'Arsenal, tandis qu'au Louvre les tapissiers remettent en état les appartements royaux. Il leur faut quelques jours encore. De l'Arsenal, Marie s'en va loger quelques jours chez le premier président du parlement, Achille de Harlay, dans l'île de la Cité. La reine, enfin, fait son entrée au Louvre. Elle est en grand deuil, la reine Louise veuve d'Henri III vient de mourir.

Concino, grâce à l'entregent de Léonora, a trouvé à se loger. Quatre pièces pour lui et ses deux valets dans la rue Saint-Honoré. Ce n'est pas l'élégant Marais, ni le faubourg-Saint Germain qui devient à la mode, mais ce quartier a pour lui d'être proche du Louvre où Léonora est logée dans un attique. Plus pour longtemps, s'ils arrivent à circonvenir la marquise.

Concino fait le siège de l'hôtel de La Force, sis rue de l'Autriche. Le roi, qui aime à avoir ses commodités, a fait don à la marquise de ce splendide logis près du Louvre. Dès qu'Henriette sort en litière ou en chaise, elle se heurte à l'élégant Concino. Elle se le fait nommer. Le beau cavalier est italien et vient de Florence comme la reine. La marquise est fine guêpe. Et sait qu'on ne fait rien sans rien. Léonora s'impatiente tandis que Concino bat le pavé devant l'hôtel de la favorite. Henriette est enceinte et cela commence à se voir. La reine aussi. C'est à celle qui la première donnera un fils au roi. Concino a trouvé des appuis auprès de Sébastien Zamet. Entre Italiens, ne faut-il pas s'aider ? Le banquier introduit Concino chez la favorite. Au détour de la conversation, celle-ci comprend ce que le Florentin attend d'elle et ce qu'elle, en contrepartie, peut lui demander. L'affaire est rapidement entendue comme il se doit entre deux manœuvriers sans scrupules. Léonora parlera à la reine de la marquise afin qu'elle lui fasse meilleur accueil ; de son côté, cette dernière touchera un mot au roi pour qu'il nomme Léonora dame d'atour. Le mariage avec Concino Concini suivra de lui-même.

Et la comtesse de l'Isle ? demande Concino. Eh bien, on lui donnera une compensation.

La comtesse aura sa compensation et Léonora sera nommée dame d'atour de la reine en dépit des efforts de Baccio Giovannini pour contrarier cette promotion. Ce dernier trouve tous les prétextes pour discréditer Léonora. Ainsi écrit-il au grand-duc que le roi n'a imposé sa maîtresse à sa table que pour se venger de l'obstination de la reine à soutenir sa coiffeuse qu'il déteste.

L'ambassadeur doit vite changer de ton. La marquise de Guercheville est devenue dame d'honneur et surintendante de la maison de la reine. Début avril, c'est au tour de Léonora Galigaï d'être nommée dame d'atour. Elle descend de son attique pour emménager dans un appartement de trois pièces juste au-dessus de celui de sa maîresse. Par un escalier dérobé, elle peut ainsi se rendre chez la reine et s'acquitter de sa charge. Le roi autorise également le mariage des deux tourtereaux et promet à Concini, dans un lointain futur, le titre de gentilhomme de sa chambre.

Le roi se méfie des deux Italiens. Il ne les aime

pas et probablement ne les aimera jamais même s'il trouve à Concini un caractère assez proche de celui du Gascon. Il apprécie sa verve et son coup d'œil. Mais il est italien de la patrie de Madame Catherine. Et de celle-ci il ne lui reste que de mauvais souvenirs. Cependant, faisant contre mauvaise fortune bon cœur, il écrit à Belisario Vinta pour exprimer ses regrets d'avoir tant tardé à satisfaire les demandes de son neveu.

« Nous sommes excusable parce qu'on ne le connaissait pas et qu'on nous avait dit tant de mal de lui. Mais maintenant que nous sommes détrompé, nous tenons à ce que le comte de la Penne suive notre personne... » En dépit de la lettre, il jure bien fort qu'il ne donnera pas un sou de plus à la reine car celui-ci irait directement dans la bourse du signor Concini.

La Verneuil a rempli ses engagements. C'est au tour de Concini de tenir les siens. Il n'y manque pas. La reine, pour un temps, fait bonne figure à la marquise. Et va jusqu'à envoyer quérir de ses nouvelles lorsque celle-ci tombe malade.

Dès lors, le mouvement se précipite. Le 12 juillet 1601 à Saint-Germain où se trouve la Cour, le signor Concino Concini, ayant obtenu ses lettres de naturalisation, épouse pour le meilleur et pour le pire la signorina Léonora Galigaï.

Concino, le galant fêtard sans foi ni loi, a été finalement subjugué par Léonora. Elle a fécondé son esprit, sa volonté. Elle est le mâle dans leur couple. C'est elle qui le conseille, le guide sans jamais donner l'impression de commander à cette nature rusée, souple, ambitieuse et cynique. Elle laisse affleurer en lui ses pensées. De son côté Concini, s'il n'est pas véritablement épris de sa femme, ne rechigne pas à lui faire l'amour. Cette demi-contrefaite a du tempérament. Plus tard, Concini avouera à la princesse de Conti avoir aimé sa femme.

Pour l'occasion, le roi promet de nommer Concini premier maître d'hôtel de la reine. Marie, de son côté, dote sa *cameriera* de 70 000 livres. Une somme rondelette pour commencer à se faire les dents. Des hochets pour amuser l'avidité de ce couple d'aventuriers.

XVI

Dauphin et complot

La Cour quitte Saint-Germain pour Fontainebleau. La reine promène avec majesté et orgueil son ventre. Elle ne doute pas un instant que ce ne soit un garçon qu'elle porte. Elle sait que son ennemie intime est dans le même état et qu'elle proclame à qui veut l'entendre que son fils sera le Dauphin et que celui de la « grosse banquière » sera un bâtard. L'œil du roi s'amuse de ces ventres. Le soir même il écrit à Sully : « Bientôt naîtront un maître et un valet. » Les Concini louvoient. Ils s'emploient à apaiser les deux partis. Les éclats sont évités.

Le 27 septembre naît le Dauphin. Un lit à baldaquin de velours cramoisi et galonné d'or a été porté dans le cabinet octogonal attenant à la chambre de la reine. Près du lit a été disposée pour le travail une chaise recouverte également de velours rouge. Le roi aurait voulu que la Dupuis, qui naguère avait accouché Mme de Guercheville, fût la sage-femme mais la matrone était laide et vieille et déplaisait à la reine. Léonora, dont l'art suprême est de deviner chaque pensée de sa maîtresse avant même qu'elle ne la formule, a trouvé à l'insu du roi une sage-femme qu'elle a présentée à la reine. Elle se nomme Louise Bourgeois. C'est la femme d'un chirurgien-barbier. Elle connaît la médecine. Elle écrit des livres. Sait jusqu'aux termes techniques. Finalement, malgré la désapprobation du roi, c'est elle qui accouchera la reine.

Le 27 au matin, la reine commence son travail. On fait entrer les princes du sang. Cela fait partie du cérémonial. Soissons, Conti, Montpensier sont présents. Seul manque Condé. Bientôt ils assisteront au naufrage de leurs ambitions dynastiques. La duchesse de Bar, Madame Catherine sœur du roi, la duchesse de Nemours et Mme de Guercheville encouragent la reine. Derrière les tentures du lit, Léonora observe. Le roi s'inquiète. Dans l'antichambre, les courtisans se sont assemblés. A dix heures et demie du soir, les gardes ouvrent les portes. Le roi tout heureux prend l'enfant. A la sage-femme qui veut l'en empêcher, il dit : « Sage-femme, ne te fâche pas. Cet enfant est à tout le monde. Il faut que chacun s'en réjouisse. » C'est le premier dauphin qui naît en France depuis François II, le premier des fils de Catherine de Médicis qui a vu le jour dans ce même château, cinquante-sept ans auparavant.

Un mois plus tard, le 4 novembre, la marquise donne le jour à un fils prénommé Henri comme son père. Il sera le premier duc de Verneuil.

Le roi est aux anges. Il trouve ce poupon-là merveilleux, beaucoup plus beau que le Dauphin qui tient des Médicis car il est noir et gros comme eux. Le propos rapporté à Marie la jette dans une crise de colère. Léonora tente de la calmer.

En dépit des larmes grosses comme des petits pois qui coulent d'attendrissement sur la joue du roi, Henriette a compris que son fils ne sera jamais roi. Et elle, jamais reine de France. A moins qu'il n'arrive quelque chose à Marie. Elle se prend à rêver.

Un complot se noue. Le maréchal duc de Biron en est l'âme avec le comte d'Auvergne, demi-frère d'Henriette auxquels se joint le duc de Bouillon.

Charles de Gontaut est de mince noblesse périgourdine. Son père fut maréchal de France d'Henri III. Henri IV continua ses bienfaits avec son fils. Il le fit duc et pair et lui donna le gouvernement de la Bourgogne.

Biron est dévoré d'ambition. Il aimerait faire de sa province un Etat dans l'Etat. Il entretient au travers du duc de Savoie des intelligences avec l'Espagne. Le roi connaît par ses agents les menées de Biron. Il le pousse dans ses retranchements. Biron sans tout avouer réclame sa clémence. Henri la lui accorde. Mais Biron reprend ses intrigues. Le roi l'envoie comme ambassadeur à Londres où la vieille reine Elisabeth le reçoit avec tous les honneurs. Sans doute a-t-elle été prévenue par le roi des agissements du duc. Il y a peu, elle s'est montrée inflexible avec son favori Essex en l'envoyant à l'échafaud. Elle entraîne Biron à la Tour et lui montre la tête d'Essex accrochée au bout d'une pique. « Il a cru que je ne pourrais me passer de lui, dit la vieille reine en lui désignant la tête si souvent caressée par elle. Si j'étais à la place du roi mon frère, il y aurait autant de têtes coupées à Paris qu'ici. Dieu veuille toutefois qu'il se trouve bien de sa clémence. » Biron semble ne pas vouloir comprendre l'avertissement. Il est guidé de plus en plus par son insatiable appétit de puissance. Il veut un mariage avec une princesse savoyarde, 500 000 écus de dot et la souveraineté de la Bourgogne et de la Franche-Comté que lui céderait l'Espagne. La Savoie aurait la Bresse, la Provence, le Dauphiné. L'Espagne s'emparerait du Languedoc, de la Guyenne et de la Bretagne. Biron contacte Epernon. On se trouve à la fin du printemps 1602. Jacques de Lafin, un de ses agents, approche l'archimignon. Celui-ci, qui connaît l'oiseau pour avoir eu naguère affaire à lui, se dérobe. Il n'en prévient pas moins Biron sur le peu de fiabilité du messager. Bientôt, une copie du traité et des lettres est entre les mains du roi. Henri ne se résout pas à sévir contre son vieux compagnon. Il affecte de croire que ce ne sont là que des mensonges. Il convoque Biron à Fontainebleau où se trouve la Cour. Biron se fait prier. Enfin le 15 juin, alors que le roi se promène dans les jardins, paraît Biron. « Vous avez bien fait de venir car sinon je vous aurais fait quérir… » et comme si de rien n'était, Henri continue sa promenade. Parlant de tout et de rien. Il veut amener Biron à confesser son crime. A l'heure du dîner l'archimignon pointe son nez. Le roi sait que les deux ducs, gascons tous deux, sont amis. Biron dîne avec Epernon. Après le repas, Biron retrouve le roi dans la salle de la belle cheminée. Le roi entend obtenir son aveu. Biron se retranche derrière son orgueil. Sans lui et son courage, Henri ne porterait aujourd'hui qu'une couronne d'épines, se plaît-il à répéter. Le roi lui demande de se présenter le lendemain à son réveil.

Au matin du 16, le duc est dans l'antichambre des appartements royaux. Le roi le fait attendre. Le comte d'Auvergne l'a averti de l'orage qui se prépare. « Il ne fait pas bon ici pour nous... » Biron s'obstine. Le roi paraît et entraîne le duc dans le parc vers les volières. Et tandis qu'ils marchent Henri lui énumère ses soupçons. L'autre nie. Le roi le regarde comme on regarde un homme perdu. Le soir, Biron est présent au jeu de la reine. Il est plongé dans ses pensées. Ne fait pas attention à ses cartes. Oublie de ramasser ses gains. Marie se retire avec ses femmes. Henri réclame sa chaise percée. Il demande à Biron s'il a bien réfléchi. L'autre s'entête. Alors le roi lui fait signe de se retirer. « Adieu baron de Biron, vous savez ce que je vous ai dit... » En un instant il n'y a plus de maréchal ni de duc mais un simple baron périgourdin. Biron sort. Dans l'antichambre le capitaine des gardes Vitry s'avance et lui demande son épée. Au même instant le comte d'Auvergne est arrêté dans ses appartements. Le lendemain les deux complices sont transférés à la Bastille. Le duc de Bouillon, lui, est en fuite.

Le procès commence au parlement. Epernon, soupçonné d'avoir trempé dans le complot, est prié par le roi de ne pas s'éloigner de Paris durant tout le temps de l'instruction. Ses trois fils sont assignés à résidence auprès du Dauphin. Rien n'est retenu contre le duc d'Epernon, qui refuse cependant de figurer au procès. Tous les autres ducs et pairs suivront son exemple courageux. Le maréchal duc est amené devant le parlement le 27 juillet. Il se défend avec rage. Il est condamné le 29 juillet pour haute trahison. Le surlendemain quand le chancelier se présente dans sa cellule pour lui lire l'arrêt, il trouve Biron occupé à des livres d'astrologie. Il éclate de rire en apprenant sa condamnation à mort. Il refuse le prêtre. Demande qu'on lui fasse sauter la cervelle d'un coup de mousquet. On a dressé l'échafaud dans la cour de la Bastille. Le maréchal duc paraît. Hautain et menaçant, tout recuit d'orgueil, il toise le bourreau et ses aides. Il les menace. Enfin agenouillé, sa tête vole.

Le comte d'Auvergne, quoique bâtard, est de sang royal. Il sauve la sienne.

Concino et Léonora ont perçu dans cette affaire toute la morgue des derniers feudataires et comment un duc factieux peut mettre en péril le bon gouvernement d'un Etat. Ils savent que la marquise de Verneuil a trempé dans le complot. Le roi le sait aussi mais feint de l'ignorer.

Concino s'insinue, observe. Il repère le terrain. Léonora tisse ses toiles. Tous deux s'entremettent. Ils se livrent à une périlleuse navigation entre la reine et la marquise. Tout leur est bon pour augmenter leur pécule. Ils traquent les prébendes.

Le roi concède à Concini le droit d'aubaine. Il se fait aider dans cette nouvelle tâche par Renault de Lessegne qui sera l'une de ses âmes damnées. Alors que ce dernier se lamente sur les 150 000 livres d'un Florentin qu'ils ont laissées échapper en faveur de Mgr Bonsi, archevêque de Béziers et directeur de conscience de la reine, Concini le console : « Souvenez-vous bien de ceci : avant un an je tiendrai toute la France en ma main. » Il lui faudra attendre un peu plus.

XVII

Hystérie et velours

L'appartement de Léonora est situé au-dessus de celui de la reine. Trois pièces tendues de tapisseries représentant l'histoire de Lucrèce, de David, de saint Paul, de Salomon qu'elle s'est fait donner ou plutôt qu'elle a escroquées à bas prix aux tapissiers ordinaires du roi Mesnillet et Marcellot. Elle est coutumière de ce genre de rapines. Y abondent de grands cabinets marquetés de pierres dures, de belles tables d'apparat sur lesquelles sont disposés des aiguières d'argent, des objets en ivoire tourné, de la vaisselle d'or, des nautiles montés, des coupes de cristal de roche et des vases également qu'elle fait venir de Milan, des plats en vermeil, les sièges sont garnis en velours d'Utrecht cramoisi, galonnés d'or. Il y a là dans l'opulence du mobilier et des objets comme un souvenir du palais Pitti. Durant les quinze années qu'elle y passa, elle eut le temps de se lisser l'œil. D'apprendre. Le lit à colonnes est recouvert d'une courtepointe au petit point d'or et de soie, presque la même que celle que Marie possédait à Florence.

N'est-elle pas son double ? Quant au sol, il est recouvert de précieux tapis d'Orient.

C'est dans ce luxe que Léonora a établi son officine de pots-de-vin. Elle y reçoit ses épingles. Se fait avertir des bons coups. C'est ici également qu'elle déambule la nuit, nue, les cheveux défaits, égarée. On la retrouve, au matin, mourante, écroulée sur un siège. Et, comme par magie, on l'aperçoit l'après-midi à la promenade aux Tuileries, un voile rabattu sur le visage.

Léonora est souvent d'humeur fâcheuse. Depuis ses couches, son mal a empiré. La naissance d'Henri, ce fils tant désiré, n'a pas calmé les crises qui se font de plus en plus fréquentes et la harcèlent durant des semaines.

Ce fut le 8 juin 1603 lors du baptême de son fils, qu'elle ressentit si violemment ce mal qui depuis ne la quitte plus. Croit-elle un instant à une accalmie qu'il reprend avec plus de violence encore et la tord de douleur.

Ce jour-là l'église de Saint-Sulpice au faubourg Saint-Germain est pleine. C'est sa paroisse depuis qu'elle loue l'hôtel de Picquigny, rue de Tournon, qu'elle finira d'ailleurs par acheter. Une partie de la Cour s'est déplacée. Chacun voulant être vu et voir.

La reine et le comte de Soissons, marraine et parrain de l'enfant, s'avancent vers les fonts baptismaux quand soudain Léonora se sent prise de vertige. Une boule dans la gorge l'étouffe. Elle ne peut plus respirer. Son corps parcouru de frissons est secoué de mouvements incontrôlés. Chancelante, hagarde comme ivre, tanguant dans ses voiles à fleurs d'or et d'argent ainsi qu'un frêle esquif pris dans la tempête. Chacun paraît surpris et la reine la première, qui la connaît pourtant bien. Des sourires se dessinent sur le visage des courtisans regroupés autour. Aucune marque de compassion n'est à attendre de ceux qui ne sont venus que pour faire leur cour ou simplement pour voir le produit de l'accouplement d'une naine et d'un souteneur florentin qui, à ce qu'on dit, en a fait bisquer plus d'un. Les hommes frisent leur moustache dédaigneusement, les femmes chuchotent sous leur mante : « Voyez comme cette diablesse est possédée. » Déjà on l'imagine sous l'emprise du diable. Avec le temps la calomnie fera son chemin.

On soutient Léonora. On l'assoit. Elle perd connaissance.

Souvent Marie Brille, femme du maître d'hôtel de son mari qui fait office de cuisinière chez elle, la trouve lorsqu'elle lui porte son bouillon dans sa chambre, renversée sur une chaise, le ventre gonflé. « Le diable s'est installé dans mon ventre, hurle-t-elle, il me torture. »

Ces soirs-là elle ne descend pas chez la reine et ne touche pas de son luth.

Bien plus que les objets magnifiques qu'elle étale et caresse ainsi que ceux qu'elle garde dans ses coffres, rien ne lui plaît autant que de se plonger dans ses livres de comptes avec son secrétaire Lecomte que remplacera bientôt le Florentin Raphaël Corbinelli. De la simple vision des sommes inscrites émane la douce et apaisante musique de l'or. Et cela suffit à la calmer.

Très tôt, l'intendant de la reine, Octavien d'Attichy, lui a montré les chemins qui mènent à la haute finance. Elle les suit aveuglément.

Elle place des sommes importantes chez le banquier Lumagne. Non seulement les dons, pensions, appointements accordés par la reine mais également ses rapines personnelles. Elle s'emploie à faire de la gratte sur tout. C'est qu'elle s'y entend à tondre le mouton. Tout ce que journellement elle reçoit en ristournes sur des ventes de charges publiques, pots-de-vin sur les baux d'affermage rejoint ses coffres, ou par l'intermédiaire des Rucellaï, part pour l'étranger. Sa fortune alimente les monts-de-piété de Rome et de Florence. Elle achète de la rente sur ces établissements.

Elle est penchée sur ses livres de comptes, le regard vide. Les chiffres qui s'allongent en colonnes ne lui procurent plus à présent ni soulagement ni plaisir. Elle pense un instant que son pouvoir l'a abandonnée.

La reine voyant son amie dans cet état fait venir de Sienne la Passitèa, cette religieuse qu'elles avaient consultée dans leur jeunesse. La nonne voilée est introduite dans l'appartement de la malade. Elle y demeure une semaine pour s'y livrer à des prières. Et repart pour Sienne. Le mal de Léonora reprend aussitôt.

Alors commence la ronde des moines en rupture de couvent, des médecins sans scrupules, des exorcistes véreux, un monde interlope qui grouille à l'ombre des potences et des bûchers. De nuit, elle se rend aux Carmes déchaussés, aux Augustins. Elle y entend la messe. S'y livre à des contritions sans fin. Le bruit de ses virées nocturnes se répand vite dans Paris. On fait les cornes sur le passage de son carrosse. Voyez, voyez la Conchine qui passe. Pour couper court aux rumeurs il faut rendre cette maladie officielle. Par commandement royal, des messes sont ordonnées pour la santé de Léonora. Les Augustins s'en vont ressortir de vieilles reliques qu'ils amènent en procession à l'hôtel de la rue de Tournon où elles demeurent exposées plusieurs jours sur un linge brodé entre deux candélabres. Léonora fait le pèlerinage de Notre-Dame de Chartres en compagnie de son confesseur le père Roger. Rien n'y fait. Le mal ne veut pas lâcher prise. Elle se roule par terre l'écume aux lèvres.

Concino en perd l'entendement. Et si on essayait les exorcismes ? Il fait venir de Flandre un chanoine connu pour être un expert à chasser les démons. Il se livre à des salamalecs. Les démons font les timides. Pas moyen de leur faire pointer le nez. Le chanoine est sèchement renvoyé à Lille. Concino, qui comme bien des Italiens, a plus de superstition que de religion, croit en la magie. On lui parle du couvent des Ambrosiens à Nancy où le supérieur est connu pour avoir désenvoûté le cardinal de Lorraine, celui-là même qu'il avait fréquenté à Rome. Le supérieur arrive en compagnie de deux frères.

On les installe rue de Tournon dans l'hôtel de Picquigny que Léonora, après l'avoir loué, est en train d'acheter 14 000 écus à M. de Liancourt. Dans quelques mois elle le fera reconstruire par un architecte italien. Concino, pour ne pas compromettre sa femme, décide que les séances de désenvoûtement se tiendront à Saint-Sulpice, portes closes et de nuit.

Le sacristain intrigué aperçoit de derrière le maître-autel où il s'est caché, Léonora les cheveux défaits. Le supérieur des Ambrosiens lit sur son ventre de gros grimoires imprimés, probablement à Milan ou à Venise, qui servent aux exorcismes que l'Eglise approuve. Ces cérémonies se renouvellent. Le père Roger y assiste ainsi que Sebastiano, le frère de Léonora que celle-ci a fait venir de Florence. Concini de son côté fait le guet. Bientôt, on change de boutique. Les moines ambrosiens se transportent de nuit aux Augustins. Léonora est étendue sur des coussins et recouverte d'étoles. Les moines de Nancy, qui se révèlent être finalement d'origine milanaise, tournent autour d'elle en chantant et en récitant d'étranges paroles. La patiente se met à hurler. « Le diable ! Le diable ! Tirez-moi ce diable de mon ventre. »

A l'aube, elle émerge épuisée de ces séances. Deux moines augustins pensent pouvoir venir à bout de ce diable. Ils s'y essaient et échouent. Déçue, Léonora est prise d'une crise de nerfs.

Les ambrosiens sont devenus une obsession pour Léonora. Elle fait écrire à l'ambassadeur de France à Rome pour qu'il persuade le général des Augustins de destituer les deux moines incapables.

Les ambrosiens ont eu cependant raison de leurs rivaux en supercheries. Ils continuent un temps à asperger la maison de la rue de Tournon et à laver la vaisselle à l'eau bénite. Mais le sommet de ces simagrées est atteint quand ils s'en viennent à dire la messe en l'église du Petit-Saint-Antoine, un coq noir sous le bras. Au moment de l'élévation, le coq lâché fait deux tours sur l'autel et se met à chanter. Aussitôt ces momeries sont connues de Paris et les ambrosiens renvoyés prestement à Nancy. La ronde des charlatans peut reprendre.

Ce n'est pas pour autant que Léonora abandonne son ascension sociale et financière. Marie la comble de cadeaux. Des bibelots en or, des pierreries que l'autre enfouit dans ses coffres. Léonora est insatiable, autant que son mal.

XVIII

Un juif sort du Louvre, une duchesse de Valois y entre

C'est à cette époque que survient à Paris un étrange personnage. Un juif de la vieille école, grand dévoreur de Talmud et expert en kabbale, Elie Montalto. Il est natif de Castel Branco au Portugal où se trouve une communauté juive importante. Il a étudié la médecine à l'université de Salamanque comme son compatriote l'illustrissime Amatus Lusitanus, juif également. Ce dernier, bien qu'il fût converti au catholicisme, préféra fuir le Portugal. Par la suite, il devint médecin du pape Jules II. A la mort de ce souverain pontife, fuyant toujours l'Inquisition, il trouva refuge à Salonique, où il mourut dans la religion de ses pères.

Montalto suit le même chemin. Il se convertit au catholicisme. Cependant il préfère quitter la péninsule Ibérique, d'autant qu'il pratique toujours en secret son ancienne religion. Il se fixe à Livourne en Toscane où se trouve une communauté juive. Les Médicis, de tout temps, ont veillé à leur protection.

Montalto, qui s'est marié à une sœur de Thomas de Fonseca d'une famille de rabbins, s'intéresse à l'optique. Il publie un ouvrage savant, le *De optica*, qu'il fait imprimer et qu'il dédie au prince de Toscane, Côme, le fils aîné du grand-duc Ferdinand et de Christine de Lorraine. Les membres de sa famille sont disséminés un peu partout en Europe ; comme lui, ils ont fui l'Inquisition.

Il se rend donc aux Pays-Bas et, sur le chemin du retour, s'arrête à Paris. La reine veut le connaître, sa réputation comme médecin n'étant plus à faire. Elle pense à elle mais également à sa tendre amie qu'elle voit de jour en jour s'abîmer dans une mélancolie profonde. Montalto est demandé au Louvre. La reine l'accueille avec tous les égards dus à un homme de science. C'est qu'elle est une Médicis sans préjugé.

Montalto est introduit dans l'appartement de la dame d'atour. Il l'ausculte. Regarde son œil. La fait tenir en équilibre. Concini est présent. Il décrit au médecin juif les séances conjuratoires et purificatrices auxquelles elle a été soumise, et qui l'ont laissée dans un épuisement total. Montalto soulève un sourcil et esquisse un sourire. Il connaît ce genre de patenôtres. Il lui prescrit une tisane particulière et beaucoup de repos. Et jure de revenir en France dès qu'il le pourra. Son jugement est sans appel : l'amie de la reine souffre d'une hystérie profonde entrecoupée de crises du haut mal.

Alors qu'Elie Montalto quitte le Louvre pour rejoindre l'Italie en passant par Moulins où réside Philippe d'Aquin, un médecin hébraïsant qui apprend cette langue au lieutenant criminel de la ville, un carrosse somptueux attelé de six chevaux y entre. La garde salue. Le roi Henri se trouve au milieu de la cour. C'est qu'il est tout ému après tant d'années. Les valets tirent un petit escabeau, la portière s'ouvre pour laisser apparaître un pied puis une jambe, enfin une lourde dame qui s'extrait en dépit de ses rondeurs assez prestement de la voiture. Elle arrache son masque de voyage. C'est Margot. La perle des Valois. Margot les quatre cents coups. Margot qui revient au Louvre vingt ans après en avoir été chassée par son frère Henri. Margot qui a abandonné son titre de reine pour celui de duchesse de Valois mais à qui l'on donne toujours de la majesté. Margot méconnaissable tant elle a grossi. Elle n'a plus beaucoup de cheveux, aussi porte-t-elle perruque. Une pièce montée d'un autre âge d'un blond filasse. On dit qu'elle fait tondre ses pages à cet effet. Et des pages, Margot en possède un régiment. Pour leurs cheveux mais aussi pour une consommation plus personnelle. Elle est toujours d'humeur primesautière, autant dire amoureuse. Elle est libre, sait ce qu'elle veut, attrape les jeunes hommes et les croque.

Dans sa forteresse d'Usson, elle a entendu sonner ses quarante ans puis les cinquante mais elle n'a pas pour autant dételé. Elle sait merveilleusement s'accommoder au temps. Dans son carrosse se trouve son nouvel amant Date de Saint-Julien. Elle en est folle. Marguerite, reine de France et de Navarre, a tout signé pour permettre le remariage d'Henri avec la Médicis. Elle pensait revenir plus tôt mais le roi, qui connaît ses humeurs cabaleuses, l'a tenue à l'écart. Cependant, comme elle a donné des indications précieuses sur le complot qu'ourdissaient son demi-frère le comte d'Auvergne, le comte d'Entragues et la marquise de Verneuil avec l'Espagne – il s'agissait de rien de moins que l'assassiner, déclarer le Dauphin bâtard et faire accéder au trône le petit Verneuil –, on lui a permis de se rapprocher de Paris.

Le comte d'Auvergne est arrêté et conduit à la Bastille pour dix ans ; le comte d'Entragues sauve une fois encore sa tête mais doit restituer le papier signé du sang du roi par lequel ce dernier s'engageait à épouser Henriette de Verneuil.

Margot en digne fille des Médicis régla ainsi ses comptes avec son demi-frère Auvergne et se fit restituer l'héritage dont on l'avait dépouillée.

Elle avait proposé de demeurer à Chenonceau. Mais à y regarder de près, la demeure était trop humide et mauvaise pour ses rhumatismes. Elle choisit donc Boulogne. Chacun pense à la Cour à Boulogne-sur-Mer. Elle, à Boulogne-sur-Seine. Et la voilà installée au château de Madrid !

Le roi l'y a visitée l'avant-veille. Mais à la lueur des bougies il ne s'est pas aperçu des ravages du temps. Deux jours plus tard, le 28 juillet 1605, sous la lumière crue d'une belle journée d'été, Henri peut constater le désastre. Il est stupéfait. Cependant, il lui tend la main pour la conduire jusqu'au grand degré. Marie a refusé de suivre le roi dans la cour d'honneur. Elle tient à marquer ses distances vis-à-vis de la première femme du roi, à l'accueillir en reine. Henri l'a tancée pourtant. C'est la dernière princesse du sang des Valois. Mais rien n'y a fait. Aussi est-ce avec hauteur qu'elle reçoit Margot. C'est elle la reine à présent. Margot est trop fine mouche pour ne pas comprendre l'ambiguïté de la situation. Elle s'incline. Et d'une révérence désarme la mauvaise humeur de Marie. Bientôt elles deviendront de grandes amies. Margot a d'ailleurs fait son testament en faveur du Dauphin qu'elle va visiter dès qu'elle le peut au château de Saint-Germain, dans le lieu même où elle naquit. Elle lui apporte des jouets. Il l'appelle « Maman, ma fille… »

Puis Margot déménage.

Elle quitte le château de Madrid pour l'hôtel de Sens. C'est du balcon de cette demeure qu'elle regardera Monsieur de Paris décapiter le jeune Vermont, un jouvenceau de dix-sept ans qui avait été brièvement son amant. Margot l'avait remplacé par Saint-Julien. N'ayant pu se résoudre à cet abandon, un matin, alors que Margot s'en revient d'entendre la messe aux Capucins en compagnie de Saint-Julien, il abat ce dernier d'un coup de pistolet. Hurlements de la reine qui brandit ses jarretières : Qu'on l'étrangle ! Qu'on l'étrangle ! Elle menace de ne plus s'alimenter. Aussi hâte-t-on le procès du jeune Vermont. Elle exige que l'exécution se déroule sous ses fenêtres. Dégoûtée de cette demeure elle s'installe aussitôt à Issy, tandis qu'on lui construit face au Louvre un palais que les poètes et les philosophes hanteront bientôt. S'y retrouvera pour un temps la grâce subversive de la cour des Valois.

Margot est-elle devenue sage ? Point du tout, elle

continue à faire passer les jeunes garçons directement de l'école des pages dans son lit. Cependant elle en a un de prédilection. Il se nomme Villars. Tout Paris le connaît sous le sobriquet du « roi Margot ». Il parle phébus comme Margot et chante assez joliment. Et comme celle-ci est partageuse elle fait entendre son greluchon à Marie sous les tonnelles de Fontainebleau.

XIX

Les progrès du couple Concini

La faveur des Concini augmente de jour en jour. Le roi même ne s'y oppose plus, bien que quelquefois il peste contre l'arrogance du Florentin. Il l'a laissé partir en ambassade à Rome et, se doutant qu'il passerait par Florence, il lui a confié une lettre pour le grand-duc Ferdinand. Il sait par ailleurs que Concini a été approché par le parti espagnol lors du complot du comte d'Auvergne et du comte d'Entragues. Il sait aussi que le comte de Fuentes, gouverneur du Milanais et irréductible ennemi de la France, entretient des espions jusque dans le Louvre et que probablement Concini en reçoit des gratifications. L'avidité du couple lui est connue.

Cependant avec le temps, le roi oublie ses anciennes préventions. Concini l'amuse. Il le sait sans scrupules. Il a flairé le cynique qui bourlingue d'un parti à un autre. A-t-il entrevu chez lui ce mélange de vice et d'assurance qui, lorsqu'on sait en user à bon escient, vous modèle un destin ? Il apprécie ses pantalonnades, que l'Italien a conservées du temps où il brûlait les planches en Isabelle.

Quand l'Italien pense que le roi le boude il se paie de culot et va vers lui comme ce jour, lors d'une promenade à Fontainebleau : « Sire, que Votre Majesté veuille bien m'éclairer sur ce en quoi j'ai pu démériter ?… » Le roi ronchonne comme toujours lorsqu'il est embarrassé et finalement fait monter dans son carrosse l'Italien, honneur insigne, pour le ramener au château.

C'est dit ! Il tiendra sur les fonts baptismaux Marie Concini, la fille qui vient de naître au couple. Au fond, il apprécie le bougre. N'a-t-il pas raccommodé, il y a peu, deux gentilshommes sur le point de s'égorger ? L'un ayant dit à l'autre d'aller se faire foutre à l'italienne, Concini avait pris les devants en avouant à l'offensé : « *Questo, signor, è il maggior piacer, que l'uomo possa far al uomo.* » Le plus grand plaisir qu'un homme puisse faire à un autre.

Concini a troqué sa charge de premier maître d'hôtel de la reine pour celle de premier écuyer qu'il a achetée 30 000 livres, ce qui n'est pas une mince affaire.

Léonora demeure cloîtrée dans son appartement où elle se nourrit de crêtes de coq et de rognons de bélier qu'on lui fait bouillir dans de l'eau bénite qu'on jette ensuite dans le feu. Le menu a été conseillé par le dernier alchimiste qu'elle a consulté. Son teint est devenu jaune et son apparence aussi sèche qu'une sole frite. Ses crises, qui ne se relâchent pas, ne l'empêchent cependant pas de se rendre dans le cabinet de la reine où elle lui met mille billevesées en tête. La reine veut un mariage espagnol pour le Dauphin et sa fille Madame Elisabeth. Léonora, qui sait le roi contre cette alliance, l'encourage. Elle y trouve son intérêt. Elle est de toutes les intrigues à la Cour. L'air bas et modeste toutefois. Si elle monte en carrosse avec la reine, ce n'est qu'à l'arrière. Elle a réussi à faire rappeler à Florence Baccio Giovannini, son ennemi intime. Plus coriace se montre don Giovanni.

C'est un Médicis par la main gauche, fils du grand-duc Côme et de la Albizzi, donc l'oncle de la reine. Il fut un temps grand capitaine sous les drapeaux de l'Espagne. Mais, changeant de camp, il sert dorénavant la France. C'est un galant homme. Un artiste comme tous les Médicis, un peu architecte, un peu peintre. Joyeux, charmeur, libéral, il sait conquérir son monde. Et le roi l'apprécie. Il pense en faire son porte-parole auprès de la reine et calmer ses fureurs. Il le présente à la marquise de Verneuil. Ils sont charmés l'un de l'autre. Don Giovanni ne déloge plus de chez elle. Ils rient sous cape ; s'amusent des vieux courtisans. Ils ont en commun la dent dure. Concini est mis au courant. Quelques mots lui sont rapportés. Léonora en fait son miel. A la coiffure chez la reine le lendemain, sans y toucher, incidemment, elle conte l'affaire. La reine se gonfle et la voilà en tempête. Au lever, l'oncle est reçu plus que fraîchement. Il ne lui faut pas longtemps pour comprendre d'où vient le coup. Il n'a jamais aimé ce Concini aux mœurs indécises qu'il supporte de moins en moins. Un matin, il se heurte à lui dans la galerie du Louvre. Le ton monte. Don Giovanni porte la main à son épée puis se ravise. « J'aurais trop peur de la salir », s'écrie-t-il. Concini tremble de tous ses membres. Sous des dehors civilisés, il connaît la violence que roule le sang des Médicis et particulièrement celui d'un fils bâtard de Côme Ier. Il n'ose plus sortir de chez lui. Une manière de spadassin du nom de Jean-Paul Guerre est arrêté un soir alors qu'il rôde autour de la maison de Concini. Il est conduit à la Bastille. On le soupçonne de préparer un mauvais coup. Le lendemain, l'écuyer de don Giovanni se présente au guichet de la prison. Il offre une bourse de 20 écus si on lui permet de voir le prisonnier. Il est aussitôt arrêté. Don Giovanni, malgré la faveur du roi, n'a plus qu'à quitter la France.

Don Pedro de Tolède, ambassadeur d'Espagne, a fait une entrée fracassante au Louvre. Et depuis, il fait le siège d'Henri, des gentilshommes vêtus de noir, fraises godronnées, à sa suite. C'est un spectacle étrange que cette troupe au milieu de ce bordel où l'on voit des demoiselles lestement troussées derrière les escaliers et de respectables seigneurs mettre la main à la braguette des pages et des petits valets. Il y a là un fumet de licence qui outrepasse celle de la cour des Valois, la grâce en moins. Don Pedro déambule. Transpire sa morgue. La reine qui condescend à redevenir humaine quand il s'agit de la maison de Habsbourg se découvre soudain une parenté avec l'ambassadeur. « Les rois, madame, n'ont pas de parents. Ils n'ont que des sujets », lui répond celui-ci avec hauteur.

L'homme possède l'humeur épineuse de l'hidalgo castillan. Le parti de l'Espagne ne sait plus à quel saint se vouer. Villeroy danse d'un pied sur l'autre. La marquise de Verneuil aux champs et en demi-disgrâce écoute les propositions des agents de l'Espagne. La reine plongée dans ses vapeurs habsbourgeoises échafaude des mariages. Elle se voit déjà à la fois belle-mère d'une infante et d'un futur roi d'Espagne. Tant de grandeur l'essouffle.

Le roi a découvert un livre espagnol entre les mains de son fils Verneuil. Il a souri. Hormis les choses de l'amour où on peut lui en conter, pour le reste, il demeure un vieux renard. Et c'est tout en caressant l'ambassadeur qu'il prépare en sous-main avec Sully son Grand Dessein : abattre la maison d'Autriche.

Don Pedro quitte son ambassade sans grandes illusions. Alors qu'il sort du Louvre le nonce Ubaldini l'interroge sur l'impression que lui laisse le roi.

« C'est un roi qui sait tout. Il m'a révélé des choses que j'ignorais du Conseil d'Espagne — mais encore ? — Je ne saurais vous le dire sinon qu'il est plus que le diable… »

XX

Les Concini reçoivent

Il y a foule ce soir-là rue de Tournon. Un embarras de carrosses et de chaises. Chacun veut voir passer le roi et la reine ; et la reine Margot flanquée de ses jeunes pages également. Toute la Cour se presse chez le signor et la signora « Conchine » comme on dit à Paris dans le bel hôtel qu'ils ont fait rebâtir de fond en comble par l'architecte florentin Francesco Bordoni. Le couple florentin régale. Bal, comédie, collation, magnifiquement ordonnés. Le roi a demandé à Concini de favoriser une rencontre entre la princesse de Conti et la marquise de Verneuil en froid. L'Italien a vu grand. Comme lorsqu'il s'était présenté dans la lice près de l'Arsenal lors d'une course de bagues, dans un pourpoint en toile d'or, orné de nœuds et de rubans, et tout rutilant de diamants.

Ce luxe amuse le roi. Il s'attarde. Regarde, soupèse, évalue chaque objet. L'argenterie, les toiles de maîtres. Il en connaît le prix. « Il n'y a là que des dons de Votre Majesté », s'empresse d'expliquer l'Italien qui a saisi le regard du roi. Henri ne dit rien mais n'en pense pas moins. « Je ne me souviens point d'avoir été si généreux », laisse-t-il tomber en passant. L'outrecuidance de Concini le divertit. La reine retirée avec ses dames au fond d'un cabinet écoute un petit abbé italien qui l'entretient d'une sérénade. La maîtresse de maison a quitté son voile et accompagne le chanteur au luth. Celui-ci se nomme Andrea de Lizza et se trouve venir de Naples. Ce n'est plus un perdreau de l'année. Il a vu du pays. Depuis peu il s'est mis au service de Concini. Il dit la messe, chante à merveille le madrigal galant et fait un admirable arlequin de la comptabilité. Autant dire qu'il a déjà un pied chez Léonora, auprès de Raphaël Corbinelli et de Vincent Ludovici, italiens comme lui. Le premier venant de Florence, le second de Trévise.

La marquise de Verneuil, devenue dame du palais, a fait sa paix avec la princesse de Conti. La reine lui parle à présent. Pour l'heure, elle se promène en compagnie du duc d'Epernon dans la grande galerie. Elle a grossi et n'est plus la souple beauté de naguère. La fine guêpe est devenue un lourd bourdon. L'archimignon en revanche n'a rien perdu de sa superbe. Il aime provoquer. Quand il condescend à quitter Angoulême et à s'attarder à la Cour, c'est pour y perdre au jeu des fortunes. Le roi croit ainsi se venger. Il est vrai que les embellissements de son château de Cadillac en Guyenne ont écorné la fortune du duc. Henri le pense au bord de la ruine. Il a engagé un croupier portugais qui sert des cartes biseautées. Par ailleurs un juif italien du nom de Pimentel a été admis au jeu de la reine. Il joue avec des dés pipés. Henri le sait mais ferme les yeux. Epernon le sait également et c'est de bon cœur qu'il se laisse délester de son or et de ses pierreries. Il endort ainsi les soupçons du roi. Il a percé le Grand Dessein quand Henri lui a proposé d'entrer au Conseil de régence, si d'aventure il lui venait l'idée d'aller en guerre. C'est une manière adroite de se délivrer de son grand maître de l'Infanterie.

Epernon a lié ses intérêts à ceux de la marquise. Cette dernière voudrait faire une fin. Un beau mariage. Elle lorgne du côté de la maison de Lorraine. Son regard s'est posé sur le prince de Joinville. Il l'a trahie naguère en montrant ses lettres d'amour au roi. Elle s'est tirée de ce mauvais pas en jurant que ce n'étaient que des faux. Les années ont passé. Puis elle a repris sa liaison avec le Lorrain. Mais le roi, qui le soupçonne de comploter avec l'Espagne et la Savoie, l'a exilé, d'autant qu'il a essayé de marcher sur les brisées royales en faisant la cour et peut-être un peu plus à la marquise. Henriette s'en est mordue les lèvres de dépit. A présent elle attend. Mais quoi ? La mort du roi comme naguère ? Cependant son fils âgé de six ans a obtenu l'évêché de Metz. Metz ! Mais c'est la ville de ce cher Epernon. Il en est le gouverneur comme il est également le gouverneur d'Angoulême. Il y a là plus qu'une coïncidence.

Dans le cercle de la reine se tient Mlle du Tillet. C'est une petite personne maigre, au teint olivâtre et à la perruque rouge. Jamais mariée, elle a séché sur pied. Toutefois on lui connaît quelques aventures. Elle fut jadis du dernier bien avec le duc d'Epernon. Le regard fureteur, rien ne lui échappe et, ce soir, moins que jamais. Elle fut et est encore de toutes les intrigues. Elle sait son monde et fait un personnage à la Cour comme à la ville. Elle se fourre partout avec la hauteur d'une fille de parlementaire alliée à des parlementaires. Sa sœur aînée a épousé un Séguier et une autre un président aux Requêtes. Elle a la dent dure et le trait féroce. Et ne se prive pas de rire sous cape de la reine et de dire que c'est une vache qui a fait un veau. Enfin, tout ce qui touche au duc d'Epernon lui tient à cœur. Il convient d'ajouter que sa famille est originaire de l'Angoumois, aussi quand l'archimignon lui recommande un habitant de sa bonne ville d'Angoulême qui s'en vient à Paris pour quelque affaire, celui-ci trouve toujours un gîte et un couvert chez elle. C'est une fée.

La du Tillet est également intime avec la marquise de Verneuil. A sa demande, elle a pris à son service une demoiselle un peu bossue et passablement rusée, la d'Escoman, dont la marquise s'était servie, il y avait peu encore, pour filer des intrigues, lui confiant des lettres qu'elle s'en allait remettre à des courriers comme un certain Sedaine qui les acheminaient vers l'Espagne. La d'Escoman avait vu et entendu auprès de la favorite des choses qu'elle n'aurait dû ni voir ni entendre. Commissions louches, lettres secrètes, rendez-vous à la nuit, rencontres dans les églises. Ce n'était plus d'intrigues d'amour qu'il s'agissait mais bien de complots politiques. Elle s'en était ouverte à Mlle de Gournay, la fille adoptive de Michel de Montaigne. Celle-ci avait couru chez le comte de Schomberg. Il dînait à l'Arsenal chez son ami le duc de Sully. Elle l'alla prier. Il s'excusa auprès du ministre, sortit de table et écouta Mlle de Gournay. De retour il fit part à Sully de l'étrange conversation qu'il venait d'avoir. Sully ne bougea pas. L'histoire compromettait trop de grands personnages. La Verneuil, d'Epernon, qui sait la reine ? En tout cas, à un moindre degré, Concini et sa femme.

Pour un temps la d'Escoman est rentrée dans le rang. Elle en a cependant lourd sur le cœur. Elle projette de faire jouer du tambour. Mais avant, il lui faut endormir les soupçons de la du Tillet, qu'elle caresse comme une vieille chatte.

On danse encore la pavane quand Henri et Marie se retirent. Chacun convient du succès de la fête.

XXI

Intrigues et dernières amours

Un vent de guerre s'est mis à souffler. La succession des duchés de Clèves et de Juliers a ouvert des hostilités en Allemagne. L'archiduc Léopold s'est saisi de Juliers et les princes protestants se sont aussitôt tournés vers le roi de France pour lui demander secours. Henri a enfin trouvé le prétexte qu'il attendait pour sa guerre contre la maison d'Autriche.

Dans Paris les jésuites s'affolent. Après l'attentat sur le roi de Chastel, la compagnie de Jésus avait été chassée de France. En 1603 elle avait été rappelée. Quand il avait fallu obtenir une dispense du pape pour que Madame Catherine, restée huguenote, puisse épouser le duc de Lorraine, celui-ci avait demandé le retour des jésuites dans le royaume. Le roi avait même pris alors le père Coton, l'un d'entre eux, comme directeur de conscience. Aujourd'hui c'est un conflit impie qui s'annonce. Les capucins, anciens ligueurs, montent en chair pour prédire l'Apocalypse et l'arrivée de l'Antéchrist. Le roi a cessé d'être aimé par ses sujets accablés d'impôts.

Sully a accumulé un immense trésor et cherche toujours de nouvelles ressources.

On ne parle plus de mariages espagnols. Le roi a été averti de différents complots. Il a reçu un ancien officier du duc de Biron du nom de La Garde. Celui-ci lui conte comment à Naples, où il avait retrouvé une poignée d'anciens ligueurs, ceux-ci le présentèrent à un père jésuite espagnol apparenté au duc de Lerme. « Voici 50 000 écus, lui dit le religieux, et on y ajoutera la grandesse si vous tuez le roi… » Il avait empoché l'or et s'était enfui à Rome où il avait tout raconté au marquis de Brèves, l'ambassadeur de France. Se trouvait là également le frère cadet de Sébastien Zamet le financier, qui en avait aussitôt écrit au roi. La Garde évoque également la correspondance qu'Epernon entretient avec le vice-roi de Naples, le comte de Benavente et lui montre une lettre qu'il a subtilisée à l'un des mécontents, anciennement lieutenant du Châtelet durant la Ligue, où l'assassinat du roi est clairement évoqué.

Le roi, qui n'est pas un catholique à gros grains, ne croit ni aux prédictions, ni aux horoscopes, ni aux sortilèges. Cependant, il interdit à la reine de faire revenir au Louvre la Passitèa. C'est cette illuminée siennoise qui lui a mis en tête de vouloir se faire couronner à Saint-Denis. Il sait sa femme ultramontaine, bigote et vendue à l'Espagne. Elle et aussi sa funeste dame d'atour, Léonora qui excite sa jalousie et son orgueil. C'est elle qui l'a convaincue de ces idées d'empoisonnement. Aussitôt Marie refuse de toucher aux viandes que le roi lui envoie et fait cuisiner ses repas dans ses appartements. Quant à Concini, ce faquin qui s'en va au parlement, l'air bravache, l'épée au côté, chaussé d'éperons et feutre sur la tête, où arrêtera-t-il ses rodomontades ?

Charlotte ! Charlotte ! C'est la dernière tocade royale. Le nom de Charlotte résonne partout dans le Louvre. Même la Verneuil ricane.

Une tocade ! Les sottes femmes ! Mais c'est qu'elles ne voient pas qu'il est amoureux comme un dément. Qu'il est prêt à mettre l'Europe à feu et à sang pour récupérer sa bien-aimée Charlotte de Montmorency, depuis peu princesse de Condé. Pour sauver les apparences il l'a mariée à ce petit-cousin – certains disent son fils car il eut jadis des bontés pour sa mère Madame la Princesse, l'inquiétante Charlotte de La Trémoille. Condé l'a enlevée et menée en Flandre, à Bruxelles chez l'ennemi.

La première fois qu'il aperçut Charlotte, c'était lors d'une répétition du ballet des *Nymphes de Diane* au Louvre dans la Grande Galerie. Ce ballet devait être donné à l'Arsenal pour le mardi gras. Il tomba en arrêt, sidéré par cette vision. Il s'enquiert aussitôt du nom de la demoiselle. « C'est la fille du vieux connétable de Montmorency, Sire ! Celui qui ne sait ni lire ni écrire, et de sa dernière femme Louise de Budos dont on dit qu'elle s'est vendue au diable pour l'épouser », répond Bellegarde toujours prompt à saisir le fil d'une intrigue naissante. « Elle est promise à M. de Bassompierre », précise-t-il.

Le roi a perdu la tête. Il ne dort plus. La goutte le prend. Il est quinze jours sans sortir de ses appartements. Il se fait lire le dernier roman à la mode,

L'Astrée. Il se torture l'esprit ; extrapole un plan pour rompre les fiançailles de la belle sans se brouiller avec son cher Bassompierre. Finalement il accoste ce dernier : « Assez fait le célibataire, lui dit-il, je vous marie avec Mlle d'Aumale et rétablis le duché d'Aumale en votre faveur. — Mais Sire je suis déjà fiancé à Mlle de Montmorency… — Ecoute, dit Henri, je suis devenu fou de Mlle de Montmorency. Si tu l'épouses et qu'elle t'aime je te haïrai ; si elle m'aime tu me haïras… Je pense la marier à mon neveu Condé et la tenir près de la reine. Elle sera ainsi la consolation de ma vieillesse… » Le vieux faune s'est fait une fois encore renard. Condé, que les femmes ne passionnent pas particulièrement, supplie le roi de ne pas lui faire jouer un triste personnage. Il se laisse cependant fiancer. Le roi assiste à la cérémonie, appuyé non sans malice sur le bras de son cher Bassompierre. Le mariage a finalement lieu chez le connétable à Chantilly. Après quelque temps, le jeune couple gagne Fontainebleau où la Cour séjourne. Le roi y fait mille folies. Il s'orne de rubans, court la bague avec un collet de senteur et un habit de soie de la Chine. « Mon Dieu ! Qu'il est fou ! » s'écrie Charlotte un soir que le vieux faune paraît sous son balcon enguirlandé de rubans. Le prince de Condé mis au courant veut se retirer avec sa femme dans un de ses châteaux. « Je vous l'interdis ! » réplique Henri. « Vous êtes un tyran », lui rétorque le prince. « Je n'ai jamais fait acte de tyrannie sauf le jour où je vous ai fait reconnaître pour ce que vous n'êtes pas. Je vous montrerai votre père à Paris quand vous voudrez... » Henri fait allusion au comte de Belin qu'on donne pour avoir été l'amant de Madame la Princesse douairière. Il interdit à Sully de payer au prince sa pension. La princesse de Condé, douairière toujours en disgrâce, essaie de marchander ses bons offices. Son fils, apprenant la démarche, la traite de vieille maquerelle. Léonora écoute et rapporte ce qu'elle entend à Marie. « Je sais, lui répond Marie, qu'il y a pour cette affaire trente entremetteuses en besogne. Et si je m'en mêle je ferai la trente et unième... »

Monsieur le Prince revient à l'assaut. Le roi ne veut rien entendre. Il insulte son neveu, lui reproche ses mœurs douteuses, le traite ouvertement de bougre. Le prince quitte la Cour en emmenant sa femme. Le roi est au désespoir. Henriette, qui a reparu, lui glisse, façon de mettre un peu de venin sur sa plaie : « N'êtes-vous pas bien fou de vouloir coucher avec la femme de votre fils ? Car vous savez bien que vous m'avez dit qu'il l'était !... »

Le prince de Condé revient à la Cour mais en repart aussitôt. Finalement il passe la frontière avec sa femme et se retrouve à Bruxelles. Henri envoie une petite troupe pour se saisir de Charlotte. L'enlèvement échoue. Charlotte reste au palais des archiducs. Condé par l'Allemagne rejoint Milan, autant dire les Espagnols.

« Il me faut une reconnaissance... Une couronne... Un sacre... » crie Marie à tous vents et elle poursuit Henri. Une fois encore elle est montée sur ses grands chevaux. Elle a été humiliée par la dernière passade du roi et veut ce sacre comme une compensation.

Une passade ! La sotte créature ! Elle ne l'a jamais compris. Elle est restée sourde au mouvement de son cœur, de son âme. C'est une buse ! Et elle ne voit pas plus loin que ses mariages Habsbourg. Elle ne sent pas que c'est sa jeunesse qu'il revendique avec Charlotte. Des jeux de l'amour et de la guerre que sait-elle cette Médicis ?

Léonora écoute du fond de son appartement les bruits de la guerre qui s'avance. Les lourds canons du grand maître de l'Artillerie, le duc de Sully, roulent déjà vers les frontières. L'ambassadeur d'Espagne le lui a fait savoir. Le roi masque sa grande entreprise en laissant croire qu'il ne s'agit que d'une équipée pour ramener la princesse de Condé.

Léonora ne dit rien. Sait-elle même que déjà le destin est en marche ? Son apothicaire cependant lui a fait parvenir un étrange message sur une possibilité d'assassinat. De nuit elle fait transporter des coffres pleins d'or, de vaisselle et de pierreries rue Neuve-Saint-Merry à l'hôtel d'un des frères Lumagne. Elle prend ses sûretés. Demain la reine sera sacrée dans Saint-Denis.

XXII

Couronnement, assassinat et lit de justice

Satin, plumes, pierreries, froissements de soie. L'excitation est à son comble ce 13 mai dans la nef de la basilique de Saint-Denis. Une débauche de parfums et de couleurs. Des gradins ont été dressés où se pressent par ordre de préséance les cardinaux, les princes du sang, les ducs et pairs, les officiers de la Couronne. Le roi se tient dans une tribune. Il semble avoir retrouvé sa sérénité. Il est comme au spectacle. On lui a pourtant prédit qu'il mourrait à la première grande cérémonie : assassiné dans un carrosse. Un gentilhomme maladroit vient de briser un carreau. Henri ne semble y prêter aucune importance. Il a auprès de lui le Dauphin auquel il commente la cérémonie. La couronne de la reine qui, un instant, vacille le fait sourire. Il semblerait que les présages de sa mort prochaine se soient en cet instant évanouis. Même la dalle fermant la crypte royale, qui s'est brisée à quelques heures de la cérémonie et qu'il a fallu resceller à la hâte, ne semble pas l'avoir troublé outre mesure. D'où il est placé,

Henri aperçoit dans une autre tribune Margot, sa Margot. Opulente, acagnardée dans sa graisse et flanquée d'une volée de jeunes pages. Elle paraît prendre plaisir à la cérémonie. Elle a revêtu un manteau couvert de fleurs de lys d'or. C'est qu'elle fut reine de France et de Navarre. Marie, qui a de l'affection pour elle, a tenu à sa présence. Depuis peu, Margot a pris comme directeur de conscience un certain Vincent de Paul qui lui prêche l'abstinence et la charité. Pour la charité, il aura facilement gain de cause car la reine Marguerite a toujours eu le cœur sur la main. L'abstinence est une tout autre chanson.

La reine est radieuse. Elle se croit en paradis. Au moins elle me laissera tranquille durant quelque temps, se dit Henri.

Dans le chœur, pour une question de préséance, l'ambassadeur de Toscane en vient presque aux mains avec les représentants des Provinces-Unies qu'il traite d'animaux aquatiques. L'ambassadeur d'Espagne, qui prétend au titre d'Excellence, envoie son chapeau au visage de celui de la Sérénissime qui ne lui a donné que du « monsieur l'Ambassadeur ». Le Vénitien lui a asséné un bon coup de poing sur le museau et les voilà à présent roulés par terre, se traitant de noms d'oiseaux. Les gardes interviennent pour les séparer.

Rien n'échappe à Léonora, qui se tient dans l'ombre de la reine. C'est elle qui s'est empressée quand il a fallu retenir la couronne en train de glisser.

Le soir, chacun est de retour au Louvre.

Le roi s'est fait aménager un appartement à l'Arsenal chez Sully depuis qu'il a reçu divers avertissements concernant un complot sur sa personne. Le grand mai dressé comme chaque année dans la cour du Louvre s'est abattu sans vent, tombant dans la direction de ses appartements. « Voilà un bien mauvais présage », s'est écrié Bassompierre en apercevant l'arbre à terre.

Ce soir-là cependant, Henri dort dans son appartement du Louvre. Il se tourne et se retourne dans son lit sans pouvoir trouver le sommeil. La lettre du capitaine La Garde, les agissements obscurs d'Epernon, les desseins ténébreux des Concini, la vindicative marquise de Verneuil et sa soubrette d'Escoman qui fait le va-et-vient entre le duc et sa maîtresse, l'homme roux vêtu à la flamande qui arrive d'Angoulême pour le rencontrer, toutes ces choses lui reviennent à l'esprit. Et Charlotte, sa chère Charlotte dont il désespère. Pour qui il se déguisait en valet de vénerie, un emplâtre sur l'œil et deux lévriers à la main pour la voir passer en carrosse quand elle était détenue en Picardie. Ah ! Ces folies ! A présent tout est morne et sans saveur ! Une pesante et silencieuse entente le cerne. Il se sent traqué. Dans l'ombre le piège se referme lentement.

Dans la nuit une chouette a hululé.

Au matin il s'est réveillé rompu par cette nuit sans sommeil. Il passe dans sa garde-robe, s'habille puis de nouveau s'allonge sur son lit. Il demande son livre d'Heures. Villeroy et un ambassadeur se font annoncer. Henri les reçoit brièvement. Il lui faut de l'air. Il s'en va aux Tuileries et y rencontre le Dauphin. Les oiseaux sont dans les arbres. C'est enfin le printemps. Ensuite il gagne les Feuillants pour y écouter la messe. Au sortir de celle-ci, il rencontre son ami Bassompierre et le duc de Guise. Ils plaisantent et tout à trac Henri leur lance : « Vous ne me connaissez pas maintenant, vous autres ; et, quand vous m'aurez perdu, vous connaîtrez alors ce que je valais, la différence qu'il y a de moi aux autres hommes. » Et Bassompierre aussitôt de s'écrier : « Mon Dieu, ne cesserez-vous jamais, Sire, de nous troubler en nous disant que vous mourrez bientôt ?... » Et Henri soupire : « Mon ami, il faut quitter tout cela... »

De retour au Louvre, le roi se met à table. Chacun remarque sa nervosité. Finalement il décide de se rendre à l'Arsenal où Sully, souffrant d'un rhume attrapé la veille à Saint-Denis, prend un bain chaud. Mais avant il passe chez la reine. Il est saisi alors d'une de ces rêveries mélancoliques qui de temps à autre l'assaillent. Marie essaie de le retenir. Vitry, le capitaine de ses gardes, propose de l'accompagner. Il refuse. « Il y a cinquante et tant d'années, que je me garde sans capitaine des gardes, je me garderai encore bien tout seul. » Saisi cependant d'un pressentiment il revient sur ses pas et retourne chez la reine. C'est qu'il a trouvé un billet dans son appartement. *Sire, ne sortez pas ce soir !* « M'amie, irai-je ? N'irai-je pas ? » demande-t-il à la reine. Et il répète plusieurs fois la question. Il l'embrasse une nouvelle fois.

Finalement il descend rapidement dans la cour par le petit degré. Le carrosse se trouve au bas. Le soleil brille. Le roi quitte son manteau et fait relever les mantelets de cuir des portières. Il se place au fond de la voiture. Epernon, Lavardin et Roquelaure prennent place à sa droite. A sa gauche Montbazon et La Force. En face de lui s'installent Liancourt et Mirebeau. La voiture s'ébranle, entourée de cavaliers et de valets à pied. Elle passe le pont dormant, remonte la rue de l'Autriche et s'engage dans la rue Saint-Honoré. « Quel jour du mois sommes-nous ? » demande le roi. « Le 13, Sire… — Non le 14 », rectifie Epernon. Le roi alors murmure : « Entre le 13 et le 14… » Se souvient-il alors de la prédiction qui lui fut faite de cette date et du carrosse qui doit lui être fatal ? C'est alors que le premier écuyer M. de Liancourt l'interroge sur le but de cette promenade. Le roi répond par énigme : « Mettez-moi hors de céans ! » A la hauteur de l'hôtel de Longueville, le premier écuyer lui demande quel chemin il souhaite prendre : « Par la Croix du Trahoir et ensuite au cimetière des Innocents… » répond-il. Quand la voiture quitte la rue Saint-Honoré pour emprunter la rue de la Ferronnerie, le roi aperçoit Montigny, le gouverneur de Paris avec qui il se trouvait naguère lors de l'attentat de Jean Chastel. Il lui crie « Serviteur, Montigny, serviteur ! »

Le carrosse s'est engagé dans la rue de la Ferronnerie. Une venelle encombrée de boutiques et d'étals adossés au mur du cimetière des Saints-Innocents. Aux grandes chaleurs une odeur pestilentielle se dégage des fosses communes. A la hauteur de l'auberge *Au Cœur Couronné Percé d'une Flèche*, la voiture du roi est arrêtée par une charrette de foin qui a accroché un haquet chargé de barriques. Plusieurs de celles-ci ont roulé sur la chaussée. Le temps qu'on les remonte le roi sort une lettre de son pourpoint. Il a oublié ses lunettes. Il se penche vers Epernon et lui demande de la lui lire. Le grand rouquin qui suit le carrosse depuis sa sortie du Louvre profite de ce moment pour grimper sur le moyeu arrière de la voiture et, passant sa tête, porte trois coups de couteau au roi. Le premier coup ne fait qu'une blessure superficielle. Henri s'écrie : « Je suis blessé. » Le second coup porté en pleine poitrine lui tranche l'aorte. Henri soupire : « Ce n'est rien. » Déjà le sang jaillit de sa bouche. Le troisième coup déchire la manche du duc de Montbazon. « Sire souvenez-vous de Dieu », crie La Force. Le roi ne l'entend plus. Il est mort. Ce fut comme un éclair. Le grand rouquin, François Ravaillac, ne bouge pas. Il reste là hébété, comme un homme ivre. Il tient toujours son couteau. Il ne tente même pas de fuir. La foule au début stupéfaite au cri de « Le roi est mort » se jette dans les boutiques et les tavernes. Un gentilhomme frappe au visage l'assassin du pommeau de son épée. Un autre lui arrache son arme pour lui en porter un coup. La voix impérieuse du duc d'Epernon alors se fait entendre. « Ne le tuez pas ! Il y va de vos têtes ! » Epernon le soustrait à la fureur populaire qui s'est levée. Une houle de rage. Il est conduit à l'hôtel de Gondi proche.

On ira l'y visiter comme on fait d'une bête féroce en cage. On le questionne et il répond à la façon des illuminés. Le père Coton, confesseur du roi, s'y rendra également.

De son ton suave, le révérend père lui soufflera à l'oreille : « Mon ami, prenez bien garde de faire inquiéter des gens de bien. »

Ravaillac ne répondra qu'en citant les Ecritures. C'est qu'il fait l'important. C'est l'homme du destin.

« Le roi n'est que blessé, crie le duc. Qu'on appelle un chirurgien. » On demande du vin. Les mantelets du carrosse sont rabattus. Le cocher fouette les chevaux. Le roi est ramené au Louvre et monté dans ses appartements. On l'étend sur le lit du petit cabinet. Son premier médecin Petit accouru en diligence ne peut que constater son décès.

Pendant ce temps, dans la pièce qui jouxte le cabinet du roi et n'en est séparée que par une double porte, la reine se repose en compagnie de Mme de Montpensier. La grasse personne est étendue sur un lit. De dehors monte une rumeur. Marie sursaute. Elle pense aussitôt à un accident. Le Dauphin est sorti pour voir les arcs de triomphe qu'on finit de dresser de par la ville, les fontaines à vin aux quatre coins des rues, toute une architecture de machines pour son entrée le surlendemain. Un cri lui échappe. « Mon fils ! » La duchesse de Montpensier se lève et rapidement ouvre la porte qui mène au cabinet du roi. Quelques instant après elle réapparaît tremblante, le visage blême. « Votre fils, Madame, n'est point mort. Il n'a aucun mal… » Au mot de mort la reine s'affole. Bondit du lit. On veut la retenir. Elle se débat, force le passage et entre chez le roi. Elle l'aperçoit étendu sanglant sur le lit. Elle comprend, une vague de douleur l'assaille. Elle perd pied. S'évanouit. On l'entoure. Avec précaution on la ramène dans ses appartements. Le Dauphin a été prévenu de l'attentat à sa promenade. On l'a ramené au Louvre. « Le roi est mort ! » crie à tout bout de champ Marie en se tordant les mains. Le chancelier de Sillery lui rétorque : « En France les rois ne meurent pas. Voici le roi, Madame ! » Le dauphin Louis est devant elle. C'est à présent le roi, ce garçonnet de neuf ans. La reine connaît ses usages et le salue d'une profonde révérence.

La noblesse afflue au Louvre. Dans Paris court la nouvelle de l'attentat. On croit seulement le roi blessé.

A l'Arsenal Sully vient de sortir du bain. Le vieux ministre a passé sa robe de chambre et demandé ses pantoufles. Il attend son souverain quand un de ses gentilshommes vient l'avertir du forfait perpétré contre son maître sans plus ample détail. « S'il est mort, c'en est fait... Que la France va tomber en d'étranges mains !... » soupire Sully. Vers la fin de l'après-midi, ayant pris ses précautions, le ministre décide de se rendre au Louvre accompagné d'une escorte. Ce n'est plus l'homme farouche, capable de toutes les audaces. Un inconnu au coin de la rue de la Pourpointerie lui glisse un billet. « Monsieur où allez-vous ? Le roi est mort. Si vous entrez au Louvre vous n'en réchapperez pas. » Un peu plus loin il rencontre Vitry qui lui confirme la nouvelle. Plus loin encore, il croise Bassompierre qui le prend de haut. Le duc comprend que les temps ont changé. Il rebrousse chemin et va s'enfermer à la Bastille dont il est le gouverneur pour y veiller sur l'or de la France.

Dans le même moment Epernon remue terre et ciel. Déjà il entrevoit le rôle qu'il va jouer. Il se voit Premier ministre. Le temps de la revanche est venu. M. l'Archimignon ne perd pas un instant. Il est auprès de la reine. « Vous aurez tout loisir de pleurer quand vous aurez assuré l'avenir. Le roi n'a que neuf ans. Votre position est fragile. Les princes du sang sont prêts à vous contester la régence. Il faut les prendre de court… » Et c'est ce qu'il fait. Comme colonel général de l'Infanterie Epernon met sur pied quatre mille hommes du régiment des gardes qu'il place aux guichets du Louvre et dans les points stratégiques de la capitale. Il rameute ses chevau-légers et, fort de ce tintamarre, se rend chez le président Séguier qui n'est autre que le beau-frère de sa bonne amie Charlotte du Tillet afin de convoquer le parlement au couvent des Augustins en bord de Seine. Ensuite il galope à l'Hôtel de Ville et enjoint au prévôt des marchands et aux échevins présents d'assembler la milice. Epernon se remue comme un beau diable. Le voilà à présent dans la grande salle du parlement aux Augustins botté, éperonné, l'épée à la main. « Mon épée est encore au fourreau. Mais si avant de nous séparer on ne mettait ordre à la sûreté de l'Etat en déclarant la régence, je la tirerais à mon grand regret, contre les ennemis de la Couronne et remplirais Paris de sang et de confusion !… » Les parlementaires se regardent et contre les volontés du feu roi, qui voulait un Conseil de régence de quinze membres, attribuent tous les pouvoirs à Marie qui, en dépit des neuf ans passés en France, parle un français déplorable. Epernon espère gouverner en son nom.

Mais où est passé Concini durant ces tragiques événements ? Chez l'ambassadeur d'Espagne ? Sans doute car don Inigo de Cardenas vient de faire partir avant même que soit divulguée la nouvelle de la mort du roi différents courriers pour l'Espagne et aussi pour Bruxelles chez les archiducs. Chez la marquise de Verneuil qui devenue grosse, presque aussi énorme que la reine de dépit d'avoir été abandonnée, savoure en secret la bonne nouvelle ? Ou encore chez Léonora sa femme ? Il frappe à sa porte et à travers celle-ci lui crie : « *E ammazzato !* » On l'a assassiné ! Déjà court en ville le bruit que ce n'est pas à la porte de sa femme qu'il a glissé le message funeste mais à celle de la reine. En tout cas Concino ne perd pas de temps. Il regarde faire Epernon. Il apprend comment il faut couper l'herbe sous le pied de ses ennemis en se payant de culot.

Pourtant Epernon devrait trembler. Ravaillac, l'assassin du roi, est d'Angoulême, le fief du duc. Il est même de sa connaissance. Mieux, le duc l'a recommandé à Henriette de Verneuil. Mais où se trouve cette folle de d'Escoman qui a proclamé à qui voulait l'entendre qu'elle avait entendu la Verneuil et le duc lors d'une rencontre à Saint-Germain-de-Grève comploter la mort du roi ? Après avoir essayé d'ameuter la Cour et la Ville, on l'a coffrée à la Conciergerie pour abandon d'enfant.

Concino se remue comme un beau diable. Le

lendemain du meurtre du roi, il se rend au parlement. Il s'est glissé dans le carrosse de la reine. N'en est-il pas depuis deux ans le premier écuyer ? Sous bonne escorte l'enfant roi, vêtu d'un habit violet, les précède, monté sur une petite jument blanche. Marie, à l'inverse des reines de France qui prennent le deuil en blanc, est vêtue de noir. Elle portera le deuil quarante jours.

Le cortège traverse la Seine. Et lentement s'avance vers le couvent des Augustins. De partout montent les cris de « Vive le roi ! ». Enfin les officiers de la Couronne et les dignitaires pénètrent dans la grande salle du couvent. Les représentants de toutes les chambres du parlement y sont réunis. Ils ont revêtu leur robe rouge. Une flaque ondoyante de sang. La reine monte sur l'estrade, suivie par le roi à qui, avant qu'il ne prenne place sur le trône, elle fait la révérence. Viennent à sa suite les deux princes du sang présents dans la capitale : le prince de Conti et le duc d'Enghien, fils du comte de Soissons. Le prince de Condé passé chez l'Espagnol se trouve toujours à Milan, quant au comte de Soissons, il s'en est allé bouder sur ses terres en compagnie de sa femme, Anne de Montafié, le feu roi ayant interdit à cette dernière de porter un manteau brodé de fleurs de lys qu'elle avait fait confectionner à grands frais pour le couronnement de la reine. A un degré moindre se tiennent le connétable de Montmorency et les ducs et pairs de France, tout de suite en dessous les maréchaux. Le lit de justice commence par un discours bref de la reine que les membres du gouvernement lui ont rédigé.

Louis XIII prend ensuite la parole. Il récite en ânonnant les quelques mots qu'on lui a fait apprendre. Le président Achille de Harlay, l'avocat général Servin, parlent à leur tour. Puis l'arrêt est rendu qui confie la régence à Marie. C'est alors que de la foule des courtisans et des dignitaires s'élève une voix qui s'impatiente, reconnaissable entre toutes à son zézaiement. « Il faut faire descendre la reine. » C'est Concini. Comme si un serpent l'avait piqué, le président de Harlay se retourne. Il se souvient de l'algarade qu'il a eue avec le personnage quelques jours auparavant. Le prenant de haut il lui lance : « Il ne vous appartient pas de parler ici… »

Epernon, à l'écoute de tout, découvre que l'oiseau italien n'attend que le moment propice pour prendre son envol. Il regarde la reine qui ne lui paraît ni assez surprise ni assez affligée. Il sait l'assassin Ravaillac encore à l'hôtel de Gondi où on va le visiter comme un animal rare, demain on le transportera à la Conciergerie. Le président de Harlay voudra faire son important. C'est un gallican et lui Epernon est du parti des jésuites.

De l'autre côté de la salle, Concino Concini fixe le duc. C'est de lui qu'il a le plus à craindre. Pour les autres, les maréchaux, les ducs et pairs, les princes du sang qui ne sont que vanité et avidité, il sait comment calmer leur appétit. Bientôt il aura un titre français et des terres, bientôt il sera confirmé dans sa naturalisation ; et s'il sait jouer sa partie convenablement il entrera au Conseil. Qui sait, il gouvernera la France ? Il y songe. Dans son ombre une autre y songe encore plus fort que lui : Léonora.

Le procès de Ravaillac est promptement mené. Epernon, de peur qu'il ne se lâche, l'a fait transférer à la Conciergerie.

Le procès est instruit par une commission de parlementaires sous la présidence de M. de Harlay. Commence le cortège des interrogatoires ponctués par les supplices. Brodequins, poulies... A toutes les questions il répond qu'il n'a aucun complice ; que personne ne l'a inspiré. Voyant qu'on n'en tirera rien, les magistrats renoncent à poursuivre le procès. L'affaire est entendue.

Le 27 mai au matin, Ravaillac est tiré de sa cellule et conduit devant ses juges. Il écoute l'arrêt de la cour à genoux, un cierge à la main. On lui demande encore le nom de ses complices, il répond qu'il n'en a pas. On lui fait subir le supplice des brodequins et on le ramène dans sa cellule. Sur les trois heures de l'après-midi, on l'en retire. On le mène d'abord à la Sainte-Chapelle. On le fait monter ensuite dans un tombereau qui traverse une foule hurlante que les archers ont du mal à contenir jusqu'à la place de Grève. « A mort, à mort ! » entend-on crier. La foule veut s'emparer du prisonnier. Arrivé sur le lieu de l'exécution, on l'attache sur une claie et on lui tenaille le torse. Sur les plaies, on fait couler un mélange de poix et de plomb fondu. Un jeune homme dans la foule crie « Quelle cruauté ! ». Aussitôt on s'en saisit pour le pendre. La fureur est à son comble. Ravaillac demeure impassible. Il demande un prêtre. Celui-ci s'approche. Il voudrait l'absolution. Le prêtre dans un premier temps la lui refuse. Puis finalement la lui accorde. On le lie par les membres aux pattes de quatre chevaux. Les bêtes ayant trop attendu montrent peu d'entrain à s'emballer. Il faut les fouetter. Les membres du régicide se distendent. On entend les os craquer. Le sang jaillit. Ici s'en va une jambe. Là un bras. Le peuple rompant la barrière se précipite sur ce qui reste du corps. Le soir des suisses en cuisent un morceau dans la cour du Louvre. L'odeur de la viande grillée monte jusqu'aux appartements de la reine.

Ravaillac mort, chacun respire à la Cour. La mauvaise conscience est une contagion. Les moins coupables, les moins impliqués dans le complot, s'il y eut complot, se sentent soulagés. Aussi est-ce avec stupeur qu'on apprend que le prévôt de Pithiviers, à l'heure où Ravaillac commettait son forfait, s'était écrié que le roi venait d'être tué. On l'arrête. On le conduit à la Conciergerie. Et comme par hasard, alors qu'on s'apprête à faire son procès, on le retrouve pendu dans sa cellule avec le cordon de ses chausses.

Au parlement on sait à quoi s'en tenir. On suspecte les jésuites d'avoir trempé dans l'assassinat du roi. Aussi leur inflige-t-on un blâme en condamnant le livre de Juan de Mariana, un des leurs qui avait naguère hautement applaudi au crime du moine Clément – « un exploit insigne et merveilleux » – et qui prône toujours le tyrannicide, autant dire la mort des monarques opposés à l'expansion de la Compagnie. « Quelque faute qu'un des membres de la Société ait commise, pourvu qu'il ait beaucoup d'audace et de ruse et sache voiler sa conduite, l'affaire en reste là. »

Pas tout à fait puisque le président Achille de Harlay fait saisir le livre du jésuite espagnol. Le bourreau reçoit l'ordre de le brûler en place de Grève. Cependant le nonce, manipulé par la Compagnie et le père Coton, pousse des hauts cris. On transige. Le livre incriminé demeurera en cendres mais la Compagnie aura le droit d'enseigner la théologie dans son collège de Clermont à Paris. Par ailleurs, la reine confie le cœur du défunt roi selon son désir au collège de La Flèche.

Le corps du roi a été embaumé. On l'a placé ensuite dans un cercueil de plomb sur lequel a été posée sa figure en cire grandeur nature revêtue de son habit du sacre. Le catafalque a été dressé dans la salle des Caryatides. Les officiers de la Couronne l'ont servi comme de son vivant. Le quarantième jour on l'a porté en grand apparat à Notre-Dame et ensuite à Saint-Denis. Toutes les maisons de la capitale sont tendues de noir.

Quelques jours avant ces pompes funèbres, le duc d'Epernon avait couru à Compiègne où reposait depuis son assassinat son seul maître, le roi Henri III. Soit avarice, soit superstition car on lui avait prédit qu'il serait porté à Saint-Denis moins de dix jours après son prédécesseur, Henri IV ne s'était jamais soucié de faire rapatrier le corps d'Henri de Valois comme il l'avait promis.

Epernon se retrouve devant le parvis de la basilique. Le clergé de la nécropole royale ergote. Il pense que ce n'est pas à lui qu'incombent les frais de l'enterrement. Le duc le prend de haut. Finalement, il s'en va chercher ses gens qui se sont attablés à l'estaminet du coin. La chaleur, la piquette aidant, les voilà qui en titubant portent le cercueil royal et c'est en dévalant les marches du mausolée des Valois que Henri III s'en va retrouver enfin ses ancêtres.

Marie a regardé le convoi quitter le Louvre sans montrer le moindre signe de tristesse. Elle est reine. Elle est régente. Elle est toute-puissante. Son amie Léonora est auprès d'elle. Que demander de plus ?

XXIII

De la régente l'âme toute-puissante

Léonora ne paraît plus même chez la reine. Elle demeure claquemurée dans ses appartements. Son petit groupe d'Italiens l'aide dans ses *combinazioni* financières. L'agence Concini prospère de jour en jour. Pour ses divertissements, son luth et la voix mélodieuse du cher Andrea de Lizza lui suffisent. C'est à lui qu'elle confesse chaque matin ses superstitions de la nuit. Il l'absout d'une main en lui proposant de l'autre des babioles contre le mauvais œil. Quand elle reçoit le soir c'est pour partager entre Italiens des *gnocchi di parole*, ces traits d'esprit dont elle est friande et où elle excelle. Parfois elle se laisse aller et certains soirs où elle est mécontente de sa chère Marie, elle lui assène le beau qualificatif de *balorda*. Balourde exactement ! C'est qu'elle a la langue acérée et son esprit ne manque pas de rapidité. De temps à autre, elle se retire pour quelques jours dans son hôtel de la rue de Tournon afin d'y admirer ses dernières acquisitions.

Il lui faut à présent un titre, un marquisat ferait

bon effet. Pour elle d'abord, pour son époux ensuite. Elle veut une terre et le titre qui aille avec. En dépit de son nom de Galigaï, de ses fonctions à la Cour, elle appartient au peuple. On la plaisante, on se gausse d'elle. Un père menuisier, une mère blanchisseuse. Et maintenant qu'est arrivé de Florence son frère Sebastiano, qui grâce à elle a obtenu l'abbaye de Marmoutier, l'une des plus riches de France, remonte cette odeur de pauvreté qui la hantait jadis et la hante encore certains soirs. Le simple nom de Galigaï ne suffit plus à lui faire barrage. Il lui faut un marquisat, un duché, qui sait une princerie ?

En peu de temps, Concino est devenu conseiller d'Etat et entré au conseil des Finances, bien qu'il soit étranger. Léonora lui a fait obtenir la lieutenance générale du pays de Santerre et dans la foulée il est devenu gouverneur de Péronne, de Roye et de Montdidier. C'est là, entre la baie de Somme et Ham en Picardie, que Léonora doit trouver son domaine. Ancre est une belle terre érigée en marquisat trente ans plus tôt. Le vicomte de Brigueuil qui la possède en veut 330 000 livres, une véritable fortune. Léonora connaît la chanson à laquelle Marie ne peut résister. Un peu de bouderie, des révérences et le tour est joué. Le lendemain, on est en août, sont apportées 450 000 livres au secrétaire de Léonora Vincent Ludovici. Quinze jours plus tard l'affaire est conclue. Léonora est faite marquise et son Concino marquis consort.

Léonora prend très au sérieux son nouveau rôle. Elle commande aussitôt la construction d'hôpitaux et d'hospices, entretient les routes, finance les canaux des rivières.

Concini parade. Fait son important, parle de pair à compagnon avec les grands du royaume. Son marquisat lui est monté à la tête. Il laisse entendre au jeune duc de Guise que, comme il est comte de la Plume en Toscane, se retrouver marquis en France va de soi. Guise le toise de la tête aux pieds et laisse tomber : « Un comté de la Plume, un marquisat d'Ancre, il ne vous faut plus qu'un duché de papier pour assortir l'équipage… » Et de ce mot instantanément la Cour fait ses gorges chaudes.

Il paraît au jeu de la reine où il gagne mais plus souvent perd des sommes astronomiques. Il vit largement. Ce qui met Léonora hors d'elle. Elle le tance sévèrement. Il n'en a cure. « Vous n'êtes qu'une roturière. Vous ne comprendrez jamais rien à un grand seigneur. » Elle tient les cordons de la bourse. Quand elle refuse de lui avancer l'argent pour ses extravagances, il ne se gêne pas. Il subtilise un billet et imitant la signature de sa femme se fait verser par Lumagne ou Zamet la somme dont il a besoin. Ses grandeurs lui tournent la tête. Il voudrait être fait duc et pair. Marie n'y est pas opposée. Elle fait envoyer en Toscane le fils de son médecin pour aller chercher la généalogie des Concini. Les honneurs s'accumulent sur la tête du Florentin. Il a pour lui le charme de l'aventurier. Même le petit roi, certain jour, semble conquis par lui. Ce qui ne l'empêche pas de chantonner les couplets qui courent Paris sur les relations de sa mère et du fraîchement marquis d'Ancre. Cela lui vaut une bonne correction au martinet. Cependant, quand le roi entre dans une pièce la reine se lève toujours et fait la révérence : « Moins de révérences, Madame, et moins de martinets... » siffle Louis XIII entre ses lèvres.

On corrige le roi et on s'empresse d'aller le sacrer à Reims. La Cour prend son temps. On s'arrête au château de Montceaux construit par Catherine de Médicis et donné par la suite à Gabrielle d'Estrées. A sa mort Henri IV l'avait repris et, à la naissance du Dauphin, en avait fait cadeau à Marie.

Le séjour dure cinq jours. On chasse. On danse. Un jeune Florentin de jolie prestance que Concino aime à caresser fait merveille auprès du roi. Ce Zanobi Spini est expert à la chasse au vol et rien n'intéresse plus Louis que la fauconnerie. Galigaï a compris la manœuvre. La première, elle a deviné le caractère ambigu du jeune monarque en mal d'affection. Elle soupçonne même que pour tromper son monde, il joue les demeurés. Plus tard il confiera : « En ce temps-là je faisais l'enfant. » N'est-ce pas une parole qu'eût pu prononcer son aïeul Côme de Médicis ?

Marie n'aime guère ce fils. Elle lui préfère son cadet Anjou. Et l'enfant roi le sent bien. Il en bégaie de plus belle.

A Reims c'est une foire d'empoigne, malgré le strict cérémonial. Chacun prétend à une préséance. Guise cherche noise au duc de Nevers, Condé pour un cordon du Saint-Esprit a maille à partir avec le cardinal de Joyeuse qui, outré, quitte la place. Dans une tribune Galigaï ne perd rien de la cérémonie.

Elle sait qu'elle est unique dans ce monde prêt à s'entre-déchirer.

De tous les rois de la Chrétienté, le seul à être oint comme un évêque est le roi de France. C'est ce qui le met au-dessus de tous les autres monarques. De l'empereur même. Pourquoi pense-t-elle à ce moment-là à son mari ? Et s'il avait trempé dans la conjuration qui a entraîné la mort du roi Henri ? Elle n'a jamais aimé la Verneuil, ni Epernon, ni le doucereux père Coton. Son âpreté au gain l'aurait-elle aveuglée ? C'est que quand on est née pauvre il vous reste toujours ce besoin d'accumuler, d'accumuler sans cesse. Elle est une grande dame à présent, cependant ni son titre, ni ses pierreries n'éloigneront l'odeur de lessive de la bottega de la via Ghibellina.

Devenu premier gentilhomme de la chambre du roi, le marquis d'Ancre réclame un logement au Louvre. Le seul qui lui convienne est l'appartement du duc de Bellegarde, le grand écuyer. M. le Grand n'est pas homme à se laisser dépouiller. Il tempête. Le mot de faquin est lancé. Concini envoie ses témoins et dans le même temps prend le large. Il se réfugie à l'hôtel de Rambouillet après avoir quitté ses collerettes en dentelle et son pourpoint en soie pour ne pas être reconnu. On le cherche partout. Léonora aux cent coups essaie de faire parler ses domestiques. Personne ne sait où le marquis se trouve. Dans ce grand Louvre qui vit tant d'assassinats, un mauvais coup est si vite arrivé. Elle va même jusqu'à interroger le favori de son mari, le jeune Zanobi Spini. Fidèle à son maître le jeune homme se tait. Il lui en coûtera son retour en Toscane. Concini, qui avait deviné les goûts italiens du roi, l'avait introduit auprès de lui comme un possible favori. Spini renvoyé, Luynes peut désormais paraître.

Enfin on retrouve le marquis. Le comte de Soissons règle le différend. Bellegarde conserve son logis. Lors de cette affaire, Concino a pu juger de ses partisans. Il a eu pour lui le duc de Nevers, le jeune duc de Longueville, le duc d'Aiguillon ; contre lui le duc d'Epernon et le duc de Guise. Il s'incline devant Bellegarde. Un an plus tard, il reçoit de la reine un terrain au coin de la rue d'Autriche et du quai au Foin, jouxtant le Louvre. Il y fait élever aussitôt une maison. Par un petit pont franchissant les fossés du palais, il peut se rendre chez la reine sans passer par les postes de garde.

Léonora, tapie dans l'ombre, devient la tête politique du ménage. Elle comprend que le Grand Conseil n'est qu'une foire d'empoigne où les grands n'agissent qu'en fonction de leurs intérêts. Les rivalités les divisent. Concini entretient cette division. Cette politique le sert autant qu'elle sert la reine. Il va jusqu'à faire croire qu'il est l'amant de celle-ci. C'est à dessein qu'à plusieurs reprises on le voit sortir en tenue négligée des appartements de la souveraine, faisant semblant de renouer son aiguillette. Paris aussitôt chantonne :

Si la reine allait avoir
Un joujou dans le ventre
Il serait bien noir
Car il serait d'Ancre.

Louis XIII reprend la ritournelle. Marie donne l'ordre de fouetter son fils. Louis siffle entre ses dents : « Je m'en souviendrai... »

Des libelles sont placardés dans le Louvre. Marie par amitié pour Léonora ne dit rien.

Bientôt dans le cabinet de la reine s'installe au pied levé un conseil secret. Seuls les intimes y figurent. Concini, Léonora évidemment, mais aussi Villeroy, le père Coton, le chancelier de Sillery et plus inquiétant, l'ambassadeur d'Espagne, don Inigo de Cardenas, ainsi que le nonce du pape. Un conseil bien étrange, unique, qu'on ne reverra jamais plus dans l'Histoire, où siègent un représentant de l'ennemi héréditaire de la France et celui du pape, et dont le premier soin est le renvoi du duc de Sully, le plus fidèle serviteur de l'Etat et de feu son maître, le roi Henri.

Les tas d'or et d'argent entreposés à l'Arsenal et à la Bastille sur lesquels dort le grand maître de l'Artillerie sont partiellement partis en fumée pour calmer l'appétit des grands. Les tenir en lisière. Le prince de Condé, revenu de chez l'ennemi, a avalé des sommes incroyables. Condé et à sa suite Soissons et tous les autres dont Epernon, qui sait bien trop de choses et qu'il faut museler. Et puis il y a le couple Concini qu'on doit récompenser et dont il faut entretenir l'esprit d'entreprise. Sans sa chère Léonora, que ferait Marie ? Elle n'ose y songer. Cependant, dans son comportement, la reine a changé du tout au tout. Elle qui ne s'intéressait qu'à des babioles, qui était trop paresseuse pour fixer son attention sur les choses de l'Etat au désespoir de son mari, se fait à présent tout expliquer, prend des décisions. Elle enterre le Grand Dessein du défunt roi mais ne laisse pas pour autant pendante l'affaire des successions de Clèves et de Juliers.

On en est là quand la demoiselle d'Escoman est tirée de son cachot où elle languit depuis deux ans pour avoir abandonné son enfant sous le porche d'une église parisienne.

La d'Escoman a servi chez la marquise de Verneuil, puis chez la demi-sœur de celle-ci, Mlle de Chantemesle, enfin chez la bonne amie du duc d'Epernon, Mlle du Tillet. Elle a fait des va-et-vient entre ces personnes portant ici une bourse, là une lettre. Elle essayait de survivre dans ce Paris où règnent le spadassin et l'intrigue.

A peine sortie de sa prison de la Conciergerie au début de janvier 1611, la d'Escoman sollicite un entretien avec la reine Marguerite. Ce qu'elle a à lui confier est de la plus haute importance. Margot la reçoit. La demoiselle raconte tout ce qu'elle sait, tout ce qu'elle a vu. Et accuse la marquise de Verneuil et le duc d'Epernon d'avoir comploté la mort du défunt roi. Marguerite est bouleversée. Elle lui demande de revenir le surlendemain. Marguerite prévient la reine Marie. Quand la d'Escoman revient, elle réitère ses accusations, donnant d'autres détails. Le duc d'Epernon, le président Jeannin, ainsi que des proches de la reine sont cachés derrière une tenture. A un moment Epernon, n'en pouvant plus, bondit dans la pièce. La demoiselle ne se démonte pas. « Non, non ! C'est bien vous que j'ai vu en compagnie de la marquise dans l'église Saint-Jean-de-Grève. » Le président Jeannin à son tour paraît. « Quel mobile vous fait agir maintenant ? – J'ai frappé à toutes les portes mais personne n'a voulu m'entendre… Maintenant c'est pour délivrer ma conscience… »

Le soir même, elle est arrêtée et conduite à la Conciergerie. De sa cellule, elle accuse la marquise de Verneuil d'avoir fait assassiner le prévôt de Pithiviers. On la confronte à Mlle du Tillet. Et aussitôt les deux femmes en viennent aux insultes et bientôt aux mains. La d'Escoman livre des détails croustillants sur la vie amoureuse de Mlle du Tillet. Alors paraît un valet de cette dernière qui avoue avoir vu chez elle l'assassin Ravaillac. La gazette du Palais se fait l'écho de ces passes d'armes. Le procureur Le Guesle, qui sent le vent tourner, demande que la d'Escoman soit condamnée sans plus attendre pour fausse monnaie et sorcellerie. Autant dire au bûcher. Achille de Harlay, hors de lui, rabroue le procureur. Il lui demande de sortir du prétoire. C'est alors que l'avocat général Servin demande l'arrestation du duc d'Epernon. Epernon arrêté ? C'est un bien trop gros poisson ! Il faut attendre. Cependant, mis au courant de la proposition de l'avocat général, le duc menace de le tuer.

Le jour suivant, un grand carrosse s'arrête devant l'hôtel que s'est fait construire place Dauphine le président Achille de Harlay. La marquise de Verneuil en descend. Elle n'a rien perdu de sa morgue ni de son aplomb. Elle est simplement méconnaissable. La graisse l'a envahie. Et c'est avec difficulté qu'on l'extirpe de sa voiture. Le président va l'interroger durant cinq heures. La reine s'inquiète. Elle fait demander par un messager de confiance au président de Harlay ce qu'il pense de ce procès : « Vous direz à la reine, répond Harlay, que Dieu m'a réservé de vivre en ce siècle pour voir et entendre des choses étranges que je n'eusse jamais cru pouvoir voir, ni ouïr de mon vivant. »

Des preuves lui demande-t-on ? « Des preuves mais il n'y en a que trop ! » répond le vieil homme.

Le duc d'Epernon perd son sang-froid. Il ne sait plus à qui se fier. Il fait le siège du président Séguier, le beau-frère de Mlle du Tillet. Séguier l'éconduit avec de bonnes paroles. Les interrogatoires s'éternisent. N'y tenant plus, le duc force la porte du président de Harlay. Il est botté, éperonné. D'un regard, le président lui signifie qu'il n'est pas chez lui en terrain conquis. Le duc demande au président s'il détient quelque chose contre sa personne. « Je n'ai rien à vous dire. Je suis votre juge. — C'est en ami que j'ai pris la hardiesse de venir... — Je n'ai pas d'amis. Je vous ferai justice. Contentez-vous de cela... »

De jour en jour l'affaire se révèle si grave que les magistrats décident de tenir les interrogatoires secrets. Cependant les ambassadeurs vénitiens qui ont des espions partout renseignent le public ; ainsi apprend-on que Mlle du Tillet a rencontré l'assassin Ravaillac. Qu'elle l'a logé dans une dépendance de son hôtel. Trop de hauts personnages sont en cause. La cour décide d'ajourner la sentence.

Le président Achille de Harlay, vu son grand âge,

est remplacé par le président de Verdun, une créature de la Cour. L'affaire est enterrée. Epernon se démène pour que la d'Escoman soit condamnée à mort. Il n'obtient pas cette sentence. Elle est reconduite dans son cachot de la Conciergerie où un évêque de grande prestance vient aussitôt la visiter. C'est le jeune évêque de Luçon et on parle déjà beaucoup de lui à la Cour. Armand du Plessis de Richelieu voit loin. L'affaire de cette demoiselle d'Escoman pourra peut-être un jour le servir. Il sait prévoir.

XXIV

Jusqu'où ne monteront-ils pas ?

Armand du Plessis de Richelieu, évêque de Luçon, est un grand seigneur. Il en possède les manières ainsi que le ton cassant qu'il a hérités d'une grand-mère Rochechouart. C'est un bel homme rompu aux exercices des armes et du cheval qu'on lui a enseignés à l'académie de M. de Pluvinel sise rue Saint-Honoré. On voulait faire de lui un homme de guerre. Le sort en décida autrement. Le voilà évêque, et de l'évêché le plus crotté de France.

M. de Luçon sait également comment troubler les femmes. On lui prête des aventures, ce qui n'est pas pour déplaire aux dames. Il regarde. Jauge. Essaie d'entrevoir son chemin dans cette jungle qu'est la Cour. Il est gallican mais auprès d'une reine bigote, ultramontaine, et entièrement à la main de l'Espagne, il dissimule ses convictions. Il n'aime pas les jésuites. Cependant il caresse le père Coton qui se répand en éloges sur lui. A la mort du roi Henri, il s'en est fallu de peu qu'il ne fût choisi pour prononcer son oraison funèbre.

Luçon a pris un logis à Paris. Une petite maison non loin du Louvre trouvée par Mme de Bourges, modestement meublée. L'hôte n'en est pas moins glorieux. Soie violine et rabats de dentelle : on sent son élégant. D'où il est posté, il observe.

En cette saison, le climat de la Cour est meurtrier. On y croise des spadassins en plein jour. On s'y égorge sans façon. Concini n'y entre et n'en sort que précédé par une centaine de gardes de tous poils qu'il appelle ses petits couillons à 1 000 livres.

Les princes sont agités. Le baron de Luz, un ancien conspirateur, un homme à la solde du prince de Condé, conseille à Concini d'enlever le gouvernement de la Bourgogne au duc de Bellegarde. Bellegarde allié à Epernon et aux Guises relève le défi. Le chevalier de Guise tue de Luz à la porte du Louvre. Non seulement Condé n'aura pas le gouvernement du château Trompette, la citadelle de Bordeaux, mais les Guises reçoivent 100 000 écus, le chevalier assassin la lieutenance de la Provence et le duc de Bellegarde l'héritage du mort. Condé et Concini quittent la Cour, suivis des duc de Mayenne et de Bouillon. Est-ce une guerre civile qui s'annonce ? La reine régente est désarmée sans Concini. Elle convoque son amie d'enfance. Que faire ? Il a tout. Il est marquis. Il est couvert d'or. Le maréchal de Fervaques vient de mourir. Eh bien, le marquis d'Ancre recevra le bâton de maréchal du défunt. Sans avoir jamais commandé une bataille ? Qu'importe !

Autour de la reine régente, Luçon n'entend qu'un gazouillis d'italien. Les pépiements de la *camarilla* de la reine. Comment y accéder ?

S'il ne peut arriver par la régente, chez qui il sent une réticence à son endroit, ou par son favori Concini auprès de qui il déploie une panoplie de bassesses qui révulse intérieurement le grand seigneur qu'il est sans aboutir à rien, il ira se frotter à la sorcière de nouveau retombée dans les mains du juif Montalto.

Elle vient d'acheter les terres et la demeure de Lésigny-en-Brie pour 95 000 livres. Aussitôt Marie accorde un don de 100 000 livres à son amie.

Luçon connaît l'influence que cette femme a sur la Médicis. Il l'a aperçue à plusieurs reprises dans le Louvre ou à Fontainebleau. Fuyant le monde, recherchant la solitude et l'obscurité. S'il est à peu près certain que son mari a joué un jeu dangereux avec la marquise de Verneuil et l'Espagne, il doute que la Galigaï, trop prudente, se soit livrée à de pareilles intrigues. Elle n'est pas plus friande que lui de l'Espagnol mais la reine ne jure que par cette nation.

L'évêque de Luçon est introduit dans le cabinet de la marquise. La lumière perce à peine. Une voix dolente au fort accent italien lui demande d'approcher vers l'alcôve. Il y découvre la Galigaï. Depuis le matin, elle se sent lasse mais elle n'a pas voulu remettre leur entrevue. On lui a conté tant de choses à propos du jeune évêque. Comment, par la défection d'un frère aîné à qui revenait l'évêché mais qui préféra entrer chez les chartreux, il fut obligé, pour ne pas laisser échapper cette prébende, se faire prêtre. On lui a raconté aussi son échappée à Rome. Ses rencontres quasi journalières avec le superbe cardinal de Joyeuse ; celui-là même qui, le jour du sacre à Reims, s'était excusé de ne pouvoir recevoir le Saint-Esprit car c'eût été un mauvais service à rendre au roi que de juger sur la préséance entre lui et Monsieur le Prince. Tous les cardinaux de tous temps devant précéder les princes et les souverains à l'exception des rois.

Le jeune Richelieu avait également trompé tout son monde, et le pape le premier, annonçant vingt-quatre ans – âge auquel on peut devenir évêque. Le pape Borghèse, qui avait débusqué en lui le renardeau, avait compris la tricherie, mais s'y était laissé prendre de bon cœur. Quand le nouvel évêque était venu lui confesser son mensonge, loin de le morigéner, il avait déclaré en souriant : « Ce garçon fera un grand fourbe ! »

Galigaï et le jeune évêque prennent leur temps. Ils sont là dans l'ombre, silencieux, à se jauger. Luçon ne peut encore discerner lui-même combien sa nature profonde est soumise à l'ambition. Galigaï, elle, a deviné son inclination. Il n'est pas temps encore de le dessiller. Luçon de son côté comprend instantanément que cette moricaude, quoique vénale, possède une vision du monde politique qui s'étend bien au-delà de ses sacs d'or et de ses rapines. Au milieu d'affaires très embrouillées, elle renseigne le grand-duc de Toscane sur les intrigues de la cour de France. Elle touche des pots-de-vin qui lui viennent du duc de Savoie et du roi d'Espagne. Joue sur les deux tableaux. Met dans la tête de la reine régente que le roi ne peut épouser que la plus âgée des infantes, dona Ana. Elle fait la petite bouche devant les sommes proposées par Madrid pour ses bons offices. Un courrier part ventre à terre et informe Madrid que la marquise serait soudainement devenue hostile aux mariages espagnols. S'il ne s'agit que d'une ou deux caisses de doublons, elle les aura. Il sait aussi qu'il s'en est fallu de peu que Concini ne soit pris la main dans le sac. Une mauvaise affaire où le marquis est convaincu d'entretenir des relations avec un certain Maignat, agent du duc de Savoie. Bassompierre intervient et le fait rayer de la liste des suspects. L'agent secret est condamné à mort et exécuté.

Luçon n'est pas un inconnu à la Cour. Lors du carême de l'année précédente, le 18 mars précisément, il a prêché devant le jeune roi en l'église Saint-André. C'était quelques semaines avant que ne soit signé le double contrat de mariage.

Il assiste au carrousel de la place Royale. C'est ni plus ni moins un monsignor de cour qui se glisse et s'insinue, seul son regard perçant détrompe dans l'instant celui qui le croise. C'est qu'il y a du rapace chez l'évêque.

Il figure aussi parmi les invités au bal somptueux que la reine Marguerite donne le 26 août 1616 dans sa maison d'Issy pour le duc de Pastrana, ambassadeur d'Espagne et négociateur du double mariage royal. Margot a revêtu une robe de toile d'argent constellée de diamants. Une fois encore, elle se lance et voilà l'incorrigible princesse troussant un rigodon. En quelques secondes, alors que l'assistance est prête à pouffer, comme par magie le miracle s'opère : la grosse dame, malgré son embonpoint, ses perruques extravagantes, ses ridicules à vouloir traquer une jeunesse qui l'a définitivement fuie, laisse entrapercevoir ce qu'étaient ses grâces d'antan. Elle qui avait veillé toute une nuit le corps d'Henri IV son unique époux dans la salle des Caryatides, donnait dans cet ultime pas de danse une leçon d'histoire. Les Valois tiraient leur révérence en beauté.

Luçon fut peut-être le seul à percevoir dans cette assemblée de grands qui, sous leur pourpoint, dissimulaient un couteau pour se tailler un fief, tout le sens de cette fête. Lui, mais aussi la toute nouvelle maréchale d'Ancre. Le lendemain les casaques des valets de Concino portent la devise « *Tutus ab alto non timet infra* ». Protégé d'en haut je ne crains rien d'en bas.

Au contraire, il a tout à craindre. Les princes sont en révolte. Le bâtard de Vendôme est emprisonné au Louvre tandis que la princesse Elisabeth y danse le *Ballet de Minerve* pour célébrer son mariage avec le prince des Asturies. Le son des luths à peine éteint, le duc de Vendôme se fait la belle. Il rejoint la Bretagne. Et s'empare de Vannes. Les princes en rébellion courent la campagne. A Sainte-Menehould, au bout d'un mois de tractations, on signe un traité qui coûtera un demi-million de livres à la régente.

Froissement de soie. Il est temps de lever le siège. On apporte son souper à la marquise, un peu de poulet bouilli avec quelques légumes, mais le tout est servi dans des écuelles d'or pour lui réjouir l'âme. Elle est un étrange mélange d'avarice et de luxe. De fourberie et de loyauté. Ne disait-on pas qu'elle était intervenue personnellement auprès de l'évêque de Paris pour que Côme Ruggieri puisse être enterré en terre chrétienne ? Malgré ses suppliques, le corps de l'astrologue de feu la reine Catherine fut jeté à la voirie.

XXV

Et le jeune roi ?

Louis dissimule. Il déteste tous les Italiens qui grouillent autour de sa mère. Et l'on est en droit de se demander s'il a quelque sentiment pour celle-ci. Depuis qu'il est petit, elle ne l'a jamais embrassé. Alors qu'elle dispense ses tendresses à son frère Gaston. Il aimait son père ; on le lui a assassiné. Il a entendu les bruits qui ont couru autour de cet attentat. Mais n'en a rien laissé soupçonner. Il fait l'enfant. Il l'avouera plus tard. Il préfère qu'on le prenne pour un benêt plutôt que de risquer le fer ou le poison. Il est de complexion fragile mais il se force à dompter sa nature. Il est devenu en quelques leçons un des meilleurs cavaliers de son temps. Il saura se montrer brave, le temps venu. Pour l'heure, il ronge son frein.

Il a regretté le départ du jeune Italien qu'on lui avait procuré. Ensemble, ils étaient passés maîtres en l'art de tendre des filets, de leurrer les oiseaux, de dresser les faucons. Mais la Galigaï l'a fait renvoyer. Aussitôt un autre familier de sa volière s'est présenté, Charles d'Albert de Luynes.

C'est un gentilhomme de mince noblesse qui tire ses origines de la pléthorique famille des Alberti de Florence à laquelle appartenait le célèbre architecte du même nom. Son père Honoré d'Albert, surnommé le « capitaine Luynes », a figuré aux temps des guerres de Religion. Au fil du temps, ils sont devenus des Provençaux. Le capitaine Luynes envoya à la Cour pour y faire fortune ses trois fils, de grands et beaux gaillards. L'un deviendra, en épousant la dernière des Luxembourg, duc de Luxembourg-Piney ; quant au dernier, il sera duc de Chaulnes. Charles deviendra connétable et duc de Luynes.

Charles a belle allure. Il plaît au jeune roi qui le nomme aussitôt gouverneur des « Oiseaux du cabinet ». La présence des volatiles dans les appartements du jeune monarque autorise, exige même la présence de l'oiseleur. Des oiseaux aux affaires, il n'y a qu'un coup d'aile ; des affaires aux dignités, il n'y en a guère plus qu'un autre. Encore quelques mois et notre gentilhomme provençal deviendra gouverneur du château d'Amboise. Il faut un capitaine au château des Tuileries ? Ce sera Luynes. Cette fonction lui octroie un appartement en dessous de celui du roi.

D'instinct, le roi aime la chasse. Fauconnerie, vénerie, tout l'intéresse. Il vole le milan dans les plaines de Grenelle ; fait lever les lapins par ses petits lévriers dans les fossés des Tuileries ; il s'en va courre le cerf dans la forêt de Saint-Germain ; et, jusque dans ses appartements, il fait poursuivre de petits oiseaux par des perroquets ou des pies-grièches dressés à cet effet. Luynes caresse son élève d'un œil attendri. Le soir il va le retrouver dans ses appartements ou c'est le roi qui monte dans le petit logement qu'il occupe dans les attiques. Une amitié vient de naître. Personne ne s'en doute.

Le jeune roi voyage. Il va à Nantes ouvrir le parlement de Bretagne. A Paris, les états généraux. Il a atteint sa majorité. Il écoute attentivement le discours de l'évêque de Luçon. On le lui a signalé comme étant de la clique des Concini.

Chacun à la Cour fourbit ses armes : les princes entendent faire sécession pour montrer leur désaccord avec la politique espagnole de la reine et par la suite monnayer chèrement leur ralliement ; les dames, elles, préparent leurs robes, leurs capes, leurs tenues d'apparat. La maréchale d'Ancre n'est pas la dernière. On dit qu'au Petit-Luxembourg une centaine d'esclaves turcs travaillent à lui broder une robe en toile blanche parsemée de brillants. Et tandis que les jeunes Turcs tirent l'aiguille, la Galigaï fait monter les enchères. C'est qu'elle a la haute main sur la composition de la maison de la future reine de France. Des dames d'honneur aux femmes de chambre, jusqu'au chef de gobelet et ses deux acolytes. Elle touche un dessous-de-table sur chaque emploi. Après avoir rayé d'un trait de plume le nom de l'aumônier que veut imposer la cour d'Espagne, elle ajoute : c'est au roi à y mettre un prélat français. « *Dio !* Où avais-je la tête ? J'allais l'oublier ! » s'écrie-t-elle. Et avec fougue elle griffonne un nom. Voilà Armand de Richelieu, évêque de Luçon, aumônier de la jeune reine infante.

Survient la nouvelle de la mort de la reine Marguerite qui plonge la Cour dans une grande tristesse. Cette princesse avait vécu à grand fracas ; elle s'éteint à bas mot. A peine eut-elle le temps de mettre la dernière main à son « Discours docte et subtil dicté promptement par la Reine Marguerite » qu'aussi promptement elle s'éclipse le 27 mars 1615 pour rejoindre ses ancêtres Valois dans leur mausolée à Saint-Denis.

La Cour prend le deuil et le roi le premier.

Les préparatifs du voyage se poursuivent. C'est qu'il faut bien aller marier l'infante que le duc de Mayenne magnifique et constellé de diamants est allé chercher à l'alcazar de Madrid. Et puis accompagner la princesse Elisabeth jusqu'à la Bidassoa pour y épouser le prince des Asturies. Les princes sont en révolte ? La noce se fera sans eux.

La reine s'est rendue en compagnie du roi à la Bastille pour puiser dans les réserves du Trésor. Quarante caisses contenant 30 000 livres chacune que l'on entasse dans des chariots. Cette somme énorme doit servir aux cérémonies des mariages, aux fêtes, aux armées qui doivent protéger le déplacement.

Léonora rechigne à suivre la Cour. Sa santé est de nouveau précaire. Elle a fait dernièrement de nombreuses rechutes malgré la présence constante d'Elie Montalto. A présent on la tient pour une véritable folle.

On lui a rapporté que son mari fait courir ce bruit pour l'enfermer et se remarier avec une Vendôme.

Son fils Henri n'ayant pu épouser la fille du comte de Soissons, un prince du sang, il se contentera d'une bâtarde. Il espère de surcroît l'épée de connétable. A tout dire il veut voler de ses propres ailes.

Léonora voudrait retourner à Florence. Profiter tranquillement de ses rapines. Pourquoi continuer à être perpétuellement sur ses gardes, à serpenter entre les partis ? Pour un mari qui vous dit folle et veut vous faire enfermer ! Qui vous trompe pour un de ses *coglioni di mila franci* à moins que ce ne soit pour une de ces putains qui se pavanent dans la grande galerie du Louvre ! Il ne la touche plus depuis longtemps. Il prétexte tantôt une sciatique, tantôt une hernie. Elle-même s'y était laissé prendre : le voyant l'année précédente arriver au Louvre en litière, elle s'était écriée à ceux qui voulaient l'aider à en descendre : « Gardez-vous de le blesser ! »

Montalto a été obligé d'intervenir pour qu'on ne la relègue pas dans un couvent. Le médecin juif a depuis longtemps délaissé son logis de la rue de la Poterie pour s'installer dans l'enceinte du Louvre. Il a été nommé médecin ordinaire de la reine régente qui, pour son amie d'enfance, et sachant de quelle utilité il était auprès d'elle, en a écrit au pape. Un juif au Louvre !

C'est dit, Léonora ne fera pas le voyage de Guyenne. Elle est à bout de nerfs. Elle le fait savoir à Marie. Celle-ci, aussitôt, force les portes de son appartement. Comment une amie si chère peut-elle l'abandonner en de telles circonstances ? Quand tout ce qu'elle a fait, tout ce qu'elle a si longtemps espéré se réalise ? La double alliance de la France et de l'Espagne ? Marie crie, tempête et fait si bien que Léonora ne peut que suivre le train.

Les robes sont soigneusement pliées dans les coffres ; les bijoux rangés dans les cassettes ; on fait atteler les trois grands carrosses. On y enfourne tous les bagages et le juif Montalto avec.

Montalto n'est plus très jeune. Il ménage ses forces. Aussi se fait-il accompagner dans ce voyage par Moïse, l'un de ses fils. Il espère pouvoir s'arrêter à Tours où réside un de ses disciples.

Le roi, la reine mère, Madame Elisabeth suivis de toute la Cour quittent Paris pour la Guyenne en cette fin d'août. Le 17 de ce mois ils sortent de Paris. Par Etampes et Pluviers la Cour s'avance vers Orléans, le 22 elle est à Beaugency. Le roi chasse en route. A Amboise, Luynes, qui a le gouvernement de la ville et du château, en fait les honneurs. Ensuite c'est Tours puis Plessis et, par Châtellerault, enfin Poitiers. Une subite indisposition de la princesse et de la reine Marie retient un mois la Cour dans cette ville. Et tandis que la princesse sue sa petite vérole, le roi continue à chasser au vol avec Luynes.

On signale cependant dans la région des hordes de protestants qui n'attendent que le moment propice pour faire le coup de force. Le duc de Rohan et ses troupes taillent des croupières au convoi royal. Marie n'est jamais mieux que dans le danger. Elle décide, aussitôt rétablie, d'aller visiter les villes dissidentes. Abandonnant la route de Bordeaux, le roi et la Cour se dirigent sur Toulouse en passant par les places protestantes, Montauban, Lectoure, Nérac. Par voie d'eau ensuite, en descendant la Garonne, ils gagnent Bordeaux. Ils y arrivent le 7 octobre, en pleines vendanges. Malgré le désir du roi d'y entrer à petit bruit, la foule massée au port crie : « Vive le roi ! » C'est la liesse. Le roi, la reine Marie, les grands du royaume qui ne sont pas passés à la révolte, sans oublier Léonora, flanquée de son Elie Montalto, demeureront à Bordeaux jusqu'au mariage, qui aura été célébré une première fois par procuration dans la cathédrale de Burgos. Ainsi sera-t-elle déjà reine quand Luynes la saluera à la frontière en lui remettant une lettre du roi. L'étoile de Luynes monte de jour en jour. Dix jours plus tard, le cardinal de Sourdis, archevêque de Bordeaux, célèbre conjointement le mariage du roi avec l'infante et de Madame Elisabeth avec le prince des Asturies. Le duc de Lerme tenant la place de l'infante et le duc de Guise, celle du prince d'Espagne.

C'est le moment des adieux. Madame Elisabeth, princesse des Asturies, est en larmes. Louis XIII pleure aussi. Don Inigo de Cardenas presse le départ. Les larmes ne sont pas coutume d'Espagne. Et c'est l'œil sec et fier que ce diplomate, qui a négocié les deux mariages pour rompre ces tendresses, s'écrie : « Allons, allons, Princesse d'Espagne… » Les carrosses de la princesse des Asturies s'ébranlent et c'est par la porte Saint-Julien qu'ils quittent la ville.

Depuis l'arrivée de la Cour, Bordeaux est en fête. Les oriflammes claquent au vent. On brode et rebrode les fleurs de lys d'or au manteau que portera la nouvelle reine. Le roi et sa mère sont logés à l'archevêché. Louis y a fait venir ses oiseaux et ses arquebuses. Il fait voler ses émerillons. La reine mère surveille les moindres détails des préparatifs. Léonora, terrassée par de nouvelles vapeurs, demeure allongée au fond des appartements qu'on lui a alloués. Ses espions la tiennent au courant des agissements du roi et, quand on lui apprend qu'il s'adonne à faire du massepain, elle ne peut réprimer un sonore : « *Cretino !* » Digne fils de cette reine balourde.

C'est alors que parviennent à Bordeaux des nouvelles peu rassurantes. Les princes et, à leur tête, le premier d'entre eux, le prince de Condé qui se sont mis en campagne après avoir mis à sac la Picardie ont atteint les bords de Loire. Quant à Vendôme, il lève des troupes en Bretagne. Le maréchal d'Ancre cependant en profite pour reprendre Clermont-en-Beauvaisis. La Cour célèbre ce succès comme s'il s'agissait d'un triomphe. Le roi laisse tomber quelques mots aimables bien qu'il sache que Concini a tenté au début de l'année de faire renvoyer Luynes. L'Italien se méfie de l'ascendant du fauconnier sur le roi.

XXVI

Où est passé le cardinal ?

L'infante reine s'avance vers Bordeaux. Son mariage est prévu pour le 25 novembre. C'est à ce moment que l'on s'interroge sur la disparition de Mgr de Sourdis. Où est passé le cardinal ? Et à cette question personne ne peut répondre. Disparu, évaporé, ce prince de l'Eglise. Point. Le cardinal a pris la poudre d'escampette.

Un gentilhomme, le baron de Hautcastel, parent de M. de Thémines, a été incarcéré et condamné à mort. Le cardinal de Sourdis a demandé à la reine mère de faire élargir le prisonnier. La reine refuse. Elle ne saurait passer outre à l'arrêt prononcé par le parlement de Bordeaux. Fort mécontent, le cardinal demande son cheval, rassemble une troupe de gardes, et, croix en tête, se dirige sur la prison. Il en force la porte. Tue ou fait tuer le gardien, libère Hautcastel. L'affaire est aussitôt portée à la connaissance de la reine mère qui, de fureur, en écrit au pape. Le parlement cite le cardinal. Plus de cardinal, plus de Hautcastel. Mgr de Sourdis s'est réfugié dans un de ses châteaux.

Mgr l'évêque de Saintes, suffragant de Bordeaux, est requis pour célébrer la messe *in pontificalibus*, étant le doyen des évêques de France. Le roi éloigné de Luynes tourne en rond. La reine infante est annoncée au matin du 21 novembre. Le roi décide aussitôt d'aller respirer le parfum de cette jeune beauté. On lui selle un cheval et, en compagnie du duc d'Epernon, il galope à sa rencontre. Les carrosses de la reine infante sont en vue. Le duc d'Epernon met pied à terre et salue la jeune reine. Quinze ans, un teint de porcelaine. Toute blonde avec ses larges yeux bleus, elle regarde l'archimignon lui faire une révérence d'un autre âge. Tout se démode dans les cours même les révérences. Et tandis que le duc, malgré une sciatique qui le fait horriblement souffrir, s'exécute une troisième fois, elle aperçoit le bout de chou grimpé sur son cheval blanc qui lui lance gaiement en se montrant du doigt dans un mauvais espagnol : « *Yo son incognito, yo son incognito* » et qui repart aussi prestement, tout ragaillardi, vers Bordeaux.

La reine infante entre à sa suite dans la ville. La princesse de Conti va la chercher au bas du carrosse pour la conduire dans l'antichambre où a été dressée une estrade. La princesse remet la jeune reine à la reine régente. Toutes deux entourent le roi. La reine Marie à sa droite, la reine Anne à sa gauche. La Cour se presse pour saluer Leurs Majestés mais en fait n'a d'yeux que pour la petite reine. Comment ce jeune puceau sautera-t-il l'obstacle de sa première nuit ?

Ce sera facile alors aux grands et aux princes et à Monsieur le Prince en premier de faire annuler le mariage pour non-consommation. La reine Marie qui, en bonne Italienne, a plus d'un tour dans son sac, y a déjà pensé.

Le lendemain, à la toilette, le roi se glisse chez sa femme et en même temps pas tout à fait femme. Il y demeure une heure. Soudain, elle a besoin pour sa coiffure d'une plume rouge pour relever les siennes blanches. Le roi lui présente son chapeau. « Prenez-en une de cette couleur. En contrepartie, donnez-moi un de vos nœuds incarnats. » Il l'applique aussitôt à son chapeau. Cela est galant et ne mange pas de pain. Cependant, aux yeux d'une cour affolée de potins, amplifié, cela devient le signe d'un grand amour naissant.

Le surlendemain, pour tromper le temps, le roi va aux canaux en compagnie de Luynes et de ses frères Cadenet et Brantes faire voler le Bonhomme, un de ses faucons favoris.

Le 25 novembre, les portes de la cathédrale s'ouvrent pour laisser passer le couple royal. Le roi est vêtu d'un habit de satin blanc rebrodé d'or. Capet et fraise font partis de l'ensemble. Au cou pendent les colliers du Saint-Esprit et de Saint-Michel. Il porte en agrafes et en sautoirs les plus magnifiques joyaux de la Maison de France. Leur splendeur fait pâlir l'ambassadeur d'Espagne. Il avance gravement en tenant par la main sa petite reine qui a endossé pour l'occasion le long manteau en velours cramoisi parsemé de fleurs de lys d'or et doublé d'hermine. La duchesse de Guise douairière, la princesse de Conti et Mlle de Vendôme en tiennent la queue. Elle est coiffée de la couronne fermée des lys. La reine Marie marche seule. Elle ressemble à un énorme scarabée funeste empêtré dans ses voiles noirs. C'est la veuve. Elle est redevenue le temps de la cérémonie l'inconsolable du roi Henri le Grand. Elle en impose ainsi. Elle devient la réincarnation de la reine Catherine qui sur elle avait en plus l'intelligence. Sa toilette est uniquement rehaussée par une croix de diamants que retient une chaîne à trois rangées de perles. Les plus magnifiques du monde. Pour sa chevelure, Léonora a une fois encore accompli des miracles d'équilibre. La Cour salue à son passage. Révérences sur révérences. Chacun se jurant d'étriper son voisin, la cérémonie terminée.

Pour ne pas donner au prince de Condé la possibilité de contester le mariage et de le faire annuler pour non-consommation, la reine mère conduit elle-même son fils dans la chambre de sa bru. Louis a souvent des érections durant son bain. Il est fort bien outillé. Marie se l'est fait confirmer par Blainville son maître de la garde-robe. Elle soupçonne même celui-ci de lui avoir appris à se branler. Louis s'était écrié la veille au soir quand ce même Blainville lui avait dit qu'il n'était plus temps de se donner des coups de poignet mais d'aller à la visite : « Gare je m'en vais bien lui pisser dans le corps. » Pour l'émoustiller Gramont et Guise lui ont raconté des contes égrillards. Marie a fait renvoyer les gardes de la galerie et pousse Louis dans la chambre de sa belle-fille. Le lendemain chacun se réjouit de cette belle passe d'armes. Cependant, aussi bien ourlée par la Médicis, cette simagrée ne trompe personne et Léonora la première ; mais les formes sont observées. Condé, qui a ses espions à la Cour est tenu au courant. Il continue à ravager la campagne. Le duc de Nevers lui a permis de passer la Loire sans encombre. Il se trouve à présent à Saint-Jean-d'Angély.

XXVII

Voici venir le temps des difficultés

Après deux mois passés à Bordeaux, la Cour quitte la ville le 17 décembre. Déjà ont commencé les négociations avec les princes. Vendôme est rentré dans le rang et on est à la veille de la conférence de Loudun qui doit amener la paix entre Condé et la Cour et qui ne sera signée qu'en mai. Le cortège remonte lentement par petites étapes. Les chemins sont mauvais. Il fait très froid. Dans sa voiture, Léonora surveille Montalto qui est pris d'une subite quinte de toux. Le soir, elle s'en va intriguer chez la reine. C'est qu'elle a ses hommes à placer. « Des barbons », s'écrie-t-elle en privé devant Marie quand elles évoquent les ministres. A feu doux, elle monte celle-ci contre le chancelier de Sillery, vieux serviteur de l'Etat dont le seul tort est d'avoir conseillé à la reine régente des moyens énergiques contre la rébellion des princes. Elle est aidée dans ce travail de sape par les propres collègues de Sillery, le président Jeannin et le secrétaire d'Etat Villeroy. Elle les écoute. Ne dit mot. « Parlez, parlez, votre tour viendra bientôt... » Elle tient dans sa poche pour les remplacer une liste toute prête de noms. Son cher évêque de Luçon y figure en bonne place.

Le 24 janvier, la Cour entre à Tours. Le roi, la reine et la reine mère sont logés dans la maison de la Bourdaisière. Le roi, dès qu'il le peut, file avec Luynes à Amboise pour chasser. Léonora en profite pour souligner par de petites phrases insidieuses ses escapades. La grosse reine soupire. Cependant, peu à peu, ce nom de Luynes qui revient à chaque instant finit par l'agacer comme une mouche en été. Bientôt, elle le prend en exécration. Léonora en écrit aussitôt à son mari resté en Picardie.

Le 28 janvier, alors que se tient le Conseil dans les appartements de la reine mère, le plancher cède et la grosse dame se retrouve à califourchon sur une poutre, le chancelier devant elle. Le duc d'Epernon, Villeroy et tout un paquet de grands seigneurs avalés dans le trou. Il y a plus de peur que de mal.

Et le roi ? Il est à Amboise ? Non, cette fois-ci il est au Clos et s'amuse à atteler ses chiens d'Artois à de petits canons. Il fait l'enfant. Danse des ballets pour la reine avec ses gentilshommes et cette dernière lui rend la politesse dans un pas espagnol en compagnie de ses dames venues de Madrid avec elle. Cela n'engage guère.

Il écoute, n'intervient jamais, regarde sa mère osciller de droite de gauche entre les mains de ses favoris italiens. Lorsqu'il veut donner une charge de dame ou de demoiselle d'honneur pour la reine, on lui rétorque qu'elles sont toutes déjà pourvues par la maréchale d'Ancre. Le jeune roi ne laisse rien paraître de son désagrément. Le soir il se confie à Luynes.

Luynes a été gardé auprès du roi grâce à l'intervention de Sauveterre, le premier valet de sa garde-robe. Le maréchal s'en méfie. Comme il ne peut toucher à Luynes, il fait renvoyer Sauveterre.

Dans sa maison de Tours, qu'elle occupe avec ses secrétaires, Léonora se désespère. L'état d'Elie Montalto s'est aggravé depuis quelques jours. Le vieil homme est en train de mourir, entouré de son fils Moïse et d'un de ses élèves, Saul Lévi Mortera.

Léonora pleure, se tord les mains. Elle se rend chez son médecin et l'assiste dans son agonie. Le 19 février au matin, Montalto s'éteint dans la foi de ses pères. Depuis des années déjà, il a rejeté le christianisme où la crainte de l'Inquisition portugaise l'avait entraîné. Il laisse un ouvrage, le *Tractatus* par lequel il récuse point par point la religion chrétienne. Marie, dont il est aussi le médecin appointé, signe les lettres pour que son corps puisse être rapatrié aux Pays-Bas. Entre deux sanglots, Léonora trouve la force d'aller tirer 3 000 écus dans son coffre, qu'elle remet à Moïse. « Sans lui pourquoi m'attarder sur cette terre ? s'écrie-t-elle, je ne saurais y survivre plus de six mois ! » Elle soupire. Son corps est secoué de hoquets. Andrea de Lizza, son aumônier, conseiller et musicien en chambre, certains prétendent un peu plus, pense qu'elle ne se remettra jamais de ce coup.

Le corps du grand médecin embaumé, son fils Moïse et son élève munis des passeports royaux partent pour Amsterdam afin de l'enterrer avant le sabbat à Ouderkerk-aan-de-Amstel, où se trouve le cimetière juif.

Le cortège funèbre part de nuit. Sur son passage un attroupement de peuple crie : « Voyez, c'est la charogne de Montalto qui passe. Le juif à la Messaline ! Un maquereau patenté ! »

La haine du favori et de sa femme grandit de jour en jour. Ces insultes qui fusent ainsi de nuit sont en gros ce qu'on lit dans *Le Catholicon François par l'admirable Guyot le songeur*, un pamphlet distribué jusque dans les antichambres de la reine mère. Les libelles de l'année précédente ont eu de nouvelles éditions. Concini est un bougre, Léonora une goule et une sorcière. L'assassinat de Conchine y est même évoqué ouvertement.

A Paris, Concini est averti de l'état désastreux de sa femme. Il dépêche aussitôt Ludovici à Amsterdam, dans la famille du défunt. Il souhaite trouver un nouveau médecin qui ait les mêmes pouvoirs que Montalto pour soigner sa femme ensorcelée. Il n'y a là aucun mystère lui répond-on, aucune magie, seul un régime strict et l'abstinence sexuelle durant quarante jours peuvent amener quelques répits aux troubles dont souffre la maréchale. Ludovici revient en somme bredouille. Concino s'entête. Il veut un autre juif, un peu médecin, un peu sorcier qui connaisse les secrets des livres de la kabbale. Et Ludovici repart pour les Pays-Bas. Il est accueilli assez froidement par Moïse Montalto : « Vous ne trouverez ici que gens d'honneur et braves marchands. Pour de tels individus, rendez-vous en Italie, c'est là que vous dénicherez les meilleurs charlatans… »

François d'Alvarez remplace rapidement Montalto au chevet de Léonora. Il est d'origine portugaise ; on le dit juif. Léonora est la dernière à s'en inquiéter. Elle n'a aucun préjugé. Il lui prescrit le même traitement que son prédécesseur. Bouillon clair, des légumes, peu de viandes. Quand Léonora est en crise, il couche dans la chambre voisine. Le plus souvent, il s'entretient avec elle tard dans la nuit. Il la berce de paroles. Dénoue ainsi son petit corps tordu.

Dans le même temps, Concini qui se trouve alors en Picardie, province dont il est le lieutenant général, apprend que le duc de Vendôme, demi-frère du roi, à qui la reine régente a remis une grosse somme d'argent pour lever des troupes après l'avoir lanterné, vient de passer dans le camp des princes. Concini a entamé un bras de fer avec le gouverneur de la province, le jeune duc de Longueville. Il veut être aimé, s'il ne le peut, il se fera craindre. Un prévôt des maréchaux d'Amiens laisse échapper un gentilhomme picard que Concini pense être un espion de Longueville, il le condamne à la potence. Il faut l'intervention du légat papal, Ubaldini, alors en visite à Amiens, pour que le maréchal accorde sa grâce. Il tient la citadelle d'une poigne ferme.

L'évêque de Luçon, qui est au fait de tout, comprend que derrière cette recherche éperdue du pouvoir, Concini poursuit une vraie politique : le démantèlement des derniers grands féodaux.

Le duc de Longueville décline l'offre que la reine mère lui a faite de troquer la Picardie pour la Normandie dont le gouvernorat est vacant depuis la mort du comte de Soissons. Il commande un pamphlet, *Le Courrier picard*, et un poème, « Le Pasquin picard coyonnesque ». Le sujet en est Concini. Bien écrits, ils font mouche.

Les négociations avec les grands et le plus puissant d'entre eux, le prince de Condé, viennent de commencer à Loudun.

Marie tente de sauvegarder la lieutenance de la Picardie et le gouvernorat de la citadelle d'Amiens mais les princes exigent que Concini abandonne celles-ci. On parle aussi de rouvrir l'enquête sur Ravaillac, trop vite close. Monsieur le Prince réclame la recherche du parricide commis contre le feu roi. La reine Marie est prise de vapeurs. Commence par ailleurs une campagne xénophobe, sentiment tout nouveau en France. Une ville si proche des Flandres espagnoles peut-elle rester entre les mains d'un étranger ? La reine déverse une pluie d'or dont la plus grande partie est empochée par Condé. Les princes sont assoiffés. Et pourquoi ne le seraient-ils pas quand chaque jour sont imprimés les chiffres mirobolants de la fortune des deux favoris ?

Léonora se sent trahie. Villeroy, qui négocie à Loudun, cède. La favorite se rebiffe. Il faudra qu'il démissionne. Elle veut sa tête. Comme Concini veut celle du chancelier de Sillery. « Qu'on lui fasse un procès ! » s'écrie le maréchal. Mais le chancelier, prié de rendre les sceaux, refuse. Il ne les remettra qu'au roi et en privé.

Le roi ! Le roi ! Ils n'ont que ce mot à la bouche mais le roi est un niais qui ne comprend rien à rien. Et si elle, Léonora, voulait tenir tête au roi, elle ferait entrer les Espagnols par la porte de derrière de la citadelle d'Amiens et toutes les armées de ce crétin ne pourraient les en déloger. Mauvaise pensée ? Forfanterie ? Elle s'en confie néanmoins une nuit à son médecin Alvarez. Elle est hors d'elle. Donne l'ordre de faire ses malles et sans plus attendre laisse la Cour à Tours. On est le 7 mars.

A peine a-t-elle passé les portes de Paris, elle se sent menacée. Les insultes viennent par vagues se briser contre sa voiture. La population gronde. Où aller ? Chez elle rue de Tournon ? Elle y risquerait un mauvais coup. Elle se fait conduire au Louvre où elle sera en sécurité. C'est contre l'étiquette. Personne ne peut résider au Louvre quand le roi n'y est pas ou quelqu'un de sa famille proche. Monsieur, le petit duc d'Orléans frère du roi se trouve avec sa mère à Tours. Quant à Mesdames Henriette et Christine, elles résident à l'hôtel de Zamet. Léonora n'a que faire de ces stupides conventions. N'est-elle pas l'ombre de la reine ? Mieux, la reine elle-même ? Cependant, le doute l'assaille. Elle s'interroge. Qui est-elle vraiment ? Tant de peaux, tant de masques, tant de vies : elle s'y perd. Dianora Dosi ? Léonora Concini, la femme du plus ruffian des ruffians de Florence ? Léonora Galigaï ? La marquise d'Ancre ou la toute-puissante maréchale ? Non elle est la Galigaï ! La voilà qui récite Dante à haute voix :

Ceux de la Presse avaient déjà appris l'art de gouverner ;
et Galigaï dans sa tour avait la heusse et le pommeau doré.

Et ces simples vers du *Paradis* la rappellent à sa terre nourricière, à ce qu'elle a quitté. Pour qui ? Pour quoi ? Un mirage de grandeurs, des coffres où s'entassent or, bijoux, créances. Du vent, qui sait ?

Dans l'ironique clair-obscur qui baigne les galeries désertes, elle déambule. Elle va, vaste vaisseau dans ses voiles. Titubante, cassée, malade, elle échafaude des plans. Organise des sapes. C'est une manœuvrière de génie. Dès l'aube, elle est réveillée par des coups de marteau qui montent de l'appartement de la reine. Des tapissiers s'y affairent. On déménage les meubles pour en mettre d'autres. L'escalier dérobé qui mène de son appartement à celui de Marie est muré. Le Louvre s'apprête à recevoir la nouvelle reine Anne. La reine régente s'installe au rez-de-chaussée. Le mobilier change. Une page se tourne. Une page est tournée.

Léonora fait dire à son mari de revenir. Il prétexte un mal de gorge pour ne pas se rendre à son invitation. Elle sait qu'il est à Paris. Mais il ne veut pas la voir. Il ne l'a plus touchée depuis quatre ans. Elle le dégoûte.

La confusion et l'impuissance sont partout à la Cour comme chez les princes rebelles. Le royaume part en charpie.

Sans demander conseil à sa femme, Concini écrit à la reine mère. Il se conforme à ses désirs, à ceux des princes. Il rend sa lieutenance de Picardie et le gouvernorat d'Amiens. La nouvelle est proclamée. Léonora est atterrée. Il n'y a plus une ville en France où elle puisse se réfugier s'il lui fallait fuir. Amiens était une place sûre. Proche de son fief d'Ancre, elle pouvait gagner rapidement la frontière.

La reine mère ne cherche-t-elle pas à quitter la France ? Elle voudrait acquérir une principauté en Italie. Elle jette son dévolu sur la Mirandole. Madrid traverse le projet et le fait échouer. Marie écrit alors au pape. Elle aimerait jouir du duché de Ferrare revenu dans l'escarcelle de la papauté à la mort du dernier Este de la branche aînée.

Léonora, tenue à l'écart de ces beaux projets, décide de les devancer. Elle a fait transporter une partie de ses coffres à Amsterdam puis par mer à Florence. Beaucoup de ses magnifiques meubles sont du voyage.

Marie se rend chez le roi. Elle lui fait part de sa décision d'abandonner le pouvoir et de se retirer en Italie. « Quoi ! ma mère m'abandonneriez-vous ? Jamais je ne vous laisserai partir ! » Louis a joué sur du velours. S'il avait accepté, il aurait découvert ses vrais sentiments. Il a hérité des Médicis ce pouvoir de dissimulation. Il sait également reconnaître le danger quand il se présente.

A Loudun, la conférence pour la paix a repris. Un horrible marchandage où le royaume est mis en coupe réglée et les finances de l'Etat à sec. Monsieur le Prince est décidé à prostituer sa fidélité. Il n'est plus question de rechercher le commanditaire de l'assassinat d'Henri IV. Devant ses compagnons de révolte abandonnés, il s'écrie : « Que ceux qui m'aiment fassent comme moi ! » La paix est signée le 3 mai 1616. Le roi rentre dans sa capitale le 16 mai, il fait appeler aussitôt le président du Vair. Il scelle lui-même son brevet avant de lui remettre les sceaux. Léonora vient d'abattre son atout maître. Elle a encore trois autres cartes maîtresses à sortir de son jeu. Claude Barbin pour prendre le contrôle des Finances, Claude Mangot pour remplacer à la Guerre Puysieux et aux Affaires étrangères, en douceur, Villeroy. Mangot est un personnage haut en couleur : sous sa truculence, il est la souplesse même. Barbin est l'homme solide de l'attelage. Honnête, plutôt tenté par la manière forte devant l'impudence des grands. Il ne désespère pas de leur faire rendre leurs larcins. Il compte agir dans l'ombre de Concini. Le roi semble satisfait de ce nouveau gouvernement. Il veut le montrer à Concini et le prie de monter dans son carrosse pour se rendre à Neuilly.

Et monseigneur de Luçon ? Il devient conseiller d'Etat et secrétaire des Commandements de la reine mère. Avant la fin de l'année, il sera ministre des Affaires étrangères et secrétaire d'Etat à la Guerre.

Déjà, les pamphlets qui courent dans Paris accusent Léonora d'avoir pour amant un prélat doucereux.

Concini est retourné à Amiens pour tenir la ville en bon ordre. On lui apprend que le marquis de Bonnivet, après s'être enfui en Angleterre, a débarqué à Calais la paix signée. Concini l'y fait arrêter. Ce Bonnivet est l'âme damnée des princes. Deux ans plus tôt il avait participé à toutes sortes de complots et d'exactions. Enfermé dans la citadelle d'Amiens, il pensait s'en évader dans un cercueil. A peine dans son cachot, il commença à se plaindre de sa santé. Il ne se levait plus. Concini, en vieux renard, éventa le projet. Il vint le trouver dans sa prison.

« Comment vous portez-vous, marquis ? — Mal très mal, Monsieur le Maréchal, je vais mourir. — J'en serais désolé. Mais vous savez l'horrible réputation d'empoisonneurs que nous, pauvres Italiens, nous traînons derrière nous. Pure calomnie bien sûr ! C'est pourquoi, dès que vous aurez expiré, je demanderai une autopsie… » Le seul mot d'autopsie suffit à guérir Bonnivet. Concini, qui avait alors l'humeur joyeuse, rit plusieurs jours de cette bonne farce. La paix de Sainte-Menehould libère Bonnivet.

Quand le maréchal regagne Paris où il arrive le 6 juin, il emmène Bonnivet avec lui. Le marquis, enfermé à la Bastille, pourra toujours servir de monnaie d'échange en ces temps de troubles.

XXVIII

Cela commence à sentir le roussi

Au fond de son appartement du Louvre, Léonora met une dernière fois la main au nouveau ministère. Elle décide. Ce sont ses hommes qu'elle place. Condé, chef du Conseil, ne pourra rien contre eux. Elle demande à l'évêque de Luçon, son cher Richelieu, de l'endormir d'une belle lettre dans laquelle elle lui fait mille compliments sur sa santé et le prie de bien vouloir accorder au baron de la Châtre un bâton de maréchal. Ne faut-il pas le récompenser d'avoir si facilement abandonné son gouvernorat de Bourges ? Elle s'abaisse à demander pour mieux imposer. Il faut un pouvoir fort pour endiguer les prétentions des princes qui se croient revenus au Moyen Age, aux temps des grands feudataires. En cela elle est de l'avis de Luçon. Tant que Condé sera retranché dans sa province, il y aura toujours une possibilité de révolte. On envisage une descente des troupes royales en Berry pour se saisir de lui. Cependant, à la manière forte, Marie et Léonora préfèrent la traîtrise. Pour Luçon, il ne s'agit plus d'écrire mais d'aller le charmer en personne. Tout de douceur, le compliment à fleur de lèvres, Luçon se présente à Bourges. C'est en virtuose qu'il joue de la séduction. Il flagorne, l'assure une nouvelle fois de la présidence du Conseil. Condé oscille et finalement se rend.

Concini parade, entouré de ses gardes habillés de rouge et de noir passementé de jaune et armés jusqu'aux dents. Le 13 juin, il se rend au Louvre pour remettre au roi la lieutenance générale de la Picardie. Il veut rapidement sa compensation. La lieutenance générale de Normandie et les citadelles de Caen, de Pont-de-l'Arche et de Quillebeuf.

Le comte d'Auvergne est tiré de la Bastille où il croupissait depuis douze ans après les divers complots perpétrés contre la vie de feu le roi Henri. La sentence de mort avait été commuée en prison à vie. Avec lui revenait au-devant de la scène politique le clan des Montmorency. Sa femme était fille du dernier connétable, sœur de Madame la Princesse. On le réintègre dans sa charge de colonel de la cavalerie donnée au duc de Nevers, à qui on reproche non seulement d'avoir rejoint Condé mais aussi de s'être moqué de la reine mère en faisant promener sur un âne un collecteur d'impôts habillé en bouffon. Auvergne reçoit le commandement d'une armée. Ce contre-feu allumé, l'agitation des grands est muselée pour un temps.

Concini, se sentant les mains libres, accumule les imprudences. Le samedi de Pâques, il est en carrosse avec quelques amis. Ses gardes à cheval le suivent. La troupe se présente à la porte de Buci. Un cordonnier s'y trouve de garde. Il se nomme Picard. Il est du parti des princes. Il a reconnu le favori. Comme on lui a donné l'ordre de ne laisser sortir personne de la ville sans un sauf-conduit, il arrête le carrosse du maréchal. « Je suis le marquis d'Ancre… — Qui que vous soyez, sans passeport, on ne franchit pas cette porte… » Le ton monte. Les gardes de la maréchaussée accourent. Concini préfère rebrousser chemin. Quelques semaines plus tard, le cordonnier Picard se promène dans le faubourg Saint-Germain. Un écuyer de Concini le reconnaît. Il appelle deux valets. On s'empare du bonhomme, qui est roué de coups et laissé à moitié mort sur le pavé. Paris gronde. Le roi est mis au courant à Saint-Germain où il se trouve. On parle de quatre mille hommes en armes qui marchent sur le Louvre pour demander justice. Concini est traité de bardache, de sorcier, de couillon de mes deux.

L'écuyer prend la fuite. Les deux valets sont jetés dans un cachot de la Conciergerie. Leur procès est rapidement fait. Le président demande le bannissement. Mais il n'est pas suivi. Les deux valets sont condamnés à la pendaison. Des potences sont rapidement dressées au bout du pont Saint-Michel, face à l'échoppe du cordonnier. Les corps s'y balancent bientôt. Il s'écoulera vingt-quatre heures avant qu'on ne les décroche. Concini, retiré dans sa petite maison du bord de l'eau jouxtant le Louvre, peut mesurer son impopularité. « Qu'ils me haïssent pourvu qu'ils me craignent », ne cesse-t-il de répéter. C'est sa grande formule. Concini est un cynique, un fourbe, un roi de l'intrigue. Il est sans illusions sur les hommes. Son seul défaut : il est vaniteux. Il sait par ses espions que Monsieur le Prince est en route pour Paris. Le 20 juillet, il est dans la capitale. Il est acclamé comme le sauveur. Le parlement, la noblesse, le peuple, les catholiques et les protestants se pressent sur son passage. Il se rend directement au Louvre pour saluer le roi, la jeune reine et la reine mère. Sa maison près du Luxembourg est plus fréquentée que le Louvre qui est une solitude à côté. On lui adresse des requêtes. Il y reçoit à souper. Lors de l'un de ces festins, on l'acclame en criant « Barabas ! » Il faut entendre « Barre à bas ». Retirer la barre de ses armes : « d'azur aux trois fleurs de lys d'or et au bâton péri en bande de gueule » pour arborer en plein les lys de France. La branche cadette des Bourbons deviendrait ainsi l'égale de la branche aînée.

Concini, tenu au courant de tout ce qui se dit et se fait, perçoit la menace. Il quitte Paris pour son château de Lésigny. Les ducs de Mayenne et de Bouillon décident d'aller l'y attaquer. Le coup manque. Ils se proposent alors de l'enlever pour le conduire à Soissons. Là aussi, Concini leur file entre les pattes. Il retrouve Paris où les complots se multiplient.

Hercule de Rohan, duc de Montbazon, fervent protestant, prend possession de sa lieutenance de Picardie. Le 11 août il entre dans Amiens et en fait sortir, le lendemain, la garnison. Au même moment débutent des troubles à Péronne, que Concini désire conserver. Il en est le gouverneur depuis six ans. Il a fait fortifier la ville et placer comme lieutenant du château un homme à lui, un Gascon du nom de Favolle. La garnison est tenue par un jeune seigneur picard. Le bruit court que Concini a donné l'ordre à la garnison d'Amiens de se replier sur Péronne. C'est un faux bruit. Mais qu'importe, le temps est à l'orage. Le même jour, le chevalier Concini, un frère du maréchal, se présente à la porte de la ville. On lui refuse l'entrée. Insultes, menaces. Marauds ! Fricassée de racailles ! Le jeune Concini tourne bride avec sa compagnie. Favolle est séquestré chez le maire. On élève un semblant de barricades. Des émissaires sont envoyés à Paris. Comme on ne les voit pas revenir on en mande d'autres. Entre-temps, le duc de Longueville, gouverneur de la province, se présente aux portes : on le fait maronner pour la forme. Finalement, les portes sont ouvertes. Il soudoie la garnison du château qu'il redonne à son ancien gouverneur, le baron de Bernieulles qui en avait été dépossédé au profit de Concini.

Quelques jours passent et se présente le secrétaire d'Etat Mangot avec une lettre de la reine mère pour Longueville. Dans le même temps, plusieurs compagnies de chevau-légers commandés par le comte d'Auvergne s'avancent. L'affaire en restera là.

Mais qui sera le gouverneur de la place d'Amiens ? Le roi propose Luynes.

Luynes, toujours lui, on le retrouve partout. Il revient comme un aphte dans la bouche de Léonora. Elle s'en mord l'intérieur des lèvres. Luynes qui fait le dos rond devant Marie et la supplie de demeurer au gouvernement, de ne pas abandonner son fils. Elle ne supporte plus cet écervelé. Le roi en est coiffé. Ils se retrouvent chaque nuit. Ces conciliabules nocturnes font un écho à ceux de l'hôtel de Condé.

Vendôme, Bouillon, Mayenne, Guise et son frère Joinville vont et viennent. La demeure de Condé non loin du palais du Luxembourg en construction et de l'hôtel d'Ancre est le centre de ces réunions.

Quand les Gondi achetèrent cette maison à Antoine de Corbie, elle se trouvait encore à la campagne. La reine Marie l'acquit, pensant agrandir ainsi son terrain du Luxembourg. Très vite, elle n'en eut plus l'usage et revendit l'hôtel 150 000 livres au jeune prince de Condé, l'année même où il revint d'exil, trois ans auparavant. Depuis Condé n'a fait que l'agrandir et le meubler splendidement. Un jardin planté avec soin entoure la maison. Le grand corps du bâtiment est flanqué d'un petit hôtel où réside la princesse douairière, Charlotte de La Trémoille. La demeure fleure son prince du sang.

On parle bas. On tire des plans. Comment se débarrasser du favori ? Il a ses espions, il a ses gardes. Il a fait entrer des mercenaires à sa solde. Chacun essaie d'attirer l'autre dans son camp. Guise freine des quatre fers. Pour chasser Concini, il ne veut pas mettre la royauté en péril. Chacun se trouve un faux-fuyant. On tergiverse. Le secrétaire d'Etat Barbin a vent du complot et met Concini au courant. Celui-ci se présente à l'hôtel de Condé le 15 août au soir. On y célèbre l'ambassadeur d'Angleterre.

La grande galerie est éclairée. Il y a de la musique. On danse. Tout ce qui compte à la Cour est présent. Soudain les portes s'ouvrent. Paraît le favori tant détesté. La main crispée sur le pommeau de son épée, il s'avance vers le maître des lieux. Il n'est plus le jeune godelureau de ses débuts. Ses traits se sont durcis. Le regard qu'il jette est inquiétant. On le sent aux aguets. Son ami, le comte de Fiesque, est à ses côtés. Sur leurs pas marchent une trentaine de gentilshommes de sa garde personnelle. Cette entrée fracassante tient de la provocation. La musique s'est interrompue. On chuchote sur son passage. On s'attend à un esclandre. Les princes pensent que c'est le moment de se saisir du favori : le tuer ou le faire passer en jugement devant le parlement. Condé s'y oppose. Son toit ne saurait abriter un attentat.

Concini perçoit autour de lui une vibration de violence. Il s'avance vers le prince de Condé chapeau bas. Les deux hommes s'entretiennent un instant dans l'embrasure d'une fenêtre. Après avoir salué l'ambassadeur et les princes, il se retire sous les insultes dans un nuage de plumes et de dentelles.

Le lendemain, Condé fait quérir le maréchal. « Hier au soir, j'ai eu infiniment de peine à contenir les grands et les seigneurs. Je ne pourrai plus longtemps vous accorder ma protection. Mes amis menacent de me quitter si je continue à vous soutenir. Partez… Quittez la ville… Faites-vous oublier quelque temps dans votre lieutenance de Normandie… »

Le soir même Concini sort de Paris. Léonora est au désespoir. Elle se sent abandonnée par un mari qui ne l'aime plus. Elle se cloître quelques jours dans sa chambre. Un matin, elle réapparaît dans le cabinet de Marie. Elle va y livrer son ultime combat. Il lui faut mettre à bas le parti des princes. Par insinuation toujours, elle évoque l'état déplorable où les grands plongent le royaume. Eux-mêmes sont divisés. Partout, on ne voit qu'anarchie. Léonora conseille de faire arrêter non seulement Condé mais également Vendôme, Mayenne et Bouillon. La reine mère hésite. Le coup est trop risqué. Cependant, elle voit bien où son amie veut en venir. Les grands investis du pouvoir qu'elle leur a abandonné risquent de s'en prendre à ses favoris, à elle-même, et pourquoi pas au roi. Lui revient alors en mémoire le cri de « Barabas ». Elle connaît la popularité des princes et surtout de Condé. Eh bien, ce sera par Condé qu'elle commencera.

Le 1er septembre, quand Condé se présente au Louvre pour assister au conseil des Finances, les gardes françaises et les gardes suisses sont aux portes. Le baron de Thianges, un fidèle du prince qui a remarqué ce mouvement inhabituel, soupçonne le mauvais coup. Il décide d'attendre le prince à la sortie du Conseil. Quand ce dernier réapparaît, il lui glisse à l'oreille quelques mots. Le Louvre est truffé de gardes. Un coup certainement se prépare. Le prince l'écarte et monte à l'entresol où se trouvent les nouveaux appartements de la reine mère. Il aperçoit le roi accoudé à une fenêtre, entouré de gentilshommes. Le prince le salue. « Bonjour mon cousin, ne viendriez-vous pas chasser aujourd'hui avec moi ? » Condé décline l'offre. Le roi entre dans le cabinet de la reine mère. Il a tenu son rôle comme on le lui a demandé. Il n'aime ni ne déteste ce cousin. Il est le roi mais il ne peut, pour l'instant, s'opposer à une décision de sa mère, qu'il sait dictée par ses favoris. Il lui faut louvoyer. Faire encore et encore l'enfant.

Le marquis de Thermines se présente alors et demande au prince de lui remettre son épée. Il est aussitôt conduit dans une chambre isolée. Par une nuit de grosse pluie, quand aucun Parisien n'imagine mettre le nez dehors, il sera transféré sous bonne garde à la Bastille et ensuite à Vincennes. Il y restera trois ans. Il aura beau réclamer la présence auprès de lui de son page Hoquetot qu'il aime à foutre, il ne l'obtiendra pas. En revanche Madame la Princesse, cette Charlotte de Montmorency sa femme si dédaignée, aura la permission d'être incarcérée avec lui. Elle entrera au donjon de Vincennes avec son cuisinier, une femme de chambre et son nain qui ne veut pas la quitter. C'est durant ces années de prison qu'elle concevra son fils, le futur Grand Condé.

La nouvelle de l'arrestation du prince se répand dans Paris. Déjà on parle de sa mort. Les rois sont si expéditifs dans leur vengeance. A ceci près que jamais en France un prince de sang royal ne fut exécuté sur ordre du roi. Mais n'empêche : la foule s'amasse au coin des rues. La princesse douairière s'est fait conduire en carrosse sur le pont Notre-Dame où elle incite le peuple à la révolte. On crie à mort le favori, à mort la sorcière, à bas la reine ! Tous sont mis dans le même panier. L'émeute chauffe. Bientôt, la foule hurlante, passant par la porte de Buci, se dirige vers la rue de Tournon. Elle y rencontre une troupe formée par des gentilshommes et des domestiques du prince qui, s'étant rendue auparavant sur le chantier du palais du Luxembourg, s'était grossie d'une escouade de maçons. Ensemble, ils investissent l'hôtel d'Ancre. En brisent les portes. C'est une vague humaine qui s'engouffre. Les domestiques et les gardes du maréchal ont juste le temps de s'enfuir par le jardin. On pille le mobilier. On va jusqu'à desceller les grilles, arracher les lambris dorés. Le jardin est ravagé. Les arbres déracinés sont débités à la hache. L'émeute risque de dégénérer en sédition. Le fils du chevalier du guet, envoyé sur place, est pris à partie. Il est cerné et abattu comme un bœuf d'un coup de marteau. On vide la bibliothèque. Les livres jetés par les fenêtres sont dans la rue. Parmi eux, des livres imprimés en caractères hébraïques utilisés par les médecins juifs de Léonora. Voilà la preuve ! Cette femme est une sorcière !

M. de Liancourt, gouverneur de Paris, se rend sur place pour mettre fin à ces excès. Il est accueilli par les tirs de pistolet des gens de Condé. Le pillage se poursuit jusqu'à la nuit pour reprendre au matin. Quand ils ne peuvent plus rien tirer de l'hôtel éventré, ils se rabattent sur la maison de Corbinelli, le secrétaire de Concini. De la foule s'exhale une buée de haine. La maison est vidée rapidement. Ils sont insatiables. Bientôt, on s'attaque à la maison de l'abbé de Marmoutier, frère de Léonora. Trois compagnies des gardes du Louvre commandées par le comte de Créqui s'interposent. Les pillards battent en retraite.

Gentilshommes et serviteurs du prince de Condé, des ducs de Vendôme, de Mayenne et de Bouillon, sont priés par ordonnance royale de sortir de Paris.

Que font les grands ? Ils sont hors de la ville et attendent de voir comment va réagir la reine Marie. Elle hésite. Barbin, Mangot et en sous-main Luçon lui conseillent la manière forte. Léonora joue les malades mais veille à tout. Est-on sûr de la fidélité du duc de Guise ? Ne va-t-il pas rejoindre les princes qui se trouvent avec leurs troupes à Soissons, à Laon, à Coucy et à La Fère ? Le duc de Nevers, lui, est en Champagne et n'attend que le moment propice pour les rejoindre.

Marie, une fois encore, achète les loyautés. Luçon est envoyé auprès de Nevers, à qui la ville de Châlons a refusé d'ouvrir ses portes. Guise est approché. Il revient à la Cour.

Le 2 octobre, c'est au tour de Concini de revenir. Il arrive de son fief de Normandie en seigneur. Maréchal, il l'est. Marquis aussi, par sa femme. Il lui en faut plus, il veut un duché et la pairie. Pour parler de pair à compagnon avec les grands qui le traitent de haut. Et tandis que son esprit s'exalte de ses grandeurs à venir, il passe la porte Saint-Honoré sous les quolibets et les insultes. Les Normands qui forment sa garde ont beau distribuer des coups ici et là, les injures ne cessent de pleuvoir. Au Louvre, les seigneurs du parti des princes lui tournent ostensiblement le dos, les autres lui lustrent le poil.

Le changement des ministres au gouvernement suscite une grande colère. Luçon, devenu secrétaire d'Etat aux Affaires étrangères et à la Guerre, est soupçonné d'être acquis à l'Espagne. Or, toute sa politique encore dissimulée est de rabaisser la maison d'Autriche à Madrid comme à Vienne. Pour l'instant, le jeune évêque fourbe. Prendre de front l'Espagne serait s'aliéner les bonnes grâces de la reine mère. Il maintient donc les nouvelles alliances, et tente de retrouver les anciennes. Il rassure les protestants. Enfin, il désamorce les pamphlets qui courent le Béarn et qu'on dit être du roi Jacques Ier d'Angleterre, traducteur de la Bible et théologien dans l'âme. Il lève des régiments dans les Grisons sans pour autant affoler la Sérénissime. Il fait entrer Lesdiguières en Piémont pour calmer les appétits du duc de Savoie, qui croquerait bien un bout du duché de Mantoue dont la succession va bientôt s'ouvrir. Luçon, en tant qu'évêque, s'autorise la préséance sur les autres membres du Conseil. On sent déjà percer en lui le cardinal.

Concini réclame un dédommagement pour les déprédations commises dans son l'hôtel de la rue de Tournon. Les dégâts sont estimés à 400 000 livres. Une bagatelle ! La reine Marie signe les ordres de paiement. 300 000 livres seront prises sur la ville de Rouen ; les 100 000 autres sur Caen. Elle y ajoute 50 000 livres comme gratification. Louis, apprenant ces largesses, fait la grimace. « On dit qu'il n'y a plus d'argent à l'épargne lorsque je veux faire des ordonnances de 30 francs ; cependant on trouve bien 450 000 livres pour le maréchal d'Ancre… » Dans le même temps, Luynes est pourvu de la charge de grand fauconnier laissée vacante par M. de Vivonne, sieur de la Chastaigneraie, dont on plaisantait à la Cour l'immense braquemart auquel la reine Marie s'était accroché quand elle avait failli se noyer au bac de Neuilly. Il venait de mourir le 26 septembre.

Cependant, cette grâce accordée à son favori ne suffit pas à Louis. Sa santé se détériore. Il est secoué par des spasmes nerveux. La reine Marie s'en inquiète. Elle devine d'où vient le mal. Elle n'aime pas ce fils, elle ne l'aimera jamais. Mais elle craint qu'il ne disparaisse. Il y aurait alors une nouvelle régence et c'en serait fait d'elle et de ses favoris.

Le roi se rétablit. Un matin, il se trouve accompagné d'un exempt de ses gardes à regarder le fleuve par une fenêtre de la Grande Galerie. Il sifflote négligemment un air.

L'an n'aura plus d'hiver
Le jour n'aura plus d'ombre
Et les perles sans nombre
Germeront dans la Seine
Au milieu des graviers...

Il est interrompu dans sa rêverie. C'est le maréchal d'Ancre qui surgit, entouré d'une petite cour. Tous se sont découverts, par respect pour le favori. Concini semble vouloir ignorer la présence du roi. Et c'est le chapeau sur la tête qu'il discute, plaisante et quitte la galerie. Le soir même, le roi est repris de tremblements nerveux. Il repense aux lettres que les grands de son royaume lui ont envoyées durant sa maladie, à tous ces seigneurs dont il a appris à connaître le nom. L'arrestation de Condé au Louvre, dans son propre palais, lui a paru un attentat impardonnable, d'autant plus impardonnable que son cousin avait défendu qu'on s'en prenne à la personne du maréchal dans son hôtel.

Le 15 janvier les ducs de Nevers, de Mayenne, de Vendôme, de Bouillon et le marquis de Cœuvres lancent de Mézières un nouveau manifeste. Concini accapare le pouvoir royal, il faut l'en défaire. Les grands dissimulent leurs ambitions personnelles derrière ce soudain intérêt national.

Le peuple s'agite. Par crainte qu'on n'en vienne encore à des exactions, Concini fait dresser des potences en divers endroits de Paris. La délation s'insinue partout. Elle est devenue un devoir d'Etat. On arrête au moindre soupçon.

Pendant ce temps-là, au Louvre, on répète le ballet de *La Délivrance de Renaud*. L'argument a été choisi par le roi. Personne n'y voit malice. Le sujet, tiré du Tasse, décrit l'enchantement du chevalier Renaud dans les jardins d'Armide. C'est clair : Renaud c'est le roi et Armide la reine mère flanquée de Galigaï, sa confidente sorcière. Le soir les danseurs se réunissent chez la reine ou encore dans l'appartement de Luynes. S'y retrouvent tous les fidèles. Luynes qui tient le rôle de Renaud, Brantes son frère mais aussi le jeune Vendôme, Courtenvault… Toute une jeunesse qui répète les enchaînements de pas. On joue jusqu'à très tard dans la nuit la musique de Pierre Guédron et de Jacques Mauduit. Le roi n'est pas très en cadence mais il a la grâce pour lui et il est le roi. Et tandis qu'on danse, Luynes entretient des correspondances secrètes avec les princes qui, montés sur leurs ergots, tous becs dehors, n'attendent qu'un signal pour se mettre en campagne. L'archevêque de Reims malgré son frère, le duc de Guise, revenu à la Cour, n'a pas rompu avec les grands. La noblesse française est exaspérée par les prétentions de Concini. Il lui faut à présent un duché-pairie, de préférence celui d'Alençon qui lui donnerait une assise plus confortable en Normandie. Et pourquoi pas y ajouter l'épée de connétable ?

Le ciel commence lentement à tourner à l'orage. Un soir que Louis plaisante un peu bruyamment avec des amis dans la chambre de Luynes, la maréchale d'Ancre dont la chambre se situe au-dessous lui fait dire par un valet qu'elle a la migraine et le prie de faire moins de bruit. Louis blêmit et bégaie de rage : « Si sa chambre est exposée au bruit, Paris est assez grand pour que la maréchale en trouve une autre. » Concini est tenu au courant de cette rebuffade. Le roi chez Luynes avec d'autres seigneurs ? Y aurait-il un début de conjuration ? Il se fait prudent, soupçonneux. Sa femme et lui sont en total désaccord. Ils en viennent souvent à des paroles violentes. Cris, gestes. Elle sort ses griffes. Il la jette à terre. Les voilà redevenus après des décennies de dentelles, de plumes, d'atours somptueux, ce qu'ils n'ont jamais cessé d'être au fond : elle une blanchisseuse du *borgo*, lui un gigolo de tripot. Elle est avide. Elle veut toujours plus d'honneurs. Elle dit que ce n'est pas pour elle mais pour lui. Elle vit dans un mirage perpétuel. Cependant, devant un danger extérieur, ils font généralement front commun.

Un autre jour, Louis demande 1 000 écus à sa mère. Celle-ci les lui refuse. Le maréchal, oubliant qu'il est un sujet, veut jouer les grands seigneurs. Il s'en va trouver le roi et lui offre sa bourse. Louis, sans prononcer un mot, lui tourne le dos et sort de la pièce.

Le ballet de *La Délivrance de Renaud* se danse le 19 janvier 1617 au Louvre dans la salle des Caryatides. Il y a presse. Et tandis qu'on se bouscule chacun se demande : viendra-t-il ? Ne viendra-t-il pas ? Qui ? Mais le maréchal d'Ancre ! C'est qu'il est en grand deuil. Il a perdu au début du mois sa fille chérie, Marie. La petite vérole l'a emportée en trois jours, le 2 janvier. Et tous les beaux mariages qu'on projetait pour elle ont été réduits à néant. Concini est comme un fauve blessé par le destin. Il demande à ses proches la raison de ce coup du sort.

« Signor je suis perdu, signor, je suis ruiné. Signor je suis misérable… » Et de s'accrocher à Bassompierre, le capitaine des suisses, futur maréchal de France avec qui il se rend de temps à autre chez les garces : « Je regrette véritablement ma fille. Je la regretterai tant que je vivrai. Je ne peux supporter une affliction pareille. La ruine de ma femme, de mon fils, de toute ma maison se dessine devant mes yeux. Ma femme s'opiniâtre à demeurer ici. Elle me fait perdre patience… »

Il n'est plus temps de donner le change et il avoue

à ce grand libertin de Bassompierre tous les dérèglements de sa jeunesse.

« Ma femme, c'est elle la coupable. Toujours avide d'intrigues, de biens, de charges, d'honneurs… J'ai travaillé à ma réussite mais depuis que je sens que la chance joue contre moi, je n'aspire qu'à faire une fin dans ma patrie… Depuis le temps que je suis au monde j'ai appris à le connaître. J'ai observé les élévations de la fortune mais également ses chutes. L'homme arrive jusqu'à un certain point de bonheur ; ensuite, s'il n'y prend garde, celui-ci ne peut que décliner. »

Concini pleure comme seuls les Italiens savent pleurer. Il sanglote. Bassompierre est touché de voir cet homme tout-puissant sangloter comme un enfant.

Les courtisans ont pris place dans la salle des Caryatides. Beaucoup de femmes se sont assises sur des carreaux jetés sur le sol. Pour les deux reines, on a tiré deux fauteuils. L'orchestre de quarante musiciens fait comme un bruit d'élytres pour s'accorder. Les décors sont splendides et la machinerie ingénieuse. Tout est de l'invention des frères Francini, ces magiciens de l'eau et des fontaines. Des Toscans naturalisés à qui l'on doit les grottes de Saint-Germain et les fontaines de Fontainebleau. Au moment où le ballet va débuter, il se fait un chuchotement dans l'assistance. M. le Maréchal vient de paraître. Il porte le deuil. Un habit de velours avec les plus belles dentelles du monde. Léonora est également en noir et n'arbore pour tout bijou que les perles données par la reine Marie. Ils prennent place selon leur rang.

On vient de pousser sur la scène un char en forme de rocher dans les anfractuosités duquel se tiennent le roi et ses courtisans. Le spectacle se poursuit par la danse des démons. Le roi y danse. S'élèvent ensuite des dessous les jardins enchantés d'Armide. Luynes, qui figure Renaud, chante et danse. Il se laisse envoûter. Bientôt il revient à la raison, le décor s'effondre et fait place à un jardin dévasté où grouillent de monstrueuses bestioles et des petites vieilles qui s'agitent en une gigue infernale. Finalement, Renaud retrouve Godefroy de Bouillon campé par le roi. Chœurs. Trompettes de l'amitié. Hommage. Concini applaudit mais il comprend le message. Il est prudent, décide de s'éloigner de Paris. Le 1er février, date de son départ pour la Normandie, toute la Cour se trouve à son lever. Ses familiers mais également ceux qui le haïssent le plus. Luçon observe ces simagrées et continue à soutenir Concini. Il croit en son étoile.

Le maréchal quitte la capitale, emmenant avec lui des canons pris à l'Arsenal. Il en a fait ôter les armes royales pour les remplacer par les siennes. Il se retire à Quillebeuf, qu'il fait fortifier.

Le 5 mars, les princes lancent une manière de mise en accusation. « Déclaration et protestation des princes, ducs et pairs pour le rétablissement de l'autorité du Roy et la conservation du Royaume contre la conjuration et tyrannie du maréchal d'Ancre et de ses adhérents. » C'est un appel à la noblesse, aux parlements, aux officiers, aux bourgeois. Concini adresse une lettre au roi pour l'avertir qu'il a levé une véritable armée. Trois mille deux cents hommes à pied qui viennent des Flandres, deux mille huit cents cavaliers. Comme les princes, il a sa propre armée de mercenaires. Il la met au service du roi et n'attend que son ordre pour se joindre aux troupes du comte d'Auvergne. Pour Louis, c'est une nouvelle humiliation. Faut-il qu'il compte sur son armée pour maintenir la paix ? Néanmoins il lui donne l'ordre d'avancer jusqu'à Pierrefonds pour soutenir les troupes d'Auvergne. Le 24 mars, Pierrefonds est pris. Concini n'a aucune clémence pour les pillards. Dès qu'on lui en signale, il les fait pendre.

Louis, au fond du Louvre, songe à rejoindre ses troupes. Les troupes royales renforcées par celles de Concini sont devant Soissons. Luçon comme secrétaire d'Etat à la Guerre presse le mouvement. Louis, sur le front, risque de passer à l'ennemi. La reine mère, conseillée par Léonora et Luçon, fait tout pour l'en dissuader. Le voyage est décommandé. Le même jour, le 8 avril, le maréchal quitte l'armée et regagne la Normandie. Le 16 avril, Rethel se rend. Le 17, Concini regagne précipitamment Paris. Léonora gouverne toujours Marie. Elle obtient pour son frère Sebastiano Galigaï, demi-illettré et déjà abbé de Marmoutier, le chapeau de cardinal et l'archevêché de Tours. On est le 20 avril 1617.

XXIX

C'est cuit

Léonora a pressé son mari de revenir de Normandie. Des espions l'ont avertie d'un complot au sein même du Louvre. Des réunions nocturnes s'y tiennent. Elle entend les conspirateurs aller et venir.

Le maréchal, généralement souple et bon garçon, devient peu à peu soupçonneux et changeant. Il peut se montrer effroyablement colérique si l'on veut contrecarrer ses plans. Il arpente son cabinet de long en large. La rage lui mange jusqu'à l'os. Il y a là dans les rapports de ses espions plus de preuves qu'il n'en faut ! Luynes ! Toujours lui qui se met en travers de son chemin ! Il lui faut s'en débarrasser et, dans le mouvement, faire pendre cinquante suspects. Place nette ! Et si cela ne suffit pas pourquoi alors ne pas détrôner le roi et le remplacer par son frère le duc d'Orléans ? Pourquoi s'embarrasser de si petits détails ? Il n'est pas français, aussi n'a-t-il aucune révérence pour les royautés d'ordre divin.

Loin est le temps où Concini avouait qu'il y avait tant de distance entre Luynes et lui qu'il n'avait pas sujet de le craindre. Léonora elle non plus n'a aucun doute sur le rôle néfaste que joue Luynes auprès du roi. Passant un jour, voilée, dans les allées des Tuileries et voyant le grand fauconnier entouré de gentilshommes qui faisaient leur cour à cet astre naissant, elle s'écrie en sa direction : « Luynes ! Luynes ! On te rognera les ailes ! »

Elle avait déjà réussi à faire échouer le mariage de Luynes avec une nièce de son mari, restée à Florence. Tous les deux, il est vrai, y trouvaient leur compte. Luynes se rapprochait ainsi du pouvoir et Concini gagnait par un chemin détourné l'amitié du roi. Seule Léonora n'y trouvait pas son profit. Au contraire, par cette manœuvre, son mari se libérait de son emprise. Léonora navigua si bien qu'on ne parla plus de ce beau projet.

Une lettre anonyme a été posée au chevet du roi. Il reçoit un coup de fouet à sa lecture. Elle dénonce l'élévation de ces marauds étrangers et le dessein qu'ils ont en secret de s'emparer de la Couronne. Le style du billet sent le grand seigneur. Il n'y a pas à hésiter, il y a du Sully dans ce billet.

Louis s'est soudain éveillé de sa longue apathie. Depuis quelque temps, il ressasse un désir de vengeance. Sa mère le méprise ouvertement. Concini le considère comme un imbécile et Léonora comme un crétin. Aussi s'agit-il de ne plus faire l'enfant. Tous les soirs, son groupe de fidèles se réunit chez lui. Il y a là Luynes et ses deux frères Brantes et Cadenet ; mais aussi le baron de Modène, Louis Tronson un homme de loi et M. de Marcillac. A ce conseil secret se joint Guichard Déageant. Personnage ambitieux et plein d'audace. Il a été le secrétaire du roi et jusqu'à l'an dernier celui de la reine mère, à présent il est le premier commis de Barbin, secrétaire d'Etat aux Finances. Il écoute, rapporte les bruits qui filtrent des cabinets. Il n'est plus temps pour le roi de quitter Paris pour un de ses châteaux sur la Loire comme Amboise dont Luynes est le gouverneur. Ce serait laisser le champ libre aux favoris et à la reine Marie, toujours sous leur coupe. Rejoindre l'armée du Nord ? Ils y ont pensé mais le plan du roi a été éventé.

Le roi s'est levé de son fauteuil. La maigre lumière des bougies jette sur les murs de la pièce des ombres menaçantes. Louis parle pour la première fois sans bégayer. « Nous devons agir sans retard et devancer l'adversaire. Qu'on arrête les deux Italiens et qu'on les défère au parlement. Ils seront condamnés à la prison ou à l'exil… — Sire, rétorque Déageant, il est entouré de ses gardes et les vôtres sont partis pour l'armée… Il faudrait alors que l'arrestation se fasse par surprise et à l'intérieur du Louvre… » Luynes, que tout désigne comme instigateur du complot mais que le courage n'anime guère, refuse la tâche. Ses deux frères également. Le nom d'Henri de Mesmes vient à l'esprit du roi. Il est prévôt et lieutenant civil de Paris. On l'approche. Il répond simplement qu'il est juge et non policier. Pour faire le procès du maréchal, on le trouvera toujours quand ce dernier sera arrêté. C'est une fin de non-recevoir. Luynes lance alors un nom. Celui du marquis de Vitry. Il est capitaine des gardes du roi en quartier. C'est un va-t-en-guerre. Il est introduit facilement de nuit dans l'appartement du roi. Luynes lui expose ce qu'on attend de lui. Louis confirme d'un hochement de tête. Vitry demande pour cette entreprise l'aide de son frère du Hallier, de son beau-frère le baron de Persan et de Fougerolles. La date du 23 avril est fixée. La veille, Vitry se présente chez le roi avec son frère. Louis réitère l'ordre d'arrêter le maréchal. C'est alors que Vitry demande : « Mais, Sire, s'il se défend que faut-il faire ? » Un long silence embarrassé suit la question, que le roi fait mine de n'avoir pas entendue. Il sait ce qu'il désire mais ne veut pas donner l'ordre d'assassinat. C'est alors que Déageant devance les désirs du souverain. Il rompt le silence qui s'est installé et laisse tomber : « Le roi entend qu'on le tue. » Louis ne prononce aucune parole. C'est sa façon d'acquiescer.

Louis convoquera Concini dans son cabinet d'armes sous prétexte de lui montrer des petits canons. C'est alors que Vitry l'arrêtera. Des chevaux déjà sellés attendront au fond du jardin des Tuileries. Ainsi, en cas d'insuccès, le roi et les conjurés pourront s'enfuir vers Meaux et, de là, rejoindre l'armée.

Au dernier moment, Luynes prend peur. Sa tête vacille déjà. Au loin, il entrevoit la hache du bourreau. Il veut temporiser. Trop de gens sont dans le complot. On ne saurait attendre. Léonora est aux aguets ; elle écoute les bruits qui circulent. Marie a rêvé qu'on la traînait en jugement et qu'elle finissait sur l'échafaud. Les deux femmes observent le roi qui leur semble gai. Il va chasser comme à son habitude. Seul Luçon a compris. Il envoie un messager à Luynes. Il offre au roi ses fidèles services.

Le 23 avril, le roi joue au billard comme prévu. Il se rend ensuite à la chapelle du Petit-Bourbon pour entendre la messe. Concini se fait attendre. C'est vers midi qu'il paraît pour se rendre directement chez la reine mère. Le coup est manqué. Le roi reste impassible. Il se fait servir son dîner. Rien sur son visage ne trahit son émotion. Il sait feindre. L'après-midi, les conjurés se rassemblent. Puisque le maréchal entre toujours au Louvre par la grande porte de Bourbon qui jouxte sa maison et que passé le pont dormant, vient le pont-levis et entre les deux tours, se trouve la porte basse, c'est dans cette souricière qu'on l'attendra. Le plan arrêté, Louis passe dans les appartements de la reine Anne puis va voir sa mère. En fin de journée, il entend les vêpres aux Feuillants puis soupe et se couche. Il est dix heures.

Le lendemain, le roi se lève à huit heures et demie. Il demande un verre de vin de Bordeaux. Les hommes de Vitry sont déjà en place à cette heure matinale. Depuis la veille, la pluie tombe. Une pluie fine qui a détrempé les rues de la capitale. Il y a de la boue. Dubuisson, l'un des conjurés, est posté rue de l'Autriche, au coin de l'hôtel de Bourbon. Il guette. Dès que le maréchal sortira de chez lui, il donnera l'alerte. Le roi, pour déjouer les soupçons, a ordonné à son premier écuyer de tenir un carrosse prêt pour aller chasser. Persan et du Hallier attendent dans la cour avec une poignée d'hommes. La Chesnaye et ses gardes ont pris place près de la porte d'entrée. Vitry est assis sur un coffre dans la salle des gardes. Il se lève. Va et vient. On le sent nerveux. Il s'impatiente. Un instant, il pense rassembler les gardes suisses et les gardes françaises pour aller donner l'assaut à la maison de Concini. Dix heures sonnent à Saint-Germain-l'Auxerrois quand on l'avertit que le maréchal vient de sortir de chez lui, entouré d'une soixantaine de gentilshommes. Vitry sort du palais et se dirige vers la porte.

De son côté, Concini s'avance vers l'entrée du Louvre. Il tient un bouquet d'une main, de l'autre une lettre que lui a remise un gentilhomme normand, M. de Cauvigny. Il porte toujours le deuil de sa fille. Il est vêtu d'un haut-de-chausses de velours gris, d'un pourpoint de toile noire brodée d'or, d'un manteau de velours noir garni de riches passementeries de Milan. Sa collerette est de fines dentelles, son feutre noir, garni d'une plume blanche. Il a chaussé des galoches en paille pour se prémunir de la boue.

Le maréchal est sur le pont qu'il passe tout en continuant de lire sa lettre. Il franchit la porte. Le lieutenant de garde la ferme aussitôt malgré les protestations du gros des gentilshommes qui le suivent. Vitry arrive à cet instant. Les compagnons de Concini le saluent aimablement. Vitry, sans s'en rendre compte, a croisé le maréchal. « Où est le maréchal d'Ancre ? » interroge-t-il. Cauvigny de lui montrer Concini qui se trouve à quelques pas devant lui. Vitry s'avance par-derrière, pose un bras sur celui de Concini : « De par le roi je vous arrête ! — *A me ?* » s'écrie le maréchal tout colère. Déjà il a porté sa main à son épée. « A vous ! Oui à vous ! »

renchérit Vitry en l'empoignant sans plus de façon. Cet *A me* est-il un cri de surprise ou un appel à l'aide ? Dans le doute cinq décharges de pistolet se font entendre. Deux balles se perdent. Une vient se loger entre les deux yeux, une autre sous l'œil, une troisième traverse la gorge. Le maréchal s'affaisse. Il est mort. Ainsi s'achève l'étrange et incroyable destin de Concino Concini de la famille des comtes de la Penna, aventurier et ruffian florentin, marquis d'Ancre et maréchal de France.

Le baron de Vitry crie « Vive le roi ! ». Il fait rouler le corps dans la cour à coups de pied. La bête est morte. Commence le carnage. Les conjurés, excités par l'action, lardent le maréchal de coups d'épée. Sarroque, Tarrand sont de la partie. Le cadavre est dépouillé. Dubuisson lui arrache un diamant au petit doigt. Un autre prend son épée. Un autre encore son manteau. Les archers de la prévôté emportent bientôt le corps dans une pièce du corps de garde. Condamine se saisit d'un écuyer de la reine mère. On veut lui faire crier « Vive le roi ! » Il résiste. On lui place un poignard sur la gorge. Il s'exécute.

Louis attend dans son cabinet des armes. Il est entouré de ses fidèles. Luynes et Déageant sont auprès de lui. Le palais se trouve soudain en alerte. L'affolement est général. Un valet entre pour dire que l'affaire a échoué ; que le maréchal est vivant et qu'il arrive par le grand escalier avec sa troupe.

Louis se dresse. Il est hors de lui. « Ah çà, Decluzeaux, que l'on me donne ma carabine, ma grosse Vitry ! » C'est le nom qu'il a donné à cette arme que lui a offerte Vitry pour l'un de ses anniversaires.

Decluzeaux, l'arme en main, se porte à ses côtés. Louis dégaine son épée. Et précipitamment quitte la pièce. Il veut aller au-devant du traître, lui passer sur le corps. Le premier gentilhomme qu'il rencontre est Ornano, le colonel des Corses. « Sire, c'est fait… » Louis remet son épée au fourreau et revient dans ses appartements. Il ouvre une fenêtre qui donne sur la cour et se met à crier : « Merci, grand merci à vous tous, à cette heure enfin je suis roi ! » Une immense clameur monte aussitôt de la cour. « Vive le roi ! » Les chapeaux volent. C'est l'enthousiasme. Chacun revendique d'avoir été du complot. Chacun se sent couvert. Le roi n'a-t-il pas dégainé son épée ? Louis ouvre une autre fenêtre qui donne sur la cour des cuisines où se tiennent les gardes françaises. « Aux armes, aux armes, compagnons ! » Il ne se retient plus. Trop d'humiliations accumulées durant tant d'années se débondent en un instant. Il est le roi. Il gouverne.

Dans son cabinet, Marie est encore à sa toilette. Elle n'a rien entendu du vacarme qui s'est répandu dans les couloirs et les galeries du palais. Catherine Forzoni, une de ces femmes de chambre qu'elle a amenées avec elle d'Italie, passant par le rez-de-chaussée, aperçoit Vitry en grande conversation avec un groupe d'hommes en armes. Curieuse, elle demande ce qu'il se passe. Vitry lui répond que le maréchal a été tué. Par qui ? Par moi et par ordre du roi. La femme de chambre court chez sa maîtresse et lui annonce la nouvelle. La reine se lève. Fait quelques pas. Sous le choc, elle ne peut prononcer une parole. On l'entoure. Elle se dégage et, comme une somnambule, reprend sa marche. Hagarde, les cheveux hirsutes, la grosse reine ne fait que gémir : « *Poveretta di me !* » Soudain prise de panique, elle se met à courir. Elle se tord les mains, se griffe le visage. C'est à cet instant que M. de La Place entre dans le cabinet. C'est qu'il faut prévenir la maréchale ; mais comment ? « J'ai bien autre chose à penser. Si on ne peut lui dire la nouvelle alors qu'on la lui chante ! » Elle efface par ces paroles trente ans d'amitié.

Elle vient de comprendre sa déchéance. Elle n'est plus rien. Son fils a pris le pouvoir. Elle veut voir le roi. S'expliquer. Sauver les meubles. Elle envoie son premier écuyer Bressieux demander une entrevue. La réponse ne se fait pas attendre. C'est non. Le roi a trop à faire, ce sera pour une autre fois. Elle s'entête, il lui faut voir son fils. Bressieux repart chez le roi. Même réponse dilatoire. L'écuyer repart pour une troisième fois. Cette fois-ci, Louis se fâche et menace Bressieux de l'envoyer faire un séjour en prison pour obstination.

Marie comprend que le coup qui vient d'être perpétré contre Concini lui est également destiné. Le roi ne l'aime pas. Elle en est sûre à présent. Mais elle, l'a-t-elle jamais aimé ?

Durant ce temps, M. de La Place a gagné l'appartement de la maréchale d'Ancre. C'est son jour de migraine. Elle repose sur son lit. Elle reçoit la nouvelle de la mort de son mari sans un mot, sans une larme, sans un cri. « Il a été tué ? — Il est vrai et c'est Vitry qui l'a tué ! — C'est donc le roi qui en a donné l'ordre… » Elle n'a que mépris pour cet enfant pâle et sournois. Elle aurait dû s'en méfier. De lui et de son Luynes. Heureusement il lui reste la reine mère ! Mais oui, c'est la reine mère qui la sauvera de ce désastre. Elle renvoie aussitôt La Place chez Marie pour solliciter une audience. Le malheureux tombe mal ; par trois fois le roi a refusé de recevoir sa mère. Et elle vient d'apprendre qu'il renvoie tous les nouveaux ministres pour reprendre les anciens qu'elle avait congédiés. Le ministère des barbons est de nouveau en place.

Marie s'emporte : « Qu'on ne me parle plus de ces gens-là ! Je leur avais bien dit ! Il y avait longtemps qu'ils auraient dû être en Italie ! J'ai bien assez à faire avec moi-même ! » Elle est hors d'elle. Elle s'abaisse à demander à voir Luynes. Celui-ci lui confirme que le roi ne peut la recevoir pour l'instant. Sans attendre, Marie fait quérir la princesse de Conti. Elle arrive en peignoir, toute décoiffée. Elle doit se rendre sur-le-champ chez le roi. Le roi lui accorde une audience à la seule condition qu'elle ne lui parlera pas de sa mère. Elle accepte. Louis se montre très gracieux. C'est au tour de Mme de Guercheville, la dame d'atour, de se jeter aux pieds du roi. Louis demeure de glace : « Je reconnais bien la reine pour ma mère, mais je suis le roi. Si elle ne m'a traité pour son fils je la traiterai néanmoins toujours comme mère. Je ne peux encore la voir avant que je n'aie donné ordre à mes affaires… »

La reine Anne, son frère Gaston, ses sœurs Christine et Henriette ne sont pas autorisés à rendre visite à Marie. Douze archers de la garde royale remplacent à la porte de l'appartement de Marie ses propres gardes. On mure les portes secrètes. On abat le pont qui relie l'appartement de la reine mère au jardin du bord de l'eau. Elle est prisonnière. Se rendant aux nouvelles, l'ambassadeur d'Espagne est arrêté par Vitry : « Ce n'est pas chez la reine mère que Votre Excellence doit se rendre à présent mais c'est chez Sa Majesté le roi… »

Le résident florentin s'est introduit chez la reine mère par une porte secrète, connue de lui seul. La reine mère est saisie de le voir debout devant elle. Elle se reprend. Et c'est non sans quelque amertume qu'elle lui confie : « Bartolini, mon ami, aurais-tu jamais pensé me trouver en prison ! Qui eût dit que cet enfant à l'âge de seize ans procéderait avec moi comme il le fait ! J'aime mieux mourir que de rester en prison ! »

Il est midi. Le roi demande à dîner. Il mange de bon appétit des asperges, des crêtes de coq, du chapon bouilli, deux tranches de gelinotte et pour achever le tout de la gelée de figues.

Au même instant, Léonora à qui on a rapporté les propos de la reine mère, comprend qu'elle est désormais seule. Elle se met à hurler. Un long cri perçant, inhumain presque. Elle se cogne aux meubles. De gros sanglots s'échappent de sa poitrine. L'hystérie s'empare d'elle. Au bout d'un moment, elle se reprend. Elle va à ses cabinets, en tire des cassettes pleines de bijoux et de pierreries, met à ses doigts ses plus belles bagues, enfin prend des sacs d'or et fourre le tout sous son matelas. Elle se recouche. Florence, sa jeunesse, Marie petite fille, les jardins de Boboli, toute une enfance lui reviennent à l'esprit. Que n'avait-elle quitté la France quand il en était encore temps. Il y a huit jours, elle le pouvait encore. Elle imagine le désarroi de la reine mère. « Pauvre femme ! soupire-t-elle, je l'ai perdoue ! » Comme son mari, Léonora n'a jamais pu perdre son accent.

Les archers de Vitry sont à sa porte, qu'ils enfoncent. La perquisition commence. On lui arrache ses bagues, dont certaines appartiennent à la Couronne. Elle hurle de rage. Veut mordre. Après les cris viennent les insultes. C'est toute la fange florentine qu'elle éructe. On trouve les cassettes. Une disparaîtra. Elle contenait plus de 300 000 écus ; l'autre, celle des pierreries, sera remise au roi qui, le soir même, la donnera à la reine Anne. Léonora se débat. Elle ne veut pas se lever de son lit. Elle se cramponne aux colonnes du baldaquin. Finalement on la jette à terre. Elle est conduite sous bonne garde dans une chambre grillée en haut du Louvre où avait été enfermé quelques mois plus tôt le prince de Condé avant d'être transféré à la Bastille. Elle s'avance par les galeries. Les courtisans la regardent passer. Ils détournent la tête et particulièrement ceux qui lui doivent leur élévation. On a trouvé l'or et les bijoux mais également des horoscopes. Ceux de la reine mère, mais aussi du roi, de Monsieur son frère, de Mesdames ses sœurs. Il y a là comme un parfum de sorcellerie qui tombe à point.

Sebastiano Galigaï, archevêque de Tours depuis le début de mars et cardinal depuis quatre jours, prévenu de ce qui se passe au Louvre, a juste le temps de plier bagage. Il passe la porte de Buci en laissant derrière lui ses meubles ; et surtout sa précieuse bibliothèque. C'est que Sebastiano a pris goût sur le tard à la lecture et d'abbé illettré, est devenu un fin connaisseur des belles-lettres. Sa maison du faubourg Saint-Germain regorge de curieux et beaux objets. C'est un artiste. Pour tout dire, lui aussi est un Florentin. Il est prince de l'Eglise et cette dignité lui garantit l'immunité. Il vivra encore quelques années après avoir rendu son siège archiépiscopal.

Après la maison du cardinal, les archers de Vitry fouillent celle du maréchal, rue de l'Autriche. Ils font main basse sur le mobilier estimé à plus de 300 000 écus. La garde-robe est distribuée. Derrière un coffre se terre un garçon de treize ans apeuré. C'est Henri Concini. Il se trouve depuis deux jours dans cette maison dévastée. Personne ne semblait s'intéresser à lui. Personne jusqu'au jour où Luynes découvre qu'il est en possession de la survivance de son père comme premier gentilhomme de la chambre. Or Luynes, qui vient de prêter serment pour cet emploi, regarde l'enfant d'un mauvais œil. Henri Concini est conduit au Louvre. C'est un adolescent charmant et instruit promis à une belle carrière. De plus il parle cinq langues et danse à merveille. Un vrai petit gentilhomme dont chacun s'était émerveillé un temps. La reine Anne veut le voir. Il est conduit dans ses appartements. Elle lui demande de danser. Il s'exécute. Elle voudrait se l'attacher mais elle sait combien son époux est têtu dans ses inimitiés et plus encore dans celles qui touchent aux Concini. Le comte de Fiesque de l'illustre maison génoise réfugiée en France, intime avec Concini et qui doit beaucoup à la Galigaï, le prend sous son aile. Quelques semaines se passeront avant que le jeune Concini soit conduit au château de Nantes où il demeurera cinq ans. Il pourra par la suite regagner Florence. La reine Marie sera entre-temps intervenue, auprès de son petit-cousin le grand-duc de Toscane afin qu'il s'intéresse au sort de ce malheureux, dont la seule faute fut d'être enfanté par sa chère Léonora.

Le soir même de l'assassinat du maréchal, les principaux conspirateurs se retrouvent dans l'appartement du roi. Ils sont là à se disputer les dépouilles. Le roi accorde à Vitry, pour ce haut fait d'armes, un bâton de maréchal que le baron peu scrupuleux s'en va ramasser dans le sang du favori. Il y ajoute 10 000 ducats à prélever sur le compte de Concini chez le banquier Lumagne. Vitry, pris de vertige devant l'acte commis, s'en ouvrira au roi, lequel écrira une lettre au parlement le déchargeant de toute responsabilité dans la mort du maréchal d'Ancre. Elle y sera enregistrée le 20 mai suivant. Trois jours plus tard il recevra son bâton de maréchal. Entre-temps il sera devenu un héros national. Le roi lui promet également l'hôtel de la rue de Tournon ainsi que le château et la terre de Lésigny. Il ne fait que les lui promettre. Car Luynes, toujours avide de biens et d'argent, grogne aussitôt comme un chien à qui l'on tente d'enlever sa gamelle. Il veut toute la fortune de Concini. Le soir même, il prend ses fonctions de premier gentilhomme de la chambre. Il finira par obtenir Lésigny et la maison de la rue de Tournon. Il sera cependant obligé de rendre l'hôtel devant le scandale que tous ces dons suscitent. Déjà, on murmure que ce n'est pas pour avoir abattu un favori qu'il faut en élever un autre. Du Hallier, frère de Vitry, reçoit la charge de capitaine des gardes, Persan celle de capitaine de la Bastille. Déageant devient intendant des Finances, Tronson secrétaire de cabinet… Les voilà bien repus !

Les familiers de Concini et de Léonora sont arrêtés. Le secrétaire du maréchal Ludovici est écroué au For-l'Evêque, Montaubert, son agent en Picardie, rejoint la Conciergerie. Et le reste, parmi lequel Hocquincourt, Nardi, un Florentin ami de jeunesse de Concini, Desdiguière, écuyer de Léonora, et Andrea de Lizza, son guitariste et aumônier, est envoyé à la Bastille.

Armand du Plessis de Richelieu, évêque de Luçon, a depuis quelques mois senti le vent tourner. Il avait, il y a peu, obtenu au Conseil, grâce à Concini, la préséance sur les autres ministres en tant qu'évêque. Or, depuis quelques semaines, il lui semblait que le parti du maréchal n'était plus aussi sûr, en tout cas plus tout à fait en état de porter son immense ambition. Comme il est un opportuniste de génie, il s'apprêtait à le lâcher tout en gardant les convenances. Il avait déjà fait approcher Luynes. Ainsi saura-t-il toujours faire coïncider ses intérêts propres avec ceux de l'Etat. Durant son court ministère, il caressa le duc de Monteleone, ambassadeur d'Espagne. Il l'endormit. En sous-main il laissait agir le maréchal de Lesdiguières en Italie. Il reprenait en trompant celui-ci, en jouant de celui-là, le grand projet de François Ier et d'Henri IV. Il obtenait même l'assentiment du roi qui, oubliant sa comédie de l'enfant demeuré, s'esclaffa quand il sut que la Savoie était sauvée : « Tant mieux ! cela fera baisser le nez aux Espagnols. »

Quand Luçon est informé de la mort du maréchal, il se trouve chez l'un des recteurs de la Sorbonne. Il lui faut jouer serré. Il se rend au Louvre. On lui a fait dire que le roi le demandait. Il traverse la foule en émoi. N'a-t-elle pas pensé un moment que le favori avait attenté à la vie du roi ? Luçon entre au Louvre déterminé à y livrer le combat de sa carrière. Dans la cour, un valet lui fait savoir que ses collègues Barbin et Mangot se sont cachés dans les écuries. Il s'y rend. Les deux secrétaires d'Etat lui font valoir que sa dignité d'évêque lui servira de protection. Car c'est une révolution de palais qui commence, digne du sérail de Constantinople ou de l'Empire romain. Au fond d'eux, ces grands lecteurs de Tacite et de Suétone pensent à Néron et à Agrippine. A peine Luçon a-t-il tourné les talons que Barbin et Mangot sont tirés de leur cachette. Le premier est conduit dans sa maison face à Saint-Germain-l'Auxerrois avec ordre de n'en pas sortir. Le second est mené à la Bastille.

Quand Luçon entre dans la Grande Galerie, il s'y trouve une presse immense. Le roi, grimpé sur un billard, s'écrie d'aussi loin qu'il l'aperçoit : « Eh bien Luçon ! me voici hors de votre tyrannie ! Allez, allez ! Otez-vous d'ici ! » Luynes alors intervient. Il lui faut s'assurer de quelqu'un auprès de la reine mère. Même renversée, elle peut toujours mordre. Luynes se penche à l'oreille du roi. Luçon lui débite alors un compliment où il renie son amitié avec Concini. Louis se ravise. « Vous remettrez vos dossiers à Villeroy ; mais vous aurez licence de siéger au Conseil. » Richelieu vient de trahir son ancien maître de qui il n'avait reçu que bienfaits et s'apprête à jouer les espions auprès de la reine Marie. Saurait-on mieux fourber son monde ?

XXX

Adieu monsieur le Maréchal !

Le cadavre de Concini est tiré du corps de garde à la nuit tombante. Porté dans la salle du Jeu de Paume, il est étendu sur une table et dépouillé de ses habits. On découvre son bandage d'acier, sa ceinture herniaire. Dans les poches de ses hauts-de-chausses on trouve 1 985 000 livres d'obligations et de lettres de change. Une partie de son immense fortune qui lui permettait à tout instant d'acheter certaines personnes, d'en récompenser d'autres et éventuellement de faire face. Vers minuit, son corps est déposé dans une nappe sale attachée par une cordelette rouge. Trois heures du matin sonnent au clocher de Saint-Germain-l'Auxerrois quand le corps du maréchal, porté par des gardes, franchit à la lueur des torches la porte du Louvre.

Une vieille a entendu du bruit dans la rue qui longe l'hôtel du Petit-Bourbon. Elle colle son museau à la fenêtre et voit passer les ombres que jettent les torches sur le mur. Voilà l'Italien qui passe. Comme beaucoup de femmes du quartier, elle est toujours prête à hurler avec les loups. C'est comme ça dans la famille, son mari fut des barricades qui chassèrent Riton l'enculé de sa capitale, et son père écorcha plusieurs parpaillots la nuit de la Saint-Barthélemy.

Et tandis que la troupe progresse vers Saint-Germain-l'Auxerrois, déjà on y creuse une fosse sous les orgues. Arrivé, le corps y est jeté sans plus de cérémonie. Malgré les adjurations d'un prêtre qui voudrait lui donner l'absoute. On n'a pas de temps à perdre pour ces momeries. Les dalles sont rapidement replacées et maçonnées. En moins d'un quart d'heure, la messe est dite.

Le lendemain 25 avril, jour de la Saint-Marc, le roi entouré de Monsieur, son frère, du cardinal de Guise, des ducs d'Uzès et de Nemours et d'une troupe de gentilshommes va écouter la messe aux Augustins.

La vieille a déjà alerté le quartier sur l'étrange procession de la nuit. On s'assemble. On discute. Le ton monte. Finalement hommes, femmes, enfants courent à l'Auxerrois. Deux cents personnes se retrouvent dans l'église. Tous les outils sont bons pour desceller les dalles. La dépouille de Concini est tirée de la fosse. Hurlements de joie. Se trouvent là des femmes excitées par le sang, des taulières de maisons borgnes, des truands, tout un peuple interlope mais aussi des valets, des cochers, des clercs. Le Paris des révolutions et des émeutes.

Alors commence la sarabande macabre que ne peuvent empêcher le grand prévôt et ses hommes. La populace mène le corps devant la maison du ministre Barbin qui se trouve non loin de là. Il y demeure sur ordre du roi. Le bonhomme croit en crever de peur. C'est que le spectacle du maréchal nu, les baloches au vent, insulté par cette foule déchaînée est terrifiant. On mène le corps ensuite au Pont-Neuf où Concini avait fait dresser des potences et, de là, rue de l'Arbre-Sec à la Croix du Trahoir où en permanence se trouve un gibet. La procession ensuite avec en guise d'ostensoir Concini se rend à la Bastille, puis en place de Grève. Enfin on traverse la Seine et on se rend rue de Tournon. Le corps du maréchal n'est plus qu'une loque. Il inspire cependant toujours la même haine. Il est ramené sur le Pont-Neuf où il est pendu. On lui coupe les couilles. Les femmes applaudissent. Fusent des plaisanteries sur les roubignoles tant dorlotées par la reine douairière. C'est qu'il a été son amant, c'est certain ! On lui taille ensuite les oreilles, le nez.

Entendant le bruit qui se fait sur le Pont-Neuf, le roi s'enquiert de ce qui se passe. On lui décrit les scènes qui s'y déroulent. M. de Luçon, passant par là en carrosse, a failli être écharpé. C'est qu'on l'a reconnu pour avoir été un affidé du maréchal. On s'apprête à lui faire un mauvais sort. Sa mine hautaine et son sang-froid le sauvent. « Voilà des braves qui mourraient au service du roi. Crions ensemble : Vive le roi ! » Aussitôt on lui ouvre le passage.

Louis se trouve bien marri de ce qu'on n'ait pu empêcher ce désordre. Il possède au point suprême ce don royal de l'hypocrisie. De surcroît il demeure défiant et dissimulé. Ce sera toujours sa nature.

Finalement, on emmène ce qui reste de Concini à la Croix du Trahoir où on se livre à de véritables scènes de cannibalisme. La populace est saisie de délire. Une véritable frénésie. On lui arrache le cœur qu'on rôtit. On le découpe. On le vend par morceaux. Certaines parties sont brûlées. Les cendres sont recueillies et vendues. Les bourgeois à leur fenêtre regardent avec curiosité le spectacle. A la nuit, ce qui reste du maréchal est jeté à la Seine.

Le surlendemain 26 avril, des maîtres de requêtes sont chargés de mettre sous séquestre les biens de Concini et de Léonora. On en notifie l'avis aux banques et on pose les scellés sur la maison de la rue de Tournon et sur celle du bord de Seine. Peine perdue, les demeures ont été visitées et pillées. Les archers se sont servis. On trouve cependant des correspondances de Concini avec l'Espagne qui serviront de preuve de l'immixtion des favoris dans les affaires du royaume.

Des courriers galopent à bride abattue vers Soissons où se trouvent les armées du roi. Les princes rebelles sont informés de la nouvelle avant le comte d'Auvergne. Aussi ce dernier reçoit-il en même temps le courrier du roi et le trompette du duc de Mayenne pour lui annoncer que la ville assiégée se rend. En Champagne, la même scène se reproduit.

Dans sa chambre grillagée du Louvre, coupée de toute communication avec l'extérieur, Léonora a cessé de se ronger les sangs. Que peut-on contre elle ? Quelques voleries ? Et alors, qui n'en a pas fait à la Cour ? Et ce qu'elle a pris, ce fut toujours avec l'assentiment de la reine.

Elle est seule. Il lui faut réagir. Surtout ne pas se laisser envahir par cette mélancolie à laquelle elle est sujette. Le jeune roi la hait. Bien. Elle ne l'aime pas non plus. En revanche elle a toujours gardé de bonnes relations avec le grand-duc de Toscane. Elle l'a bien servi. C'est à lui à présent de la bien servir. Elle a gardé bien cachée sur elle une bague. Elle la tire de dessous ses jupes et la fait miroiter au nez du garde. Elle connaît le pouvoir de l'argent. Elle lui demande d'aller quérir un Florentin qui lui est dévoué. Celui-ci accourt. Elle n'a ni papier ni encre, elle lui communique à voix basse ce qu'il devra mettre dans le billet. « N'oublie surtout pas en écrivant de lui donner de l'Altesse Sérénissime... » L'homme le soir même quitte Paris. La lettre que recevra le grand-duc Côme est datée du 7 mai à Pise. Ce sera la dernière tentative de Léonora pour survivre à son destin.

Léonora se doute-t-elle qu'en se mariant sous le régime de la séparation de biens elle avait signé son arrêt de mort ? Elle possède en propre non seulement Lésigny, la terre d'Ancre, l'hôtel de la rue de Tournon, mais également une fortune de plus de quinze millions de livres accumulée grâce à d'habiles affaires et à des trafics d'influence. Ses épingles étaient d'or.

Luynes convoite sa fortune. D'ailleurs, le roi la lui a promise. Le seul moyen de mettre la main dessus est de faire son procès en même temps que le procès posthume du maréchal. D'ailleurs, le procureur Mullard vient d'être désigné comme curateur à la mémoire du feu maréchal. Cependant, une condamnation judiciaire de la maréchale suffira-t-elle pour obtenir une confiscation de ses biens ?

Les conseils de Luynes fouillent déjà son passé. Ses crises, ses visites nocturnes dans les églises, ses médecins juifs, ses prêtres exorciseurs, toutes ces choses qui sentent le sabbat des sorcières remontent à la surface. Un procès en sorcellerie, pourquoi n'y a-t-on songé plus tôt ! D'une sorcière condamnée et brûlée, on ne saurait hériter. Ainsi Henri Concini n'aurait rien à espérer de sa mère ! Evidemment la reine Marie sera éclaboussée dans ce procès. Mais Luynes n'a que faire de la réputation de la reine. Il est sans scrupules lorsqu'il s'agit d'argent. Son intelligence est assez courte. Son peu de vaillance notoire. Mais le roi en est coiffé. Le roi approuve sans approuver.

La reine Marie ! Qu'en a-t-il à faire de cette grosse Majesté ? D'ailleurs, elle est en route pour Blois avec son train de dames d'honneur, de secrétaires et de petits chiens dont elle ne se sépare jamais. Elle y demeurera deux ans sous bonne garde avant de s'enfuir de nuit en descendant par une corde d'une fenêtre, au risque de se rompre le cou.

Le 3 mai au matin, le roi l'a saluée froidement le chapeau à la main. Il s'est débité entre eux des paroles convenues. Elle est ensuite montée en voiture. M. de Luçon est du voyage. Il a sauvé sa peau auprès du roi. Il fera office d'espion auprès de la reine mère. Il tiendra au courant Luynes de ses faits et gestes. De ses pensées secrètes. Luynes est un imbécile. Le roi, qui ne l'est pas, s'en apercevra rapidement. Il lui faudra alors un ministre. Pourquoi pas lui ? Il a vu comment se comportaient les grands, il sera temps alors de les abattre, quitte à faire tomber des têtes. Il n'est pas encore le redoutable cardinal de Richelieu, mais sa transformation a commencé.

Entouré de gardes à cheval, le convoi de la reine sort de Paris par la porte Saint-Jacques. Sur son passage s'élèvent des huées et des lazzis orduriers. Marie s'est jetée au fond de la voiture pour ne pas les entendre.

Le lendemain 4 mai, Léonora est transférée du Louvre à la Bastille avec deux femmes de service. Elle n'y restera pas huit jours. Le 11 mai à minuit, elle quitte la Bastille pour la Conciergerie. Elle pense connaître la nature humaine. Tout le monde a un prix, tout le monde est achetable. Durant le trajet, elle s'approche du capitaine des gardes. « 200 000 ducats si vous me faites échapper… » L'autre, qui a vu la vieille chouette avec ses yeux perçants s'approcher de son oreille, se recule en éclatant de rire. « Et où sont-ils vos ducats ma belle ?… » Le coup a raté. Elle a perdu la main.

On l'a privée de ses servantes et placée dans une cellule avec deux archers de la garde écossaise et son apothicaire. Elle comprend alors ce qui l'attend et s'écrie « *Ohimè ! son persa !* ». Oui perdue, elle ne croit pas si bien dire. Peu à peu elle s'accoutume à la prison, à son dénuement. Elle cuisine ses repas de peur d'être empoisonnée. Elle demande du linge propre. On fait semblant de ne pas l'entendre. Elle s'emporte. Elle relève la tête. Sait-on qui elle est ? Elle est la marquise d'Ancre, la femme d'un maréchal de France. On lui fait attendre ses chemises dix jours. Elle veut une nouvelle robe. La sienne est trop chaude et on étouffe dans le cachot. On lui apporte une robe d'été violette et brodée d'or mais tout usée.

L'avant-veille, le roi a signé les lettres patentes ordonnant l'ouverture du procès. « Ordonnons qu'il soit par vous procédé contre ledit feu maréchal et sa mémoire, ensemble contre sa dite femme, à présent sa veuve, pour sur lesdits cas et selon les lois et ordonnances de notre royaume leur être fait et parfait leur procès criminel et extraordinaire... » La Cour entérine ces lettres le 12 mai et désigne deux présidents, M. de Verdun et M. Séguier, et deux conseillers, Jean Courtin et Guillaume Deslandes, pour procéder à l'instruction. Le procès dès lors peut commencer.

Le 22 mai Léonora est amenée devant les deux conseillers. Elle subira ainsi vingt-deux interrogatoires jusqu'au 7 juillet, date du jugement. Ses comparses Ludovici, Andrea de Lizza, Desdiguière l'écuyer, Montaubert, Balthazar Nardi et Claude Barbin le contrôleur général des Finances destitué sont entendus comme témoins à charge.

Luynes est entré en campagne. Il lui faut la fortune de la maréchale. Il est prêt à tout. Même au prix du déshonneur. Il charge Modène de sonder Barbin en prison. L'ancien contrôleur général se sent l'obligé de Léonora. Il ne parle d'elle qu'en la nommant avec respect Mme la maréchale ou la marquise d'Ancre alors que Modène l'appelle avec dédain la Galigaï. Il en sera de même dans les interrogatoires avec les juges. Tous ceux qui ont approché Léonora garderont de la déférence à son endroit. Modène comprend qu'il ne tirera rien de Barbin. Bien au contraire, il pourrait l'innocenter des crimes qu'on veut lui imputer. Modène revient plusieurs fois à l'assaut. Barbin se montre inflexible. On se gardera donc de le faire témoigner. Il paiera son attitude courageuse par une condamnation à l'exil.

Sur la sellette, Léonora répond avec beaucoup de hauteur et d'intelligence. Elle débusque les traquenards. Détourne les questions à son profit. Et quand les paroles ne suffisent plus, elle fond en larmes. Ainsi, quand on lui demande si elle a su qu'on voulait tuer le feu roi, elle est assaillie par des sanglots.

L'insolente fortune du couple Concini est étalée au grand jour. Les dons, les pensions, les cadeaux, mais aussi toutes les combinaisons obscures pour attraper des épingles. La maréchale a magouillé en grand. A la Cour chacun, quand il en a l'opportunité, magouille. Mais eux sont des gagne-petit. Les dettes de la reine mère sont mises en lumière. Ce sont des sommes extravagantes. Des folies d'inconséquence. Léonora négligemment balaie ces sommes vertigineuses. Le banquier Lumagne témoigne qu'il a reçu 200 000 livres de la maréchale et que dernièrement encore elle lui a confié 225 000 écus à placer aux monts-de-piété de Rome et de Florence. L'origine de ses fonds ? Des pots-de-vin principalement. « Aucun emploi, aucune charge, aucun fermage ne s'obtenait sans que la maréchale en ait sa commission », affirme un témoin. Léonora garde son insolence. « Je n'ai rien, s'entête-t-elle à clamer. On dit que j'ai des trésors mais c'est la reine qui m'en a fait présent. On a pris mes pierreries et les plus belles sont à la reine. Depuis trente ans de service je n'ai qu'Ancre et Lésigny ! Si mon mari a commis quelque faute, je n'en suis pas coupable ! »

Luynes, le soir venu, dans ses appartements au-dessus de ceux du roi, rêve à ces sommes astronomiques. Il se voit déjà en leur possession. Il s'imagine duc et pair et pourquoi pas connétable ? Il le sera sans jamais avoir essuyé une salve de mousquet. Il veut épouser la demi-sœur du roi, Mlle de Vendôme. Louis acquiesce. Elle refuse. Elle ne veut pas se mésallier. La gifle est éloquente. Il tourne son regard vers la spirituelle Marie de Rohan, fille du duc de Montbazon. Il l'épousera. A sa mort elle se remariera avec le duc de Chevreuse, un Lorraine de la branche française. Elle laissera le duché à son fils Luynes. Et le roi ? Le roi se lassera vite de son favori, allant jusqu'à l'interrompre en plein Conseil. « Taisez-vous, vous ne savez ce que vous dites ! »

La voie semble toute tracée. Il n'y a plus qu'à convaincre Léonora de sorcellerie. Le duc de Bellegarde est missionné par le favori pour solliciter les magistrats. Car toutes les prévarications auxquelles s'est livrée Léonora ne sont pas un motif suffisant pour la faire condamner à mort.

L'étau cependant se resserre. A l'extérieur, les ambassadeurs étrangers se tiennent au courant des progrès de l'instruction. On ne donne pas cher de la peau de la maréchale. Le nonce Bentivoglio écrit : « (...) on croit que sa femme finira aussi les siennes [grandeurs] d'une manière tragique et que le parlement la fera bientôt mourir sur la place publique. » Les juges dans leur robe rouge se tiennent sur leur banc et regardent sans la moindre pitié la malheureuse se débattre.

Après avoir évoqué sa correspondance avec les cours étrangères de Madrid et de Bruxelles – de simples lettres de compliments, assure-t-elle –, on en vient lentement aux diableries. La maréchale n'est-elle pas bizarre dans son humeur ? N'a-t-elle pas eu des médecins juifs ? Le tribunal interroge tour à tour François d'Alvarez, Charles Garcia, le juif espagnol Alonso Lopez, le marrane Philippe Daquin de son vrai nom Mardochée Cresque. L'ombre de Montalto plane sur ces interrogatoires. Son pouvoir est tel qu'il avait fait incarcérer Charles Garcia au For-l'Evêque de peur que celui-ci ne trahisse son secret. Daquin avoue qu'il avait remis à la maréchale une bague où était gravé en hébreu sur une face *Adonay Roph ecca*, qui veut dire : Dieu te médecinera, et sur l'autre : Dieu te guérit. Revinrent aussi lors des interrogatoires les boulettes de cire et les amulettes faites de feuilles d'olivier et de palmes bénites avec des *Agnus Dei* pour se garantir du tonnerre, comme c'est la coutume en Italie, précise Andrea de Lizza. Furent entendus également les domestiques Marie Brille, le cocher Claude Paquet, le prêtre le père Roger Girard et deux moines exorciseurs. Enfin on entend Léonora. On veut la pousser dans ses retranchements. Elle ne cède pas d'un pouce. Elle assure avoir toujours été une bonne chrétienne. Devant l'impuissance des médecins elle avait fait appel à ces rebouteux spirituels qui surent un temps la soulager de ses douleurs.

On revient à la charge mais le dossier demeure vide. Pas de trace de sabbat ni de sorcellerie en aucune sorte. Luynes, par l'intermédiaire de Bellegarde, se fait de plus en plus insistant.

XXXI

On grille gratis en place de Grève

Du fond de sa cellule, Léonora imagine toutes ses belles collections d'objets d'or et d'argent pillées. Une bouffée de colère l'assaille contre son mari. A y regarder de près, il n'était qu'un bellâtre. Sans elle il crapulerait encore au fond d'un bouge. Elle se ressouvient du jour où il lui avait déclaré qu'il entendait voler de ses propres ailes. Qu'il n'avait plus besoin de ses conseils. On a vu où cela l'a mené ! Elle s'entendait encore lui dire : « Nous possédons des millions dans des banques en Espagne, en Italie, aux Pays-Bas, des bijoux qui à eux seuls représentent la dot d'une reine, pourquoi ne pas quitter le pays, pour vivre en paix ? » Il lui avait ri au nez. Elle l'avait insulté. Ils s'étaient même battus devant leurs domestiques. Ah le beau spectacle qu'ils avaient dû donner ! De ce jour il ne l'avait plus visitée la nuit. Quant à elle, elle n'avait cessé de le soutenir dans l'esprit de la reine. Il l'espérait mourante et déjà il brocantait son veuvage. Il pensait épouser une fille naturelle de feu le roi Henri. La

Verneuil ou la Vendôme. Peu lui importait. Il voulait se rapprocher du trône. Le sot !

L'amour, le bonheur l'ont toujours désertée. Le reniement de la reine avait rompu le dernier fil qui la liât au monde. La maladie lui devient chaque jour moins supportable. Alors, pourquoi avoir peur de la mort ?

Deux jours auparavant, le 6 juillet, on l'avait tirée de sa cellule pour la conduire devant la Grand-Chambre. La Cour était présidée par le premier président de Verdun. Quatorze conseillers y siégeaient, notamment le président Le Jay dont elle avait facilité la promotion à ce poste. Le futur président Perrot, alors seulement conseiller, était resté chez lui, enfermé par son père qui le savait capable de faire un esclandre devant des preuves si frivoles contre la maréchale.

Léonora fut la dignité même. « J'ai vécu au milieu d'ennemis ; si je suis ce que l'on croit, la reine ne devait pas se servir d'une si méchante femme que moi, et la reine ne m'a aimée que pour les bons services que je lui ai rendus… » Pour l'accusation de sorcellerie, elle l'avait récusée une fois encore. Elle avait terminé en sanglotant : « Je vous supplie ! Que je puisse retourner servir la reine avec la bonne grâce de tout le monde ! Que l'on ait pitié de moi ! Ah ! Je suis misérable ! »

Le lendemain l'avocat général, Cardin Le Bret, se résigna à réclamer la peine de mort, fort des promesses formelles que Luynes lui avait faites que la maréchale ne serait pas exécutée et obtiendrait la grâce royale. Il prononça son réquisitoire et demanda la mort pour crimes de lèse-majesté « divine et humaine ». Le jugement était prévisible. Léonora était condamnée d'avance. Cependant l'arrêt ne mentionnait aucune charge de sorcellerie. Les comparses furent élargis à l'exception de Claude Barbin. On lui fit son procès. On l'exila. Il demeura quelques années à Besançon où il mourut dans la misère.

La mort ? Non, la mort elle n'y croit pas. Sans doute a-t-elle causé des dommages pécuniaires. Dès qu'elle serait libre, elle les réparerait. Elle l'a dit aux juges. Et ils ont paru satisfaits.

Vers midi, on lui apporte son dîner. Elle a réclamé une robe qu'on lui fait tenir. Elle sait qu'on va lui faire lecture de son jugement. Elle veut se montrer dans une tenue décente. Vers les cinq heures, des gardes ouvrent la porte de la cellule. Elle commence à douter. Ce n'est pas au Palais qu'on la conduit mais vers la chapelle. Elle y entre. Deux grands cierges brûlent. La Grand-Chambre, la chambre de la Tournelle et celle de l'Edit sont réunies. Le président de Verdun s'avance. Il lit la sentence : « La Cour a déclaré lesdits Concini et Galigaï sa veuve, criminels de lèse-majesté divine et humaine et, pour réparation, condamne la mémoire dudit Concini et ladite Galigaï à avoir la tête tranchée sur un échafaud pour cet effet dressé en place de Grève de cette ville de Paris, son corps et sa tête à être brûlés et réduits en cendres, leurs biens remis et incorporés au Domaine de la Couronne… Déclare l'enfant né du mariage desdits Concini et Galigaï ignoble et incapable de tenir Etat, offices et dignités de ce Royaume… »

Léonora demeure pétrifiée : « *Ohimè poveretta !* » s'écrie-t-elle.

Le procès n'est qu'une mascarade. Les juges le savent. Ils attendent un ordre du roi pour surseoir à l'exécution. L'ordre n'arrivera jamais. Où est le roi ? En forêt. Il chasse et il est de méchante humeur.

Léonora s'est reprise. Peut-être peut-elle échapper à la mort ? Elle se dit enceinte. Les juges s'esclaffent. A son âge, ce n'est pas sérieux et puis n'a-t-elle pas assuré n'avoir plus aucune relation avec son mari depuis des années ?

Généralement, entre le moment de la sentence et son exécution, le condamné bénéficie d'un délai d'une journée ou deux pour implorer sa grâce, remettre son âme à Dieu. Mais Luynes est impatient. Il faut hâter le pas. Deux prêtres s'approchent, Le Clerc et Bernard – ce dernier de la Sorbonne. Les deux rapporteurs, Courtin et Deslandes, veulent lui faire subir un dernier interrogatoire. Elle s'adresse au premier : « Vous savez bien que je ne mérite pas cette mort et qu'il n'y a dans tout cela que raison d'Etat. Je ne sais pas comment vous voulez charger votre conscience d'un tel péché. L'intérêt vous aveugle. Vous savez que je connais votre méchante nature de longue main ; et autrefois, quand j'ai pu, je vous ai obligés ! Mais en vous l'amour du gain a plus de force que le juste souvenir des bienfaits reçus... »

Le conseiller Courtin rougit de colère : « Vous n'êtes pas, madame, en état de m'injurier. »

Léonora soudain s'emporte : « Justement ! Le fait même d'être si près de ma fin donne plus de fond à mes paroles. Dieu sait ce qui est ; et bien des hommes en peuvent témoigner. Je vous ajourne à un an à comparaître devant Dieu !

— Bien, bien, madame, nous n'attendrons peut-être pas tant ! » rétorque goguenard le conseiller Courtin.

On lui présente son dernier interrogatoire qu'elle refuse de signer dédaigneusement. Qu'a-t-elle à faire à présent de la justice des hommes ? De ce pouvoir qu'une femme habile et résolue exerce sur une balourde. De ce mot qu'on lui prête déjà. Elle sort de la chapelle, entourée de gardes. On lui présente un verre de vin qu'elle prend ainsi qu'un peu de pain. Le prêtre Le Clerc lui donne l'absolution. Il lui parle de la vie éternelle. Y croit-elle ? C'est qu'elle marche déjà dans les ténèbres, son passé n'éclairant plus l'avenir.

La charrette est dans la cour. L'exécuteur des hautes œuvres s'y trouve avec ses aides. Elle y monte sans broncher. La charrette s'ébranle. La foule au sortir de la prison est immense. Les deux cents archers n'arrivent pas à faire avancer le convoi funèbre. La foule hurlante se déchaîne. Ce ne sont qu'insultes. Léonora murmure : « Que de personnes assemblées pour voir passer une pauvre affligée ! » Quelqu'un crie sur le parcours : « Voilà la huguenote ! » Le bourreau se penche à l'oreille de Léonora : « Madame, portez un peu plus haut votre croix. Vous entendez le peuple. » Léonora embrasse la croix avant de l'élever. Un homme est dans la foule. Elle le reconnaît. C'est Fiesque. Elle demande qu'on arrête la charrette. On lui accorde la permission de s'entretenir un instant avec lui. Fiesque s'approche. Léonora appelle un greffier pour qu'il consigne ce qu'elle dit. Le convoi repart. Au bout d'une heure il débouche sur la place de Grève noire de monde. Le bûcher flambe. Léonora monte sans faillir sur l'échafaud. D'une voix claire, elle pardonne au bourreau. « Mais madame, je ne vous ai pas offensée ! — Le ferez-vous bientôt ? — Oui ! Recommandez-vous bien à Dieu. » Elle veut alors pardonner au roi, à la reine et au peuple : « On me veut du mal et ils ont fait du mal à mon mari. Je les prie tous de me donner un *Ave Maria.* » Le bourreau s'approche d'elle et lui coupe sa collerette. Il l'agenouille. Les deux prêtres la bénissent. Soudain s'élève dans la foule une voix. Un *Salve Regina* repris par tous. Le bourreau veut lui bander les yeux mais il n'a qu'une cordelette qui tient mal. Il s'éloigne. Brandit son glaive. Et dans un grand souffle d'acier lui fait sauter la tête. L'instant d'après son corps est jeté dans le brasier. Le peuple se prend aussitôt de pitié pour celle qu'il venait d'insulter l'instant précédent.

« Si elle eût été moins riche, elle eût été plus à couvert en sa mauvaise fortune », écrira dans ses *Mémoires* l'évêque de Luçon devenu cardinal de Richelieu.

La reine Marie, en apprenant à Blois la mort de Léonora, étouffera un sanglot. Elle se doute bien qu'en livrant son amie au bourreau, c'est elle que son fils Louis a mis à mort. Luynes ne jouira pas longtemps de la fortune des Concini. Il mourra quatre ans plus tard, riche et déconsidéré. Des valets joueront au piquet sur son cercueil.

Les hasards des cartes, un cercueil, voilà un joli raccourci pour une destinée.

Arbres généalogiques

- Généalogie de la maison de France
- Généalogie de la maison des Guise
- Généalogie de la maison des Médicis

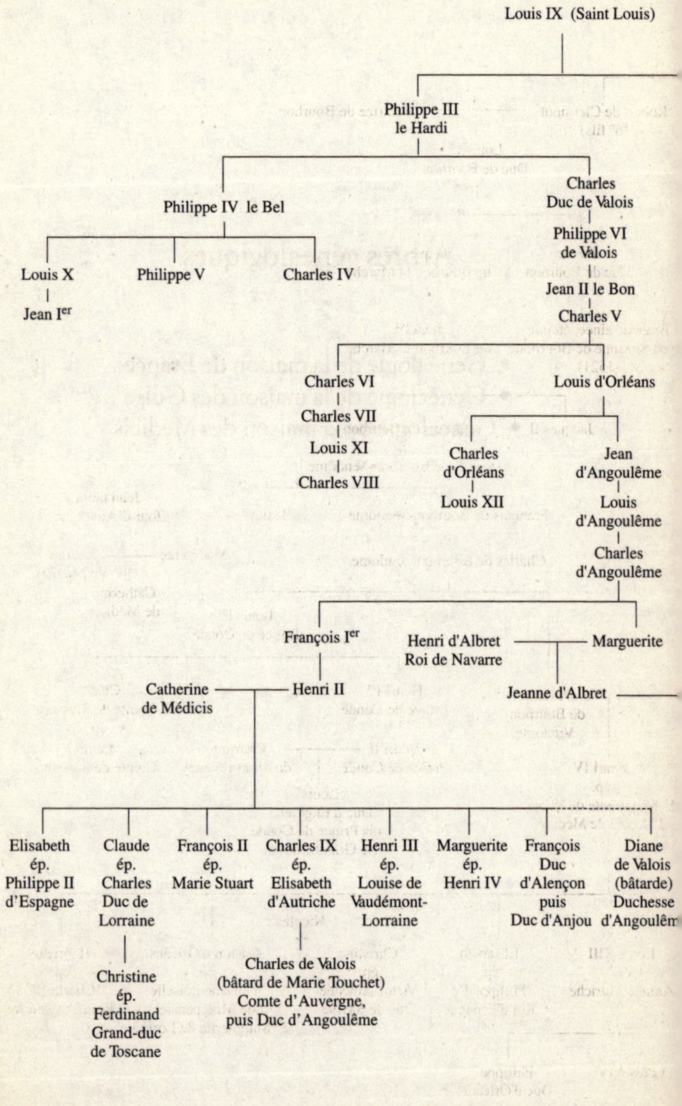
Louis IX (Saint Louis)
Philippe III
le Hardi
Philippe IV le Bel
Charles
Duc de Valois
Philippe VI
de Valois
Louis X
Philippe V
Charles IV
Jean Ier
Jean II le Bon
Charles V
Charles VI
Louis d'Orléans
Charles VII
Louis XI
Charles VIII
Charles
d'Orléans
Jean
d'Angoulême
Louis XII
Louis
d'Angoulême
Charles
d'Angoulême
François Ier
Henri d'Albret
Roi de Navarre
Marguerite
Catherine
de Médicis
Henri II
Jeanne d'Albret
Elisabeth
ép.
Philippe II
d'Espagne
Claude
ép.
Charles
Duc de
Lorraine
François II
ép.
Marie Stuart
Charles IX
ép.
Elisabeth
d'Autriche
Henri III
ép.
Louise de
Vaudémont-
Lorraine
Marguerite
ép.
Henri IV
François
Duc
d'Alençon
puis
Duc d'Anjou
Diane
de Valois
(bâtarde)
Duchesse
d'Angoulêm
Christine
ép.
Ferdinand
Grand-duc
de Toscane
Charles de Valois
(bâtard de Marie Touchet)
Comte d'Auvergne,
puis Duc d'Angoulême

Généalogie de la maison de France

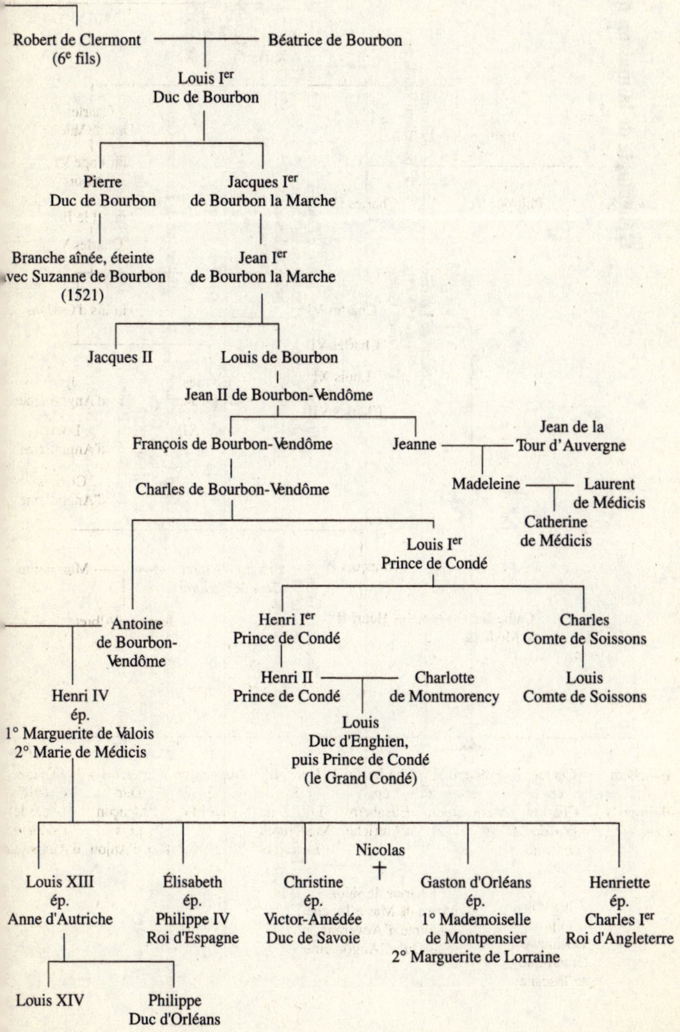

Généalogie de la maison des Guise

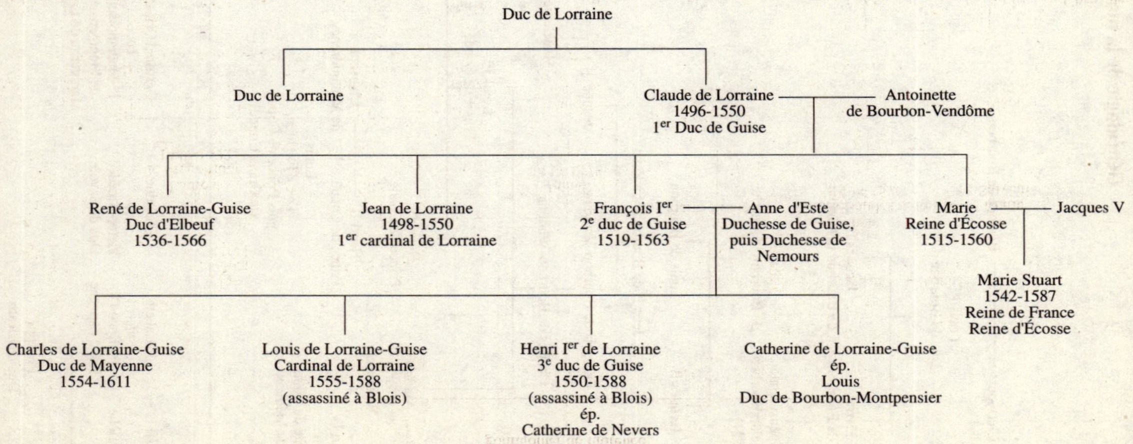

Généalogie des Médicis

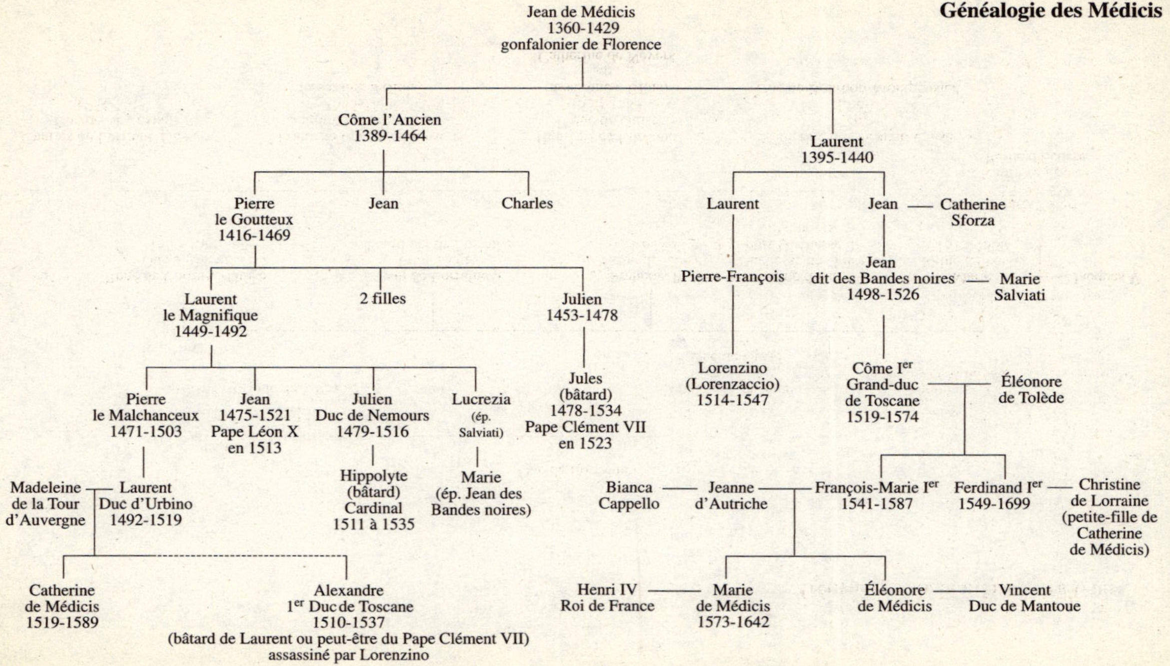

Table

Du même auteur :

LOUIS II DE BAVIÈRE, *Biographie*, Éditions spéciales, 1973.

LES CHEVALIERS DU CRÉPUSCULE, *roman*, J.-C. Lattès, 1975.

LES FUNÉRAILLES DE LA SARDINE, *roman*, Grasset, 1986 (Prix Médicis).

LES FILLES DU CALVAIRE, *roman*, Grasset, 1991 (Prix Goncourt).

LA SAINTE FAMILLE, *roman*, Grasset, 1996.

LE SONGE DE PHARAON, *roman*, Grasset, 1998.

LES PETITES MAZARINES, Grasset, 1999.

LANSQUENET, *roman*, Grasset, 2002.

LES DIAMANTS DE LA GUILLOTINE, *roman*, Laffont, 2003.

CE SOIR ON SOUPE CHEZ PÉTRONE, *roman*, Grasset, 2004.

POUR MON PLAISIR ET MA DÉLECTATION CHARNELLE, Grasset, 2009.

Composition réalisée par PCA

Achevé d'imprimer en septembre 2010 en Espagne par
LITOGRAFIA ROSÉS
Gava (08850)
Dépôt légal 1re publication : octobre 2010
Librairie Générale Française – 31, rue de Fleurus – 75278 Paris Cedex 06

31/2830/3